講談社文庫

聖女の毒杯

その可能性はすでに考えた

井上真偽

講談社

C O N T E N T

聖女の毒杯

その可能性はすでに考えた

◉第一部 婚（フウン）

◉登場人物紹介

〈主要登場人物〉

上苙丞(うえおろじょう)……奇蹟の実在を証明しようとする青髪の探偵

姚扶琳(ヤオフーリン)……元中国黒社会の幹部。上苙に多額の金を貸している中国人美女

八ツ星聯(やつほしれん)……上苙の元弟子。頭脳明晰な少年探偵

宋儷西(ソンリーシー)……フーリンのかつての仕事仲間

カヴァリエーレ枢機卿(すうききょう)……バチカンで奇蹟認定を行う列聖省の審査委員

沈雯絹(シェンウエンジエン)……フーリンの元ボス

エリオ・ボルツォーニ……シェンの愛人

〈事件の関係者〉

和田瀬那（わだせな）……俵屋家に嫁ぐ花嫁
和田一平（いっぺい）……花嫁の父
和田時子（ときこ）……花嫁の伯母
俵屋広翔（たわらやひろと）……花婿
俵屋正造（しょうぞう）……花婿の父
俵屋紀紗子（きさこ）……花婿の母
俵屋愛美珂（あみか）……花婿の上妹
俵屋絹亜（きぬあ）……花婿の下妹
山崎双葉（やまざきふたば）……花婿の付き添い・御酌役
室伏珠代（むろふしたまよ）……俵屋家の家政婦
橘　翠生（たちばなすいせい）……愛美珂たちの従兄弟

聖女の毒杯

その可能性はすでに考えた

◉第一部

婚（フウン）

《断想》

夾竹桃の枝には、人を殺める毒がある。

――と、自殺した友達が昔言っていた。そんな剣呑な会話しか思い出せないのは申し訳ない限りだ。せめて彼女の命日の今日くらいは美しい思い出で故人を偲びたいと思ったが、記憶を振り返ると彼女とは毒か自殺の話しかしていない。なんと華のない高校生活であったことか。

けれど彼女は死を語るときが一番生き生きとしていた。それが彼女の夢であり希望だった。何一つ思い通りにならない私たちの人生の中で、もし一つだけ選択権があるとすれば、それはいつその人生を下りるかだ。そして彼女はその権利を行使し、与えられた舞台の役を放棄した。それはもう勇猛に。果敢に。愛国心に富む兵士が戦地で散るように華々しく。

その英断に心から拍手を送りたいと思う。嫉妬と羨望に身を焦がして彼女を崇めたいと思う。私にはとても真似できない。無理だ。なぜなら単純に怖いから。痛いのが嫌で、苦しいのが嫌で、この私という存在が消滅してどこか胡乱(うろん)な世界へ消えてしまうという考えが怖いから。

だから私が死ぬときは毒を使おうと思う。苦(にが)くもなく、辛(から)くもなく、眠るように死ねる優しい毒を。そんな毒がこの世にあるかどうかはもう少し調べてみないとわからない。彼女のお勧(すす)めはやはり睡眠薬だったが、最近の睡眠薬ではあまり死ねず、死ねる種類のものでも胃が膨(ふく)れるほど飲まねばならないそうだ。もともと食が細い私にとってそんな所業は拷問に等しいし、それに錠剤を飲むのは何だか苦手だ。

和室の半分開いた障子(しょうじ)の向こうには、屋敷(やしき)の庭の夾竹桃がさやさやと緑の葉を揺らすのが見える。仲夏(ちゅうか)の候。葉の間に点々と覗(のぞ)くつぼみは、やがて純白の花を咲かせるのだろう。それはいつのことだろうか。明日だろうか。来週だろうか。あと一月(ひとつき)はかかるだろうか。

それまでに私は死ねるだろうか。できれば早く穏便(おんびん)に死ぬ方法を見つけたい。私は膝上(ひざうえ)のトランクケースに目を落とし、ひとまず今晩の方法を考える。睡眠薬単独では効き目は薄いが、アルコールと一緒に飲むと相乗効果で死にやすくなるという。勇気のない私は今夜もその可能性に一縷(いちる)の望みをかけ、今日も今日とて寝しなに錠剤を、酒でむりくり胃に流し込むことにする。

第一章

確か、鉱滓ダム——といった。

眼前に広がるダムのことである。鉱滓、つまり近隣の鉱山から出た廃液を溜めるダムで、いわば「産業廃棄物の溜め池」だ。

ゆえに、あの崖下に見えるはずの湖水はおそらく赤茶色に濁り、表面には汚らしい油膜が浮き——想像するだにおぞましい毒々しさだが、しかし真に禍々しいのはその見た目ではない。その湖底には銅にマンガン、ヒ素、カドミウム……と、文字通り人体に有毒な重金属が、ミルフィーユのごとくたんまりと堆積しているのである。

とんだ毒壺である。聞けばこのようなダムは世界各地にあるという。中にはダムが決壊し深刻な環境被害が出たケースもあるらしいが、さもあらん。こんなダムは蠱毒の法——毒虫同士を共食いさせ、より強い毒虫を創る——を執り行っているにも等しい。

しかし、何より恐ろしいのは——。

「堪忍(かんにん)してください……。堪忍してください……」

人間の心の毒、つまり「嘘(うそ)」ではないか。彼女、姚扶琳(ヤオフーリン)は愛用の煙管(キセル)を咥(くわ)えながら、ふとそんな感傷的なことを考える。信じた相手からの裏切りほど、心傷つくことはない。

「堪忍してください……。もう絶対に、こんな真似しません……。二度とあなたを裏切りません……」

若い男の咽(むせ)び泣きの懇願(こんがん)を聞き流しながら、フーリンは冷めた思いで煙を吐(は)く。何を今さら。堪忍袋の緒が切れたからこそのこの措置である。せめて死に恥は晒(さら)さぬくらいの矜持(きょうじ)が欲しいものだ。

「あのな、タカハシ……」

フーリンは園児にでも諭(さと)すような気持ちで言う。

「嘘には、取り返しのつく嘘とつかない嘘があるね。お前のはつかないほうね。私はお前を信頼して私の会社を任せた。が、お前はその信頼を裏切り、私に多大な損害を負わせた。ならその命を以(も)って償(つぐな)うのが、せめてもの誠意の見せ方ではないか」

懇切丁寧に道理を説(と)くが、しかし返事はない。ただ聞き苦しい嗚咽(おえつ)の音が返るだけである。案外脆(もろ)い。面接時はもう少し骨のある男かと思ったが。

まあ所詮(しょせん)は傀儡(かいらい)として雇える程度の男、それなりか——しかしそんなことより今の問題は、この男がしでかした件の後始末である。彼女は資金洗浄(マネーロンダリング)用のダミー投資会社を一つ持っているが、その傀儡の社長として雇ったこの男が、当の会社の金に手を付けたのだ。

　しかも頭の痛いのは、その金は彼女がかつて所属していた中国黒社会の某組織のものだった、という点。彼女はすでに組織を脱退して日本の新宿で細々と貸金業を営んでいるが、諸々(もろもろ)のしがらみにより組織の資金洗浄ルートの一端を担(にな)わざるを得なかった。

　これからその謝罪に多額の賠償金とこの男の首を組織に差し出さねばならないし、後任の社長にする人間も探さなくてはならない。他にもいくつか必要な尻拭(しりぬぐ)いがある。はてさて、この件がすべて片付くまでにどれほどかかることやら――。

「あの……」

　すると崖を背にして立つ男が、涙声で訊(たず)ねてきた。

「俺ってこれから、どうなるんですか？」

　フーリンは軽く驚く。どうなるも何も……この状況で、まだダム見学に来たとでも思っているのか。

「……お前の後ろにあるものは、何ね？」

「ダムです」

「ダムには普通、何が溜まっているね？」

「水です」

「対了（正解）。ところでお前、日本人なら『入水自殺』という日本語は知っているね？」

男が背後のダムを振り返り、おそるおそる足下を覗き込む。

「てことは俺、このダムに飛び込んで、自殺することになってるんですか？　でも……」

怯むように体を退く。その気持ちは若干察しないでもなかった。まあ確かに、飛び込むには些か抵抗のある水の汚さではある。自殺場所としては少々不適切と見る向きもあろう。

が、その点もぬかりはない。それも含めて今、こうして日没を待っているのである。飛び込むのが夜なら水面は見えず、警察が自殺者の心理を疑うのではという問題も生じない。

やがて男が向き直り、震え声で訴えた。

「でも……水、無いじゃないですか。下……」

フーリンはぴたりと動きを止めた。

男から距離を取りつつ、慎重に崖下を覗く。確かに。今年の冬は降水量が少なかったせいか、湖が干上がり岸辺の岩が露出していた。渇水か。日本の夏場にはよく聞く話だが、今はまだ春先なので少々油断してしまっていた。

まあ——そんな日もある。

フーリンはふうと煙を吐き、頭の中で素早く手順を総ざらいした。——別段支障なし。この件が計画に与える影響は僅少と判断し、それから何食わぬ顔で答える。

「何を早とちりしてるね。誰が溺れさせると言ったね。だからお前の死因は水死じゃなく……」

少し、考える。

「ただの……転落死ね」

*

新幹線に乗ろうとしたら、自分の座席を一人の子供が占領していた。

柔らかそうな癖毛に、額の広い幼顔。見覚えのある小僧である。フーリンが乗車券片手に棒立ちしていると、子供はぽりぽりと無心にスナック菓子を貪る手を止め、こちらを見てにっこり微笑んだ。

「あ、フーリンさん。お早うございます。本日はお日柄も良く——」

くるりと踵を返す。そのまま車両間のデッキにむかった。乗降口のドアに寄り掛かり、ハンドバッグからスマートフォンを取り出してとある番号に電話を掛ける。

数回のコールの後、相手が出た。

「――僕だ」

「私ね」

「やあフーリン。どうした急に。今月の利払いはまだ先のはずだが……」

その能天気な声にフーリンは若干の頭痛を覚える。電話相手は彼女のろくでもない顧客の一人――青髪の探偵である。

「一つ聞きたい。なぜお前の元弟子が、私の新幹線の座席を占領してるね？」

「僕の元弟子……聯のことか？　はて。なぜ聯が君のところに……」

探偵はしばらく黙考した後、「ははあ、さては……」と呟く。

「何ね？」

「きっとあれだ。ほら、聯の両親は共働きだろう。親が忙しくてこの夏あまり旅行とか行けないから、代わりにカブトムシ採りに連れてけと聯にせがまれてたんだ。しかし僕も奇蹟の調査で忙しく……それで君が今度、聯の小学校が創立記念日で休みのときに地方に出張することを思い出してな。なのでついでに連れてってもらえと、以前アドバイスを……」

フーリンは憤怒（ふんぬ）の表情で通話を断ち切った。スマートフォンが業務用でなければ、鉄道会社への賠償覚悟で窓ガラスにぶち当てているところである。

やつれ顔で自席に戻ると、子供は子供らしく電車の窓に張り付いていた。彼女の帰還に気付くと「フーリンさんフーリンさん！　すごいですよ、今そこに牛が……」と興奮した声で言い、それからふと真顔に戻って「あ……すみません。窓側の席、勝手に替わりました……」と沈んだ声で謝罪する。

まさかそれが自分の不機嫌な理由とでも思っているのか。フーリンは首を振って隣にどっかり腰を下ろすと、半（なか）ばやけっぱちな気分でハンドバッグから缶ビールとつまみの袋を取り出す。

すると手元に視線を感じた。八ツ星（やつほし）が、首だけ捻（ひね）ってこちらを注視していた。

「それ……何ですか？」

「エイヒレ」

「エイヒレ……アカエイやガンギエイなど、食用エイのヒレを乾燥させた水産加工品ですね。火で炙（あぶ）って食べると頗（すこぶ）る美味という。東北地方では煮つけにもされたり、フランス料理ではムニエルにするのが定番とも聞きますが……」

「食べるか？」

一切れ渡すと、小僧は物珍しそうにしげしげとそれを眺（なが）めた。それからくんくんと匂(にお)いを嗅(か)ぎ、おそるおそる口に入れる。

「……硬い」

「頑張って顎(あご)を鍛(きた)えるね」

八ツ星は首を斜めにして必死に嚙(か)み始めた。どこか犬に骨でもやった気分である。フーリンは缶ビール片手に、子供が悪戦苦闘する様子をしばらく見守った。

「お前、本気で私についてくる気か？」

「はい。迷惑ですか？」

「逆になぜ迷惑でないと思うね。別に今回私は遊びで行くわけではないね。重要な仕事ね。だからお前を連れていくことはできないね」

「そこを何とか……決して仕事の邪魔はしませんから。カブトムシだって一人で採りに行きます」

「邪魔とか、そういう問題じゃないね……」

「やっぱりダメですか。でも師匠が……」

「師匠が？」

「師匠が、本当はフーリンさんは一人で寂(さび)しいはずだって。だから口では嫌そうに言っても、本心は喜んでいるって。それにフーリンさんは、実は子供好きなんじゃないかって……」

もう少しで、缶ビールをこの小僧の頭上で天地逆(さか)さにしてやるところだった。かろうじて自制する。いろいろと脛(すね)に傷を持つ身である。公(おおやけ)の場で人目を引く行為は慎(つつし)みたい。

フーリンの拳(こぶし)の震えを見たのだろう。八ツ星は諦(あきら)めたようにため息をついた。

「わかりました。では今日は、日帰りでついて行けるところまで行き、そこから一人で帰ることにします。それくらいの同行は許してくれますよね？」

そしてまた大人しく窓を向く。フーリンはひとまず安堵(あんど)したが、しかし一抹の不安は拭えない。はたしてこの小僧……本当に諦めたか？

八ツ星聯——先ほどの電話相手青髪の探偵上笠丞(うえおろじょう)の、かつての一番弟子。見た目は純真な小学生の形(なり)だが、この小僧、実は大人顔負けの天才児である。頭脳明晰(めいせき)、博覧強記、才気煥発(かんぱつ)。巧(たく)みに中国語を操る語学力まで持ち合わせる。この小僧と自分、単純に頭の出来で比較すれば、癪(しゃく)だが圧倒的大差で小僧に軍配があがろう。

そんな小賢(こざか)しさを持つ餓鬼(がき)が、この程度の拒絶ですんなり引き下がるものか？もしや一旦(いったん)そう退いたと見せかけ、こっそり後をつけてくる算段では——。

そう疑心暗鬼になるフーリンの横で、八ツ星がおもむろに窓辺に手を伸ばす。そこに置いたペットボトルを摑(つか)み、口に運んだ。しかし中身は空だったようで、子供はじっと片目でペットボトルの口を覗くと、こちらに乞(こ)うような眼差(まなざ)しを向ける。

「あの……すみません、フーリンさん。何か飲み物ありませんか？　さっきのエイヒレで喉が渇いちゃって……」

フーリンは渋面でハンドバッグを膝に載せた。ごそごそと中を漁り、ややおいて烏龍茶のペットボトルを取り出す。

「飲みかけでいいなら、全部やるね」

乱暴に突き出すと、八ツ星はわあい、と喜色満面でボトルに飛びついた。早速それを上向いて咥え、母親の乳を吸う子ヤギのようにごくごく飲み干す。

フーリンはその横顔を目を細めて見守った。そこでふと、窓ガラスに淡く映る自分の表情に気付き、慌てて口元に浮かんだ微笑を消す。

＊

フーリンは目的地の駅に着くと、訪問先に電話を入れ、改札前で迎えを待った。

とある地方の町である。地理的にはそれほどひどい田舎でもないが、駅周辺には特に目立つ店舗もコンビニもなく、寂れた印象は受ける。

一応観光地ではあるのか、改札を出た所に名所の案内板やタクシー乗り場があった。しかし肝心の観光客や車両が見当たらない。目を上げると、やや遠くにこんもりとした小山が見えた。あの山の反対側にも別の駅があり、そちらは発展しているそうだ。山向こうに人の流れを奪われた形か。

しばらく、案内板の横に立つ裸婦像を無意味に眺める。すると唐突に、手元のスマートフォンがぶるんと震えた。フーリンは画面を確認する。

『ひどいですよフーリンさん！　小学生相手に睡眠薬使うなんて、あなた鬼ですか！』

そんな文面のメールが届いていた。フーリンは内容を一読すると、速やかに削除ボタンを押す。

小僧の扱いはいかんともしがたかったため、さきほどの烏龍茶に睡眠薬を混ぜ昏睡させ放置した。

子供は寝るに限る。あのときはあまりに無防備に飲み物を受け取るのでつい笑ってしまったが、ああも易々と人に心を許すところがまだまだ子供だ。乗車券は小僧が寝た後に終点まで区間変更してやったので、さぞやぐっすり眠れたことだろう。またこの駅までは私鉄をいくつか乗り継いでいるため、仮に小僧が自分の新幹線の降車駅を知っていたとしても、この場所に辿り着くのは難しいはずだ。

――しかし鬼とは心外である。これでも暴力に訴えるのは大人げないと思い、穏当な手段を選んだつもりなのだが。

　そんなことをつらつらと考えていると、やがて目の前に一台の軽自動車がキッと止まった。

　中からひっつめ髪の日本人の女が現れる。女は頭を何度も下げつつ、小走りに駆け寄ってきた。山崎佳織――この女が本来の自分の待ち人である。

「どうもすみません、リーさん。わざわざこんな田舎まで……」

　リーとは自分の偽名だ。山崎は三十代半ば、青シャツにデニムの小ざっぱりとした服装。ただ生活疲れか、最近の女にしては歳以上に老けて見える。

「元気ね？」

「はい。おかげさまで」

「生活は順調か？」

「はい」

「こっちは控えているか？」

　フーリンは指でドアノブを握るような形を作り、手首をくいっと捻る。山崎は車の後部座席のドアを開けながら、あっけらかんと笑った。

「――パチンコ屋ないんですよ、このへん」

女の車に乗り込み、出発する。

時はすでに夕刻である。少し駅を離れるともう田園風景が広がった。民家もまばらで、ただひたすら電線の雀（すずめ）とカラスの存在が目立つ。

「すみません、いつも使う橋が通行止めになっていて……ちょっと遠回りして山道を使います」

山崎はそう言い訳がましく説明し、車を飛ばす。フーリンは無関心に車窓の風景を眺める。

「……本当に何もないところね」

「はい」

「退屈か？」

「はい。あ、いえ……それほどでも。毎日結構忙しくしています。生活のこととか、娘の世話とか」

「娘はもう中学か」

「はい。なので学費が……ああ、そういえば娘の入学祝い、どうもありがとうございました。双葉（ふたば）も大変喜んでいました」

そういえばそんなものも贈ったか。フーリンは当時の拙（つたな）い記憶を辿る。はたして贈り物は万年筆だったか、奇を衒っての中国産の香木だったか……まあどちらにしろ大した出費ではなかったと思うが。

「あの……」

山崎が若干強張った声で訊ねる。

「今日リーさんが来た理由って、借金の取り立てじゃないですよね……？」

フーリンはつい苦笑を漏らした。

「お前はまだ、私から金を借りていたか？」

「いえ。全額返済したはずですが……」

「だったら安心するね。私も取り立てばかりの鬼ではないね。今日はお前に儲け話を持ってきたね」

「儲け話？」

「ああ。詳しくはあとで話すが……お前、社長になる気はないか？」

すると山崎は、運転中にもかかわらず一瞬後部座席を振り向いた。直後に慌てて前に向き直る。

「――社長？」

「ああ」

「いえいえ、無理ですよ。何の会社か知りませんが、こんな何の取り柄もない女に

「社長といってもただの傀儡ね。別に実務能力は要求しないね。大事なのは人間性ね」

「……」

「人間性にもまったく自信ありませんが」

「約束を守れる人間だということね。お前はパチンコ狂いだった時期も返済の期日はきっちり守ったし、最後は全額返済したね。一次審査は合格ね」

「それはまあ、取り立てが怖かったですから……」

女は何かを思い出したように、ハハハ、と笑ってお茶を濁す。

「けれどリーさんの周りには、そんな候補は他にいくらでもいるんじゃないですか？　わざわざ私なんか選ばなくても……」

「それがそうでもないね。この業界、野心の無い人間を探すのは有能な人材を発掘するより難しいね。それに……」

「それに？」

「いや、何でもないね。で、どうね山崎？　毎月の副収入も得られるし、そう悪い話ではないと思うが」

しばらく、山崎は考え込むように無言で運転を続けた。

「それはまあ、こんな私でもリーさんのお眼鏡(めがね)にかなったというなら、それは非常にありがたい話ですが……。ですが、はたして私に務(つと)まりますかね。そんな大役……」

車はしばらく、田畑の間を走り続けた。

やがて前方に、立派な塀を持つ屋敷が見えてくる。その塀はさらに、淡雪(あわゆき)めいた白い花をつけた樹木の生け垣で囲われていた。

——夾竹桃の、生け垣。

濃い緑の葉に、可憐(かれん)な純白の花が映える。さながら大名の武家屋敷といった趣(おもむき)。有形文化財めいた古さと風格が漂う。

「そういえば」

と、その門前を通り過ぎる際、運転席からぼそりと声が上がった。

「明日、今の屋敷で結婚式があるんですが……それに出席するんですよ。うちの娘の双葉が」

フーリンはやや驚く。

「お前の娘が？　結婚式に？」

「はい。ああ、別に双葉が結婚するわけじゃなく……。花嫁の付き添い役を頼まれたんです」

ここまであまり自分のことを語らなかった女が、急に口数を増やし始める。

「あと婚礼の御酌役（おしやくやく）と、余興の役と……何でも明日の結婚式は、この地方の伝統的なやり方でするそうで。それで地元の若い女の子が必要で、それで俵屋（たわらや）さんから声が掛かって……今日の午前中もあそこでリハーサルしたはずです。ちょうど中学校が振り替え休日で休みだったんで。親の私が言うのもなんですが、可愛（かわい）いんですよ。うちの娘」

声が明るさを帯びる。

「俵屋さんというのは、あの屋敷の持ち主で……そこの長男が明日、式を挙げるんです。まああの一家にはあまり良い噂（うわさ）は聞かないんですがね。けれどバイト料も出ますし、それに式はテレビで生中継もされるんですよ。地元のテレビ局ですけどね。それでもしかして、それをたまたま見たどこかのプロデューサーが、双葉に目を付けて……なんてね。まあ夢ですけど」

フーリンは苦笑した。この手の一発逆転劇を夢見てしまうあたりが、やはり博打（ばくち）好きの危うさだろうか。これはややマイナス査定要素だが……まあただの親馬鹿（おやばか）と思えば、これも許容の範囲内なのかもしれない。

山崎のとりとめのない妄想話に一区切りつくと、再び沈黙が訪れる。川を渡り、代わり映えのしない田畑を眺めているうちに、やがて車が山道に入った。今度は樹影と見通しの悪いS字カーブが続く。

何度目かのカーブを曲がったところで、フーリンははっと息を飲んだ。

——ばっと視界に飛び込む、濃紅（こいくれない）の花々。

——その前に幽鬼（ゆうき）のように佇（たたず）む、黒髪で真白いワンピース姿の女。

赤い花は夾竹桃か。カーブの内側にこんもりとした茂みがある。ワンピースの女にはあまりに存在感がなかったため、最初は幻覚かと思った。だが車が近づくと女は体を動かし、夾竹桃の葉陰（はかげ）に隠れるように身を寄せる。

車ですれ違いざま、女と目が合った。死に装束のような白服に、漆黒の長髪。顔立ちはそれなりに整っているが、瞳（ひとみ）に死人のように光がない。

背筋にわずかに寒気が走る。よく見ると、ワンピースの女の足元、夾竹桃と道路に挟まれた路肩に、赤子ほどの大きさの石造物（せきぞうぶつ）が立っていた。墓石？　——いや、何かの石祠（せきし）か。

やがて過ぎ去る。女の姿が視界から消えると、フーリンはふうと無意識に肩を落とした。

「たぶん今の、花嫁さんですね……」

運転席からぼそりとまた声が上がる。フーリンは来た道を振り返った。

「花嫁？　明日の結婚式のか？」

「はい」

「なぜ夕方の今時、こんなところに？」

「ええ……、それはたぶん……」

山崎は少し言い淀んだ後、

「『カズミ様』のお参りを、していたのかと……」

「『カズミ様』？」

「はい。あの祠に祀られている女性で……ああ、もうすぐ私の家に着きますね。ではその話も、詳しくは到着後に」

そこで車が山道を抜けた。その先に新興住宅地らしき、整然と家が立ち並ぶ区画が見える。やはり山向こうの駅側のほうが発展しているらしい。

フーリンはひとまず背もたれに身を預けると、窓のスイッチに手を伸ばした。外の風を入れ、蒸し暑い空気を肌身で感じる。季節は間違いなく夏。しかしどこか氷洞でも潜り抜けてきた気分だ。あの異空間のような寒々しい光景は何だったのか――。

やがて車が徐々に速度を落とす。築年数の浅そうな家々が左右に見え始めた。つと西の空に目を向ければ、橙色に暮れなずむ夏の太陽。開け放した窓からは、遠くでかんかんと踏切の鳴る音が聞こえる。

《断想》

今、途轍もない美人が乗った車が通り過ぎたような。

女優？　でも日本人には見えなかった。ハリウッドスター……が御忍びで来るには、あまり魅力のある町とも思えないけれど。

自分の正体に気付かれていないことを祈りながら、私は再び「カズミ様」の祠の前にしゃがみ込む。

長方形の石に三角の屋根石を重ねただけの、粗末な祠。

それが彼女の慰霊碑だ。手前にはA４サイズくらいの長方形の水鉢があるが、これも地面の岩を刳り抜いただけの簡素なもの。人工物は酒カップ一つ置かれていない。カズミ様の祠を参拝する人たちは皆、なるべく訪問の証拠を残さないようにしているのだ。

なぜならそれは、祀ってはいけない存在だから――。

私は買ってきた日本酒の瓶を開けると、その中身をとくとくと水鉢に注いだ。お酒には虫が集まるのでこれもあまり良くない行為だが、ここは人里離れた山道だし、せめて彼女の好物の酒くらい、供(そな)えてやりたいと思うのが人情だ。

酒の匂いにつられるように、真っ赤な花が一輪、ぽとりと水鉢の中に散り落ちる。


――夾竹桃の花が咲くまでに、間に合わなかった。


そんな後悔が、魚の小骨のように心の奥にひっかかる。結局私は、旧友やカズミ様のようには強くなれなかった。ため息がてらつと顔を上げれば、頭上に咲き乱れるのは血潮のごとき深紅の夾竹桃。この町の夾竹桃はほぼ白か黄色だが、このカズミ様の祠の周辺だけがなぜか赤色だ。そして誰もがそれを、カズミ様の血の色だと噂する。

彼女の生き様は、死してなお周囲をその血で染め上げるほど鮮烈だ。

対してこの私はどうだろう。彼女が戦士なら、私は奴隷(どれい)。何一つ自分から変えようともせず、何一つ自分で戦おうともしない私には、こうして彼女に救いを求めることさえ烏滸(おこ)がましいのではないか。

そんな迷いに苛(さいな)まれ、私は力なく目を閉じる。何を願えばいいかもわからないまま、再び祠に手を合わせた。空白の祈り。形のない願望。夕さりの風が吹く中、私は風洞のように空っぽの気持ちで、ひたすら祠に向かい虚(うつ)ろな頭(こうべ)を垂れ続ける。

第二章

「――では、引き受けてくれるということで、いいな？」

フーリンの念押しの確認に、山崎はやや硬い表情で「はい」と頷いた。

フーリンはほっと一息つく。これで会社の後任問題は片付いた。最近は一介の主婦が会社を興す例も珍しくないから、着任の名目はいくらでも立とう。これであと、残る処理は――。

するとそのとき、トントンと部屋の扉がノックされた。

「……ご飯の準備できたよ、お母さん」

会話の終わりを待っていたかのように、山崎の一人娘が姿を現す。例の双葉だ。確かに言うだけあって見目麗しく、さらりとした直毛の黒髪がどこか日本人形を思わせる。

山崎がやや照れた顔を見せた。

「ではリーさん、大したおもてなしもできませんが……。でも、料理の腕もなかなかなんですよ。うちの娘」

フーリンは内心面白おかしく立ち上がった。かつてのパチンコ狂が、いっぱしの母親顔で言うのが何とも味わい深い。この娘の存在こそが、おそらくこの女が生活を立て直した一番の要因であり——そしてまさにフーリンが彼女を信用する理由でもある。守るべきものがある人間は、得てして無茶はしない。

娘への入学祝いは、香木とホテル宿泊券だった。

なぜそんなものをセットで贈ったのか。自分でも発想がよくわからない。が、娘はその香木が気に入ったようで、今もリビングの香炉で焚かれていた。宿泊券も早速今年の春休みに母娘で使ったという。梅の観光名所で見所満載だったそうだ。

「沈香、っていうんですよね、あれ……。何だか高級品みたいで、どうもすみません」

自慢の娘の手料理を皿にとりわけながら、山崎がそう礼を述べる。

まあ確かにあの香木は値の張る逸品だ。しかし手元に在庫があったし、宿泊券も債権先からタダ同然で入手したものなので、特にこちらの懐が痛んだというわけでもない。

ただフーリンは、この手の香木の匂いが若干苦手だった。かつて自分が所属していた、例の中国黒社会の某組織を思い出すからである。あの組織には女が多く、こういった香木を好んで焚く者が少なからずいた。

——ふと足先に、何かが当たった。

フーリンが下を向くと、毛むくじゃらの生き物が自分のつま先をわしわしと噛んでいた。それとじっと目が合う。

「あ、ムギ……ダメ」

双葉少女が慌てて食卓の下に潜り込み、その生き物を引きずり出した。犬である。やたらと顔の毛が長く、不細工に鼻が潰れた小型犬だ。

何でも、当の春の旅行先で拾ったという。彼女たちの車に迷い込んできたらしい。立派な鈴をぶら下げた首輪をしているので、おそらく誰かの飼い犬だろう。警察には一応届けようとしたが、どこで車に乗り込んだかわからないため扱いが宙に浮いてしまったそうだ。

犬は少女の腕の中で身を捩りつつ、しきりにこちらに鼻と前肢を伸ばした。どうやら手中の酒を狙っているらしい。

「変な犬なんですよ。酒が好きみたいで……。あとよく拾い食いするんですが、そのくせ胃が弱くてすぐ腹を下して。バカ犬です」

　すると双葉少女が怒り気味に母親に抗議する。

「ムギは頭がいいよ。芸もできるし」

「ああ、確かに芸はできるね……。玉乗りできるんですよ、コイツ。明日の結婚式では、その芸も披露する予定で」

　ふうん、とフーリンは適当に相槌を打つ。犬だろうと人間だろうと、己の利害が絡まない相手には特に関心は無い。

　すると暴れる犬を抱きながら、双葉少女がちょいちょいと母親の服をつまんで引っ張った。耳元に口を寄せて言う。

「お母さん。どうして生ゴミ出してくれなかったの」

「あれ。燃えるゴミの日って今日だっけ」

「そうだよ。金曜日だよ。言ったよね。夕方にゴミ回収あるから、私が買い物行く間に出しといてって」

　ごめんごめん、とおどける母親に向かい、娘はもう、と頬を膨らませて犬ともども出て行く。山崎はフーリンと目が合うと、どこか照れ臭そうに鼻の頭を掻いた。

「……うちの市って、どこも戸別回収なんですよ。ゴミは」

　弁明するように言う。

「でもこの回収がクソ遅くて、原則午後からで。この近所だと夕方近くになって――でも今って夏場じゃないですか。玄関前に生ゴミ置いとくと臭くなるからって、双葉に回収車来る直前に出すよう命令されてたんです。けれどリーさんの出迎えで、そのことすっかり忘れてました。ハハ……」

母親はビールを一口すすり、それからはっと顔を上げる。

「あ、リーさん。もしかして戸別回収って知りません？　自宅の玄関前にゴミ出しとくと、ゴミ収集車が一軒一軒回って戸別に回収してくれるっていう日本のシステムなんですが……」

フーリンは含み笑いを漏らした。かつてはゴミ屋敷めいた部屋に住んでいた借金女が、これまたずいぶんな変わりようである。話は心底どうでもいいが、しかしこのくらい無内容な会話のほうが、気安い酒の肴に相応しくもある。

＊

酒と食事が進むと、山崎が例の「カズミ様」の話を切り出した。

「『カズミ様』っていうのは、この地域に昔からある伝説みたいなものなんですが……あ、観光案内のパンフレットがありますが、見ます？」

そう言って、電話台の収納棚から蛇腹折りの印刷物を持ってくる。開くと、やたら眼の大きい少女のイラストとともに、当の物語が簡単に綴られていた。

『～カズミ様の説話～

その昔、この地に大層美しい娘がいた。名をカズミと言った。ある日、殿様がカズミを見初め、城に召し上げようとしたが、娘に拒まれ大恥をかいた。そこで怒った殿様は、家臣である娘の父親を城に呼び、厳しく叱りつけた。すると気弱な父親はたちまち恐れ入り、帰るや否や娘を縄で縛りあげ、その晩のうちに城まで送り届けてしまった。

娘は城の二の丸で七日七晩泣き明かしたあと、やがて殿様の前に姿を現し、わかりました、おおせに従いましょう、ついては騒ぎのおわびに、皆さまをあの夾竹桃が見事な城下の庭園に招き、手ずから茶の湯を振る舞いとうございます、と言う。殿様は喜び、早速その通りにした。

すると娘はその茶席で、夾竹桃の小枝を煮た湯で茶を入れ、参加した両家の男衆をみな殺しにした。以後両家の血筋は途絶え、城跡には立派な夾竹桃が生い茂ったという』

「……実はそのパンフレット、今は回収されて一般配布されてないんですよ」

簡素な文体の割にはなかなか殺伐とした結末にフーリンがふうむと感じ入っていると、脇から山崎が補足した。

「ほら、内容が内容でしょう。伝わっている話としては正しいんですが、結局これだと『カズミ様』ってただの大量毒殺犯じゃないですか。そんな人物をここの観光目玉にしていいのか——とか何とか、あちこちからクレームがつきまして。

まあ一方で、擁護する意見もあったんですがね。これは『女性の権利闘争』を象徴する物語だって。でもそれにしては『カズミ様』のイラストがやけに扇情的で、そこが女性蔑視だとも……とにかくそんなこんなで、すぐさま回収騒ぎです」

パンフレットを返すと、山崎はそれを畳んでまた元の場所に戻す。

「でもまあ、この『カズミ様』の伝説自体は、それなりにこの地の生活に根付いています。今も結婚前に『七夜考』とかする家、結構ありますし」

「シチヤコウ？」

「はい。花嫁が式を挙げる前に、一週間ほど花婿の家に間借りして仮の生活をするというこの風習で……その一週間の間なら、花嫁は気が変わればいつでも結婚を取りやめにできるんです。お試し期間みたいなものですかね」

ほう、とフーリンは若干感銘を受けた。昔の風習にしてはなかなか進んだシステムである。

「花嫁には七晩考える機会が与えられるんで、『七夜考』。これはたぶん、『カズミ様』が七日七晩泣き明かした、という話に由来するんでしょうね。カズミ様みたいな不幸な娘を出さないため——だとか、単純に昔の人がカズミ様の祟りを畏れたからだとか、理由は諸説あるそうですが。とにかくこの里では、花嫁の結婚の意思がとても尊重されるんです。

反対に、花嫁の父親の扱いはひどいですよ。土下座とかさせられますし」

「土下座？」

「『追い出し土下座』。実家を出る娘を、父親は土下座で見送るんです。あと最近はめったにやりませんが、花嫁道中での『嫁親詰り』とか——ああ、この花嫁道中は明日見られるんで、リーさんも見物していったらどうですか。結構面白いですよ。ストレス発散にもなります」

どうするかな、とフーリンは曖昧な返事で誘いを受け流す。ストレス発散という意味がよくわからないが、ようは花嫁を持ち上げる反面、その父親は徹底的にこき下ろされるということらしい。これも説話の影響か。

山崎は箸(はし)を伸ばし、具材の大きさの不揃(ふぞろ)いなチンジャオロースーを皿に取った。

「案内しますんで、ぜひ——それで私思うんですが、きっとこの里のこういう風習って全部、結局カズミ様へのアピールなんじゃないですかね。自分たちは無理やり娘を嫁(とつ)がせるのではない、だから祟らないでくれ……みたいな。

まあそんなわけで、確かにカズミ様は今の法律から見ればただの大量毒殺犯ですが、この里では女性の守り神みたいに思われています。今でも結構いますよ、隠れてカズミ様の祠をお参りする人。ただしそれが既婚女性の場合は要注意ですがね。旦那(だんな)持ちの人がカズミ様に願うことといえば、一つですから」

フーリンは苦笑した。確かにそんな物騒(ぶっそう)なパワースポットは、観光名所としてあまり大っぴらに宣伝できまい。

「でも一つ不思議なんです。このへんの夾竹桃の花の色はどれも白か黄色なんですが、なぜかカズミ様の祠周辺だけ赤いんですよ。みんなあれはカズミ様の血の色だ、って言ってますが……」

そちらはふうん、と聞き流す。オカルト話にはあまり興味はない。

「ならあのとき、花嫁があの祠を参拝していたのは……」

「ええ、まあ……その、あるんでしょう、いろいろ。花嫁さんにも」

山崎が言葉を濁す。いい具合に腹も満たされてきたので、フーリンがそろそろ一服しようと煙管をくわえると、山崎は目ざとくマッチを差し出してきた。そして向こうも紙煙草をくわえ、安物のライターで火をつける。

「私も詳しくは知りません。ただ車の中でも言いましたが、あの俵屋さんのうちって、このへんじゃあまり評判良くないんですよね。本業は不動産屋なんですが、今のご主人が家業を継いでから、急に羽振りが良くなって。裏で相当あくどいことをしているという噂です——あくまで噂ですが。

あと明日結婚する息子のほかにも、あそこには娘が二人いるんですが……これがまた、どちらも札付きの悪というか何というか。昔は警察沙汰もしょっちゅうでした。最近は大人しいらしいですが」

ふうん、とフーリンは内心やや興味をそそられつつも、表面上は無関心を装った。

「それで花嫁は、結婚に嫌気がさしたというわけか」

「かもしれません。ただ、あの花嫁さんのお参りを見たら、もっと違う解釈をする人もいるかもしれませんね」

「違う解釈？」

「はい。たとえば花嫁は財産目当てで結婚して、それで旦那の早死にを祈っているとか……。私はさすがにそこまでは思いませんが。

でも結婚が嫌なら、普通に断ればいいだけの話ですしね。ここには『七夜考』もありますし。なんででしょうかね。何か断れない理由でもあるんですかね……」

山崎はギシ……と椅子(いす)をきしらせて天井を向き、ふうと丸い煙を吐く。

やがて隣の部屋から、双葉少女が戻ってきた。フーリンたちが喫煙中なのを見て、

「デザートもありますが、食べますか？」と聞いてくる。フーリンが頷くと、少女はなぜか嬉(うれ)しそうに台所に走って行った。

その娘の背中を、ひっつめ髪の母親は目を細めて見送る。

「まあ、よそ様の事情はわかりませんが……少なくとも私なら、あんなところには絶対に双葉を嫁には出しませんね。絶対に。決して、何があろうと――たとえどんな大金を積まれても」

*

翌日土曜。母娘の再三の勧めもあり、フーリンは山崎とともに、双葉少女の参加する俵屋家の結婚式を見物しにいった。

確かに派手な婚礼だった。古式ゆかしい作法に則(のっと)ったこの婚礼はまず、花嫁が午後自宅を出て、花婿の屋敷に向かう所から始まる。

それが「花嫁道中」。その行列を見るために、近隣住民や観光客、地元メディアな

どがこぞってこの町に押し寄せてきていた。さらには出店もあって文字通りのお祭り騒ぎである。

両脇を見物客が埋め尽くす、水田の間の一本道。その道端で、フーリンがイカ焼きを齧りつつ行列を待っていると、やがて周囲がざわざわし始め、通りの向こうから賑やかな音と一団が近づいてきた。

豪華絢爛に着飾った、老若男女の集団。留め袖に振り袖、袴に法被姿——総勢五十人近くはいよう。空には提灯が槍のように掲げられ、地ではねじり鉢巻きの若い衆がゴロゴロ大太鼓を引いている。

その太鼓や笛が奏でる囃子に、重なる長唄の声。花嫁の嫁入り道具か、大きな箪笥を積んだ派手な荷車もあり、それを引く馬もまた紅白の紐や金銀の馬具で飾り立てられ華美の一言である。

またなぜか、その行列の先頭には、ぽつんと集団から離れて独り先を行く紋付袴の小男の姿があった。

その男が近づくと、たちまち通りの左右がワッと騒がしくなる。

「この人売り！」「娘の了解はとったのか」「大した面倒も見てないのに偉そうに」

「ダメおやじー!!」

コソ泥のように背を丸めて歩いていた男は、その罵倒の声が響くとますます萎縮するように身を屈め、頭を低くして紋付の袖で顔を隠した。突然飛び交い始めた罵詈雑言にフーリンが驚いていると、横から山崎が解説する。

「これが『嫁親詰り』です。こうして花嫁の親御さんを罵ることで、カズミ様の怒りを鎮めるんです。いわゆる厄落としですね。普通は両親二人とも並ぶんですが、花嫁さんのところはどうやら父子家庭のようで……。

ちなみに親に浴びせられる罵倒がひどいほど、花嫁は幸せになると言います。だから基本は誰も遠慮はしないですね。ただ花嫁さんの中には、自分の親がけなされることに耐え切れず、途中で泣き出してしまう人もいるんですが――」

しかしその罵倒の言葉も段々と種切れになるのか、後半になるともはや何の関係もない言葉が行き交った。「腹減ったー!」「私も結婚したい!」「その前に彼氏欲しい!」「内定くれえ!」――。

山崎はにっとこちらを向いて笑うと、自分も口に手を添えて声を張り上げる。

「金返せー!」

すでにただの絶叫大会である。つまりはこれが「ストレス発散」か。

悪口以外にも物を投げても許されるようで、男の紋付袴には、ところどころ果物や大福をぶつけられた跡があった。また男の後ろでは、神主姿の男が「ユカセタマエ、シヅマリタマエ」と祈禱のような文句を唱え、さらに巫女姿の女たちが、左右の見物客に向かい籠から菓子をばらまく。その菓子を拾っては前に走り、再び紋付袴に投げつける悪餓鬼どもがいるのは、まあご愛嬌というものだろう。

ところで肝心の花嫁はどこにいるのか。フーリンがざっと目で探すと、行列中央に赤い日傘と、真っ黒な牛に乗る女の姿が見えた。真っ白い着物に真っ白い被り物――白無垢に綿帽子というやつだろう。乗り物が馬ではなく牛というところに、何とも言えない妙味を感じる。

またその花嫁の近くでは、可憐な振り袖姿の少女が誰かの車椅子を押していた。少女は双葉だ。車椅子に乗るのは五十過ぎくらいの女である。こちらも華やかで高そうな着物を着ているが、顔は地黒で地味。たまに花嫁に気安げに話しかけるところを見ると、花嫁側の親戚か何かか。

通り際、双葉少女がこちらに気付いて小さく手を振った。フーリンも反射的に手を振り返し、直後に自分の手を見返す。

苦笑し、手を下ろした。そのときふと視界の端に、花嫁がそっと目元を拭うのが見える。涙――それは嬉し泣きか、はたまたこの花嫁も、親への罵倒に堪えられぬ口か。

花嫁道中は昼過ぎに始まったが、この夏日の炎天下、車で十分ほどの距離をのろのろと三時間近くかけて進んだ。やがてようやく花婿の屋敷に辿り着くと、花嫁一行はそのまま門の向こうに消える。

どうやら中の庭までなら一般人も立ち入り可能らしく、続いて物好きな見物客たちも、その後を追ってぞろぞろと中に入った。フーリンも流されるままに門をくぐる。

敷地は広く整然としていて、典型的な日本庭園という印象だった。広い蓮池(はすいけ)に庭石、玉砂利(たまじゃり)に石灯籠(いしどうろう)。ただし白い花をつけた夾竹桃の庭木が目立つ。池の手前には黄色いロープが張られており、見物客の立ち入りはそこまでだった。そのロープと池越しに、障子の開け放たれた大座敷(ざしき)が見える。あれが挙式の場か。

少し待つと、やがてその大座敷に花嫁が姿を現す。それから本番の挙式。まず最初に仲人(なこうど)の、時代がかった言い回しによる祝辞。次いで花婿の父親の挨拶(あいさつ)。両家の婚礼品の交換。大盃(たいはい)に注いだ酒の回し飲み。そして始まる、陽気な謡(うた)いと踊り——。

その宴(うたげ)の最中に、三名の死者が出た。

第三章

私は絶句した。

見える白足袋の裏。裾からはみ出る脛。鼻を突く嘔吐物の異臭に、名前を連呼する声。

誰かが私の肩に手を掛けるが、体が石のように動かない。精一杯目を見開くものの、視界に映るすべてが舞台劇のように現実味がない。

まさか。なぜ。いったいどうして、こんなことが——。

*

——大安吉日のその日は、晴天だった。

天気まで、私の心を素知らぬように。結婚式当日の朝、屋敷の庭でちゅんちゅんと鳴く雀の声に寝床で耳を澄ましていると、家政婦が来てそろそろ起きるよう勧めてきた。

その家政婦にしては派手な茶髪の後ろ姿が去るのを見送りつつ、のそのそと布団を出る。着替えているうちにブライダル会社の女性も挨拶にやってきた。彼女と簡単な段取りの確認後、軽い朝食をとるかと聞かれたので、私は要(い)りませんと答える。

すると女性スタッフは、何か口にしたほうがよいですよ、花嫁は夜まで食べられませんので——と、気分の沈む予告を残して去って行った。

そうか……と、私は今頃になって意識する。私は式の間は、何も食べられないのか。


今回の結婚式は、この地方の昔の婚礼のやり方を踏襲するのだという。

もちろん私の希望ではない。結婚相手の希望ですらなく、言い出したのはその父親だ。俵屋正造(しょうぞう)氏。不動産業で成功し、この有形文化財級の屋敷を難なく購入できるほどの資産を一代で成した、富貴利達(ふうきりたつ)の人物。

いわゆる成金(なりきん)——。

その正造氏が、この屋敷に相応しい挙式を、ということで計画したらしいのだ。

聞けば地元テレビの中継も入るという。まるきり見世物だが、けれどどうでもいいやとも思う。この結婚に、私に何をどうしたいという望みはない——そもそもこの結婚自体、私の望みではない。


そのまま居室でぼうっとしていると、やがてどやどやとスタイリストたちが押しかけ、あれよという間に私の身支度を整え始めた。

着せ替え人形のようにされるがままになっていると、ふと縁側から、誰かの視線を感じた。見ると、振り袖姿の中学生くらいの女の子が、障子の陰からこっそりこちらを覗いている。

確か——双葉ちゃん。

今日の私の介添え役や、御酌役などをしてくれる女の子。

さらりとした黒髪の、とても可愛い子だ。私が手招きすると、彼女ははにかみつつおずおずと寄ってきた。うっとりと私を見上げて言う。

「あの……綺麗です。とっても」

私はにっこりと微笑む。

「ありがとう」

「花嫁さん、とても幸せそう……」

黙って笑い続ける。ここでそれを否定するのも大人げない話だ。

「それ、知ってます。綿帽子、っていうんですよね」

双葉ちゃんが、私の頭にふわりと試し載せされた白い被り物に興味を示した。私の頬がまた緩む。

「そう。被ってみる？」

双葉ちゃんが目を輝かせる。

「え、いいんですか？　でも……」

「駄目だよ」

するとまた縁側から、今度は棘のある声がした。

「勝手なことしないでよ瀬那さん。それ、うちで買った物なんだから。レンタルじゃなくて買い切りだし、汚されたら困る」

瀬那というのは私の名前だ。和田瀬那。そして部屋の外からケチをつけてきたのは、俵屋愛美珂――私の結婚相手の二人いる妹の、上のほう。歳は私と同じくらいで、色白だがややメイクの濃い、華やかな茶髪の美人。

「できれば双葉ちゃんも、その格好であまりうろつかないでほしいかな。その振り袖はレンタルだけど、レンタル料すごいんだよ。悪いけど、出発まで部屋で大人しく待っててもらえる？　あと芸までは犬にはなるべく触らないでね」

「あ、す……すみません！」

双葉ちゃんは顔を真っ赤にし、慌てて廊下を駆け戻っていった。

私は目を丸くして上の妹を見つめる。さすがに今の言い方はひどいのでは――と内心反発していると、アミカは、走り去る双葉ちゃんを細目で見送りつつ、面白がるように言った。

「貧乏人の子って、可愛いよね。反応が。どこか」

私は数秒間、硬直した。

アミカはふわあと欠伸を噛み殺すと、「そうそう、瀬那さん」とこちらを向く。

「これ言いに来たんだった。中庭の渡り廊下からこっちの居間棟に入るところに、ダイヤル式の南京錠ついた扉あるでしょ？　屋敷出るとき、あそこ閉めてってもらえるかな。今日は人の出入りが多いから、管理は厳重にしておきたくて。番号は何番でもいいから」

じゃあよろしく、とアミカは手を振って去って行った。

私はしばし呆然とした。左右のスタイリストは、会話が聞こえないふりをしてひたすら自分の作業に打ち込む。

しかし私もやがて下を向き、多くは考えないことにした。すべては自分が選んだ道だ。あるいは抗うことを選ばなかった道――。

それからふと、ダイヤル式の錠という言葉に、部屋の隅に置いた革張りのトランクケースに自然と私の目が向く。確かに管理は厳重にしないと。床の間の柱にワイヤーロックで取っ手を連結し、三桁のダイヤル錠までかけた私の秘密の鞄。けれどあれはもう早く処分すべきだろう。結局私には、今日の今日まであの中身を使う勇気はなく――そしてそれはこれからも、ないだろうから。

そして昼過ぎ。出発の時間が来た。私はアミカに言われた通り扉を施錠し、屋敷を出て表に待機していた黒塗りのハイヤーに乗り込む。

それから自宅に向かった。昔の慣習で、花嫁は自分の実家から徒歩で花婿の家に向かうらしい。私は「七夜考」ですでに一週間前から相手の屋敷に居候していたので、どう考えてもこれは二度手間だ。けれどそれがしきたりというなら従うしかない。

——ただあの実家に戻るのは、あまり気が進まなかった。

やがて前方に、馴染んだ家が見えてくる。門前には楽隊やエキストラなど、花嫁道中に参加する人たちがすでに集まっていた。全部俵屋家が雇った賑やかしだ。

ハイヤーはその人山を押し分けて止まり、私はかつて幾度となくくぐった玄関から自宅に入る。ブライダル会社の女性に先導されながら勝手知ったる家の中を進み、最後に仏間に続く襖を自ら音を立てて開け放った。

襖の向こうには、車椅子の女性と、畳に額をこすりつける紋付袴の小男がいた。

私は女性に会釈し、男は無視して仏壇に向かう。線香を上げ、先祖と亡き母にこのたびの結婚を報告した。傍から見ると異様な光景かもしれないが、この里ではさして珍しいものではない。これが「追い出し土下座」。主に父親が、嫁に行く娘にこうして平身低頭して、その門出を見送るのだという。

でもこの土下座は——。

正真正銘の土下座だ。

けれどどちらにしろ、この男には今や土下座くらいどうってことはないだろう。つい何日か前にも、花婿の上の妹に命じられ、屋敷の廊下を「髪の毛一本残すな」と舐めるように掃除させられていたところを私に目撃されている。

私は不快なものから極力目を逸らし、私は車椅子の女性に向き直った。あらためて無理をさせてしまったことをお詫(わ)びする。私の伯母、和田時子(ときこ)。別に普段から足が悪いわけではないが、おととい運悪く捻挫(ねんざ)してしまったらしい。

そして家を出る。黒牛に乗り、ブライダル会社の女性の合図を待って花嫁道中に出発した。時間は炎天下の午後一時と予定より早いが、なんでも諸々の事情で、スケジュールが一時間前倒しになったそうだ。

それにしてもなぜ牛なんだろう——そんなふとした疑問が、ささくれ立った私の心をわらべ歌のように和(なご)ませる。

*

牛の乗り心地は、それほど悪くなかった。

夏の日差しは強いが、お付きの人が赤い日傘を差してくれている。ぴいひゃらと軽やかに鳴る笛の音に、でんでんと腹に響く大太鼓。そこに渋声の長唄や神主の祈禱の声が乗っかり、何とも騒がしく愉快げな行列だ。

提灯に幟(のぼり)、花で飾った荷車に唐鞍(からくら)の馬。前後を見回すだけで目が喜ぶ。私の牛の隣では、可愛く着飾った双葉ちゃんが、伯母の車椅子を丁寧に押して運んでくれていた。たまに私と視線が合うと、照れたように笑うのがまた微笑ましい。

けれどそんな浮かれ気分も一瞬だった。やがて通りに見物客が増えると、あちこちから汚い罵り声が聞こえ始める。「嫁親詰り」――これもこの地方独特の慣習だが、このときばかりはこの里に生まれついた自分の運命の皮肉を呪(のろ)ってしまう。

人売り――と、誰かが強く叫んだ。

たちまち私の気持ちに暗い影が差した。叫んだ当人には何の悪気もないだろう。けれど今の私には笑えない冗談だ。今の言葉を、はたしてこの行列の先頭にいるあの男は、いったいどんな気持ちで聞いているのか――。

と、そのとき、私の目からつと涙がこぼれた。私はその涙をそっと指で拭う。同情して泣いたのではない。男に同情して泣く気も起きないほど、乾いた心で結婚する自分——そんな自分の心がひどく壊れたものに思えて、それが悲しくて泣いたのだ。

屋敷に着くと、私は一行から離れて案内役の双葉ちゃんと二人で母屋(おもや)の勝手口に向かった。

花嫁は正面玄関ではなく、この台所の勝手口から入るのだという。これもよくわからない昔のしきたり。中に入るとまず私は台所で俵屋家の女性三名——結婚相手の母親と二人の妹、それとテレビカメラに迎えられ、女三人から生米(なまごめ)を投げつけられた。

それからまた双葉ちゃんと二人で、さらに屋敷の奥へと向かう。丹念に掃除された白木の廊下をしずしずと歩くと、やがて「月の間」に辿り着いた。ここで私はさきほど分かれた二人の親族と合流し、それから挙式の本会場である「大座敷」に向かう手筈(てはず)になっている。

——「月の間」に入ると、私の親族はすでにそこにいた。

私の伯母と、もう一人の身内の男。汚れた紋付は着替えたようだ。伯母は今は車椅子を降り、隣の男の肩を借りている。車椅子を使わないのは「もし無理でなければ」という俵屋家の要望だったが、実質命令に近い。

私は伯母——時子さんのほうだけ向き、静かに頭を下げた。

時子さんは無愛想な顔を少しほころばせる。あらためて見ると、彼女は綺麗な桜色の色留め袖を着ていた。今までいろんな感情が渦巻き、目をやる余裕がなかった。

私が「良い着物ですね」と褒めると、伯母は少し寂しげに笑った。

「ああ、これかい……。私のじゃないんだよ。今朝、俵屋のお嬢さんたちに言われた美容室に行ったら、こっちの着物が代わりに用意されてててねえ。少しみすぼらしかったかね、私が持ってきた着物……」

私は口をつぐむ。申し訳なさに、今度は伯母の目も見られなくなった。

そんな私を見て、そちらさんこそ綺麗よ、と伯母は慌てて取り繕うように言う。だが隣の男と同じく白内障を患う伯母には、あまりこの姿は鮮明には見えていないだろう。私は曖昧に笑うと、気を取り直して「行きましょう」と伯母に一声かけた。そして廊下を向く。

すると隅にいた男が、いきなり畳の上に這いつくばった。

「……すまん」

私は無視して歩き出した。

もう「追い出し土下座」は終わった。ここであの男が頭を下げる必要もなければ、私が相手する義務もない。

けれどその謝罪の言葉は、後から熾火（おきび）のようにじわじわと私の心を焼いた。——すまん？　すまんとは何だ。自分の娘の晴れ舞台に、言うに事欠いて「すまん」とは何だ。

私の結婚は、謝罪されるほどの不幸なのか。言うなら言うで、なぜ今このタイミングなのか。そんな謝罪の前に、お前にはもっとすべきことがあったのではないか。

お前がそんな父親だから——。

けれどその先の言葉は飲み込む。それは鏡に向かって言うようなものだ。私だって本気でこの結婚が嫌なら、それこそ死ぬ気で抗えばいい。まさにカズミ様がそうしたように。けれどその選択をすることができない時点で、やはり私が——弱いのだ。

*

いよいよ「大座敷」へと移る。

そこが挙式の本会場だ。すでに人は集まっている。私は奥の金屏風（きんびょうぶ）に向かい、その前に座る花婿の右隣に腰を下ろした。現代の日本では花嫁は花婿の左に座るが、昔は右に座るのが普通だったらしい。

私は一息つくと、そこから座敷を見渡す。

まず私の右手、つまり南の縁側からは、広い庭と蓮池が見えた。

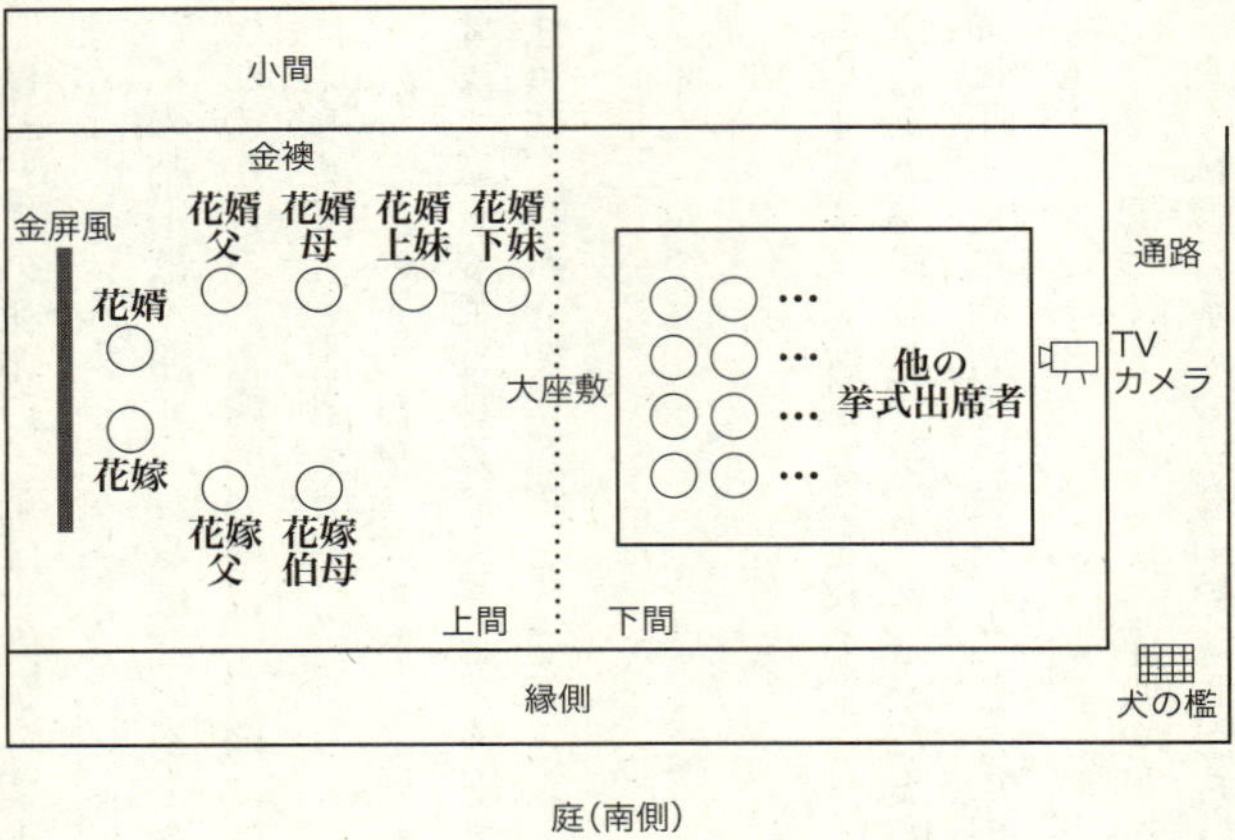

【大座敷の様子】

それと今は見物客も。私の父と伯母は、その庭を背に花婿の家族と向きあって座っている。東西南北で言えば、南側に私の父と伯母。北側に花婿の父、母、上の妹、下の妹。私から見て、両家は手前からその並び順で、左右に対面して座る形だ。

また大座敷は東西の二間に分かれていた。私たちがいるのが西の上間。それ以外の出席者およびテレビスタッフがいるのが東の下間。下間の人たちは横数列で並びこちらを見ていた。ちょうど上間が舞台、下間が観客席といったところだろうか。その観客席の奥、縁側の隅にはなぜか犬の檻も見える。たぶんあとで双葉ちゃんと余興をする犬だろう。【図・大座敷の様子参照】

花嫁席に座ると、眩しい光に襲われた。

テレビ撮影用の照明である。そういえば昨日のリハーサルのとき、俵屋家の二人の妹が「女優みたいにライトを強く当てて」とスタッフに注文していた。正造氏も「光は多く露出オーバー気味に」と撮り方に細かく口出ししていたが、きっと何事も派手好きな正造氏には、古い座敷が陰気な感じに映るのが嫌だったのだろう。

――だったら他でやればいいのに、とも思うが。

大座敷の地味な襖も、すべて金紙に貼り替え。老朽化の進んだ板張りの黒塗り天井には、そのボロさを隠すように照度の高いＬＥＤシーリングライトを数日前に業者が取り付けたばかりだ。

またそれ以外にも、大座敷には暑さと花粉対策用に、花粉除去機能のあるエアコンが設置されている。俵屋家は全員軽い花粉症持ちだ。ちなみにここでの花粉は主に夾竹桃によるもの――花粉も毒を含むそうだが、くわえて花粉症まで引き起こすとはどれだけ厄介な植物なのか。

あまりに照明が眩しいので、私は耐え切れず南の縁側に顔を向ける。すると今度は日光に目をやられた。庭池や外塀の瓦で照り返す外の光だ。どうにも視界が落ち着かないが、綿帽子がずれるのであまり頭を動かすこともできない。私は仕方なく視線を落とし、静かに手前の畳の目を数えた。

そして挙式の開始。仲人の祝辞、花婿父の挨拶、婚礼品の交換と続く。

それが終わると、親族による「大盃の回し飲み」だ。他人との回し飲みは苦手だが、ここの流儀ではそれが三々九度の代わりらしいので仕方ない。

回し飲みはまず、下間にいた御酌役の子——双葉ちゃんが、上間北側の小間(こま)から酒器を持ち出すところから始まった。

彼女は盆に載せた二つの酒器——「大盃」と「銚子(ちょうし)」を、上間の中央まで運んでくる。酒器はどちらも黒塗りで、銚子は大きな急須型(きゅうすがた)。「お銚子」と聞くとつい徳利(とっくり)のようなものを思い浮かべてしまうが、こちらが本来の形らしい。そして双葉ちゃんはその場に正座すると、その急須のような銚子からゆっくり盃(さかずき)に酒を注ぐ。

ただ緊張しているのか、手つきがとてもぎこちない。途中何度かお酒の流れが途切れ、つい頑張って、と心中応援してしまう。

それでも何とか注ぎ終わり、彼女はほっと一息ついた。それからまた危なっかしい足取りで、盃を隣の花婿正面まで運ぶ。花婿はそれを受け取ると、豪快に傾けて飲んだ。双葉ちゃんが安堵した顔つきで下がる。

花婿はその後右隣の私のほうを向くと、盃をそのまま私に差し出してきた。私はそれを向かい合って受け取る。盃は以後、こうして次の人に直接手渡していく作法だという。

私は盃を受け取ると、花婿とは対照的に、盃をあまり傾けず啜るように飲んだ。

男は豪快に、女はしとやかに——というのが、正造氏から受けた演技指導である。

ちなみにこの盃は、国宝級の逸品らしい。

黒塗りの地に、浮き彫りの龍と銀彩の滝で「昇り龍」が表現されている。詳しくは知らないが、古い漆彫りと螺鈿の技法が使われているという。

白銀の滝は中央から盃の縁まで流れ、その滝口から飲むとちょうど龍が口から飛び出る形になる。なので本来はそちらが飲み口。けれど私が受け取った向きは真逆だった。まあ大盃を茶道の茶碗のように回すわけにもいかず、これは致し方ない。

龍の浮彫は、まるで生きているように立体的だった。大変見事だが、ただ滝口近くの尾がダムみたいな窪みを作り、そこに汚れが溜まって些か洗いにくそうである。

私は酒を啜り終えると、一旦盃を置いて立ち上がった。次は花婿父。ただし位置が離れているので、面倒だがこうして立って運ばねばならない。どうにも合理性に欠ける回し方である。

運ぶ途中、若干私の足元がふらついた。

酒が零（こぼ）れそうになったため、慌てて盃の前後を手で押さえてバランスを取る。揺れが収まるのを待ち、改めて慎重に歩き出した。花婿父の前に着くと、正座して先ほど同様向き合って手渡し、また戻る。

なお盃を回す順は、最初が花婿で次が私。そして北側の花婿父、母、上妹、下妹と巡り、その後南側に移って私の父、伯母という順番になる。

そう——私の父は、花婿側の末娘のあとなのだ。

それも昔の風習なのか、それとも何か他意があるのか。挙式の担当者に訊（き）けば教えてくれるかもしれないが、いろいろ角が立ちそうで訊くに訊けなかった。

ただ、俵屋家がうちの家を格下に見ていることは確かだ。その意識は正造氏が挙式の方法を独断で決めたり、私の伯母の着物を勝手に替えたりしたことからも見て取れるし——この直後に起こった小さな事件でも、明らかになる。

盃が花婿の下の妹、絹亜（きぬあ）まで回ったときのことである。ちょっとしたハプニングが起きた。下間の縁側から、白い小型犬が座敷に飛び込んできたのだ。

「ムギ！」

一瞬遅れ、上間にいた双葉ちゃんが慌てて叫ぶ。どうやら檻から逃げ出してしまったらしい。犬がキヌアの手前の盃に駆け寄ったので、双葉ちゃんは慌てて間に割り込み盃を自分の体で庇(かば)うように覆(おお)った。

するとキヌアが、にやりと悪戯(いたずら)っぽく笑った。

「いいよ、双葉ちゃん……お前も飲む？」

そう言って彼女は双葉ちゃんをどかし、自ら盃を犬に差し出す。

犬は盃に首輪の鈴ごと顔を突っこむと、嬉しげに尻尾(しっぽ)を振ってさかんに酒を舐(な)めた。「もう！」双葉ちゃんは憤慨(ふんがい)し、犬を無理やり抱き上げて廊下のブライダル会社の女性に手渡す。「あ、着物……」とアミカが呟くのが聞こえた。

私は呆気(あっけ)にとられる。するとその間に、下の妹は盃を持って立ち上がり、私と同じようにふらつく足取りで盃の前後を押さえて持ちながら、それをそのまま私の父のところへ持って行った。

「どうぞ」

父の前に着座し、にこにこと盃を差し出す。

——え、と思った。

一同の視線が集まる。父親は一瞬固まったが、すぐにへらへらと相好(そうごう)を崩して盃を受け取り、

「どうも」

そう言って——ぐっと飲んだ。

私は唖然とその様子を見守った。本気で何が起こったかわからなかった。

嘘。それ、犬――だよ。

犬が飲んだあとの――お酒だよ。

父親はごくごくと喉を鳴らし、時間をかけて飲んだ。その姿を眺める私の目に、また知らず涙が滲む。それは――駄目だろう。そこは飲んではいけないところだろう。

そこははっきりと、断らねばならないところだろう。

悔しさで視界がぼやける。なぜこの人はここまで卑屈なのか。確かに立場は相手が上かもしれない。零細なうちの工務店に仕事をくれるお得意様だし、多額の借金をしているほかにも、倒産寸前のところを救ってもらった恩義だってあるかもしれない。

けれど一番の理由は、きっとこの人が諦めているからだ。

そんな自分を。他人に蔑ろにされてしまう自分を。あれでも昔は凛とした父親だったが、俵屋に取り込まれてからはすっかり覇気を失くしてしまった。けれどそうして自分を殺しているのは他ならない彼自身だ。世間の冷たい部分がよってたかってこの人を痛めつけ、こんな些細な悪意にも抵抗できない、気弱で無気力な人間に仕立て上げてしまった。それが悔しい。父親がそんな人間であることが悔しい。

そしてまた私も、自分を蔑ろに――しようと。

そのとき私は初めて、はっきりと自分の感情を自覚した。

嫌だ。

こんな不幸な結婚は、嫌だ——。

＊

そう思った、少しあと——のことだった。

回し飲みが終わり、双葉ちゃんが酒器を再び上間北側の小間に下げる。それから下間にいた老人が民謡のような「謡い（うた）」を始め、それに合わせて花婿父と花婿が立って踊りを舞い出した。

しばらく陽気な踊りが続く。するとその途中で、どたんばたんと花婿親子が立て続けに転んだ。

「ハハ。飲み過ぎですよ、伯父さん——」

下間から誰かが笑いつつ立ち上がる。あれは確か——花婿の従兄弟（いとこ）。彼は倒れたまま動かない花婿父に歩み寄ると、その容体（ようだい）を見るようにその上に身を屈める。

そして少し間を置き、叫んだ。

「伯父さん！」

同時に親子の体が痙攣し始める。すると次の瞬間、私の右斜め前でも何かがどさりと倒れる音がした。――私の父親。

座敷は一瞬しんとなり、それから悲鳴が上がった。縁側ではぴしゃりと戸が閉められ、中では誰かが「救急車を！」と叫ぶ。花婿父が激しく嘔吐した。座敷内に充満する異臭。蛙のように畳を掻く足に、はだけた袴の裾から覗く毛深い脛と白い足袋。

私は口に手を当てて絶句した。まさか。なぜ。いったいどうして、こんなことが――。

*

――病院の待合室で、私はふと足先に冷たいものを感じた。

何だろう？　スリッパを脱ぐと、左の足袋の甲と裏のあたりが濡れている。

ほんのり酒香もした。どこかでお酒を踏んだ？　でもスリッパは濡れてないし、屋敷内も綺麗に掃除してあったし――。

ここまでのことをぼんやりと思い出す。あのあと私は「月の間」で白無垢の上に夏羽織を着て、勝手口に出ていたゴムサンダルを履いて救急車に飛び乗り――そして今、この病院にいる。

他に寄り道した記憶もないし、なぜだろう。かがんでよく見ると、濡れた部分は薄くピンクに染まっていた。――血？　私は指を伸ばし、おそるおそるその部分に触れてみる。

すると足の甲から、何か薄い皮のようなものが剥がれ落ちた。

私はそれを拾い上げ、少しぎくりとする。

――薄いピンク色の、夾竹桃の花びら。

なぜこんなものが？　混乱していると廊下にぱたぱたと足音が響いた。奥の曲がり角から、花婿の下の妹が姿を現す。

「だ……駄目だったって。パパたち……」

彼女は立ったままぼろぼろと泣きじゃくる。私は呆然とその様子を眺めた。その言葉の意味を頭の中で反芻しながら、膝の上で花びらを秘かにぎゅっと握りしめる。

カズミ様。

これはあなたの、仕業ですか――？

第四章

結婚式の翌朝。屋敷に戻り、居室の縁側からぼうっと庭を眺めていると、夾竹桃の間をぬって一人の美人が近づいてきた。

「――瀬那さん。ちょっと来て」

外から私を手招く。例の結婚相手の上の妹――アミカだ。歳は二十代半ばで私と同世代、過去に読者モデル経験あり。茶に染めた髪が陽(ひ)を受けて金色に見える。

今は着物を着替え、ボーダーのタンクトップとショートパンツという軽装だった。露出した手足が、雪のように白い。母親の遺伝なのか、俵屋家母娘は全員色白だ。

「……なんでしょうか？」

「いいから。早く」

そう言ってアミカは、私の返事を待たずに歩き出す。私はちらりと室内を振り返った。鞄がワイヤーロックで柱に繋(つな)がっているのを目で確かめてから、縁側のサンダルを履いて急いで彼女の後を追う。

アミカに従い、庭を歩く。

特に会話は無い。大座敷の前を通るとき、中に制服姿の警官を数人見かけた。なんだろう、と私は首を傾げたが、アミカが質問しにくい空気を発していたので流してしまった。――昨日のあれは、やはり何かの事件なのだろうか。

やがて離れの洋館に着く。入ると、異国情緒漂う客間には先客がいた。花婿の母と下の妹、および従兄弟とその両親。隅には私の伯母もいる。

私とアミカを合わせ、総勢八名。全員が今朝、病院から戻ってきたばかりである。

豪華な調度品の並ぶ客間。猫足のテーブルに暖炉、グランドピアノ、半六角形に張り出した窓――。

そして窓の外には、真っ白に咲く夾竹桃。

大変居心地のいい空間だった。そのため俵屋家の方々は、普段は住みにくい母屋ではなくこちらの離れで暮らしている。私の居室は母屋の端だったが。

普段着に着替えたのは私と花婿妹二人だけで、あとは皆礼装のままだった。従兄弟一家や私の伯母はここで着替えられず、また花婿の母親はそれを気遣ったのだろう。

他の親族は一旦帰ったようだ。

なのでそんな中、下の妹の赤いジャージ姿はとても浮いていた。下の妹は確か大学生のはずだが、小柄な体とジャージのせいか今は中高生くらいに見える。派手な化粧の姉と違い、薄化粧で見た目は清楚で黒髪。ただし性格にやや難あり。

そんなことを考えながら、私はしげしげと室内を見回す。するとふと、全員が自分に注目していることに気付いた。

……何か？

きょとんと皆を見返す。アミカは私を置いて張り出し窓に向かった。窓辺の棚にある真鍮の馬の置物を手に取り、こちらを振り返る。

「瀬那さんってさ……」

馬を手の中で弄びつつ、言う。

「あまり、泣かないよね？」

私は口を半開きにした。

「えっ……」

「というか、ずいぶん冷静だね。広翔たちが死んだのに。それともあれかな。ショックが大きすぎて、泣くに泣けないのかな。けどそれにしては、さっき部屋で普通に食べてたと思うんだけど。珠代さんが今朝朝食用に買ってきた、コンビニのおにぎり」

広翔というのは私の結婚相手、俵屋広翔のこと。珠代さんとはここの家政婦のことだ。彼女は三十過ぎの女性で性格は無口で大人しめ、けれど髪色は派手めで、この屋敷では彼女とアミカだけが髪を明るい茶色に染めている。また家政婦にしては料理下手で、食事は出来合いの惣菜や店屋物が多い。今朝のおにぎりもコンビニ品。

　アミカの指摘に、私は気まずい思いでうつむいた。

「涙は……」

「ん？」

「涙はあまり、出ないほうなので……」

「涙が出ない？　なにそれ。人としての感情が死んでるってこと？」

　アミカは小首を傾げると、馬の置物を掴んだままこちらに近寄ってきた。私の顔を覗き込むようにして言う。

「そんな感情の無い人が、どうして結婚なんてするんだろうね？」

　私は何と答えてよいかわからなかった。

　アミカはまじまじと私の顔を見る。それからふっと笑い、ショートパンツのポケットから煙草の箱を取り出した。一本咥え、真鍮の馬を何やら指で弄る。かちゃんと音がして、馬の背にポッと火が点いた。ライターだ。

「まあそっちはひとまずおいとくとして――瀬那さん、聞いた？」

「何をですか？」

「広翔たちの死因」

「いえ。まだです」

「ふうん。普通は真っ先に気になると思うけどね。なら瀬那さん、私から教えてあげようか？」

「はい。お願いします」

「――『砒素(ひそ)中毒』、だって」

びくんと、私の体が震えた。

砒素……中毒？

「びっくりだよね。砒素ってさ、毒でしょ？　普通に毒殺とかに使われるやつでしょ？　なんでそんなもので、うちのパパと広翔が死ななきゃならないんだろうね。それって絶対――」

するると突然、後ろから誰かにがしりと肩を摑まれた。

「……殺したやつがいるってことじゃね？　なあ、瀬那さん」

驚いて振り向く。私より頭一つ背の低い下の妹のキヌアが、鬼のような目つきで下から見上げていた。

そのとき。

私の鈍(にぶ)い頭にも、ようやく血が巡り始めた。

「いえ、あの……」

「ねえ。怖い話だよね。私もお医者さんから聞いてびっくりしてるとこ。瀬那さんも来るとき見たでしょ？　警察の現場検証。午後から本格的に事情聴取が始まるから、そのつもりで準備しといてね」

「その、私は……まさかそんな、事件だとは……」

「事件じゃなきゃ何なのさ。事故？　アルコール中毒？　いやいや、酒飲みのパパが今さらあのくらいで死なないでしょ。ところで瀬那さん、さっきの話に戻るけど、瀬那さんって感情が無い人なの？　なのにどうして広翔と結婚したの？　何目的？」

「わ、私は……」

「愛ではないよね。感情がないんだもん。広翔に強引に押し切られた？　あいつ女口説くの見境ないから、それで流されるのはまあわかるけど――でも結婚までするなら、少しは愛情が湧いたってことだよね？　なら涙くらい流すよね？　それがまったくないってことは……やっぱりあれかな。瀬那さんは、うちの財産目当てで結婚したのかな？」

　私は再び返答に詰まった。

「いえ、決して――」

「いいよ瀬那さん。もうこんな状況だし、ここはお互い腹を割って話そうよ」

アミカが歯を見せて笑う。

「正直私も、広翔はあまり好きじゃなかったから――それに瀬那さんの実家って、パパの会社に借金があったんでしょう？　どうせそれを盾に結婚を迫られたんじゃないの？　性根まで腐った男だから、あいつ」

「ちょ……ちょっと待ってください。もしかして、私を疑ってるんですか？　私が財産狙いで殺したんじゃないかって？」

「まだ私はそこまで言ってないけど」

「まだってことは、内心は疑ってるってことですよね？　私が犯人だって。そんな――どうして。倒れた中には私の父親だっていたんですよ？　それなのになぜ――」

「だったらすごいよね」

私の背後から、再びキヌアが耳に息を吹きかけるように言う。

「親殺し」

その禍々しい言葉の響きに、私の体は一瞬で凍りついた。

ふうう――と、アミカが鼻から長い煙を吐く。

「あのね、瀬那さん。別に私だって根拠もなく人を疑ったりしないよ。パパも裏で結構あくどいことをしてたから、殺したいほど憎む人間は大勢いただろうし。――ただ問題は、出所なんだよね」

「出所？」

「そう。犯人がパパたちを殺すのに使った、砒素の出所」

煙がアミカの顔の前で、蛇のようにとぐろを巻く。

「砒素ってさ、今じゃ簡単には手に入らないらしいよ。ホームセンター（ホムセン）で買うにも身分証とか必要だし。

けれど一応、この屋敷にもあることはあるんだ。外の土蔵の中に、鼠（ねずみ）を殺すための砒素が。ほら、この屋敷って相当古いでしょ？　元は武家屋敷かなんかで、前はどこかの豪商の子孫の持ち物だったのを、うちが買い取って。そのとき蔵（くら）と一緒についてきたみたい。

ただその砒素の缶って、まだ未開封らしいんだ。だからそれが事件に使われたわけじゃない」

アミカが淡々とした口調で続ける。けれどその話を聞くにつれ、徐々に私の顔は青ざめていった。そんな……。もしかしてこの姉妹は、もうあのことを知っていて――。

本当に、馬鹿だ。私は――。

アミカはピアノ脇のテーブルに近づくと、そこにある灰皿できゅっと煙草の火を消した。それから腕を組んで私に向き直る。

「ところで瀬那さん……全然話変わるけど、確か瀬那さんの部屋に、大きな鞄があったよね？　ちょっとあれの中身、見せてくれない？」

*

私は顔から血の気が引くのを感じながら、持ってきた鞄を彼女たちの前に置いた。三桁のダイヤル錠のついた、茶色い革張りのトランクケース。昔の洋画で、英国人の少女が旅行に持っていくのを見て憧(あこが)れて買ったものだ。買った当初はもちろん、そういった用途に使った。けれど今、この中に入っているのは――。

「……ごめんね。ただの誤解だと思うのよ、私は」

アミカが片目をつぶり、両手で拝むようにして私に白々(しらじら)しく頭を下げる。

「ただキヌアがね、どうしてもあるって譲らなくて。なんでもね、見たらしいのよ、庭から。瀬那さんが、この鞄から『砒素』って文字の入ったラベルの小瓶を取り出すところを。双眼鏡で覗いたから確実だって妹は言うんだけど――そもそも覗きは犯罪でしょ、って話だよねえ――」

捨てればよかった。どうせ使う勇気もないなら、早く捨ててしまえばよかった。

私は床に膝をつき、鞄に手を掛けたまま唇を震わせ硬直する。するとアミカがつま先でこつこつ鞄を蹴った。

「どうしたの、瀬那さん？　早く開けてよ」

「違うんです。違うんです、これは……」

「えっ、違うの？　これって瀬那さんの鞄じゃなかったの？」

「いえ。私のです。けれどこの中にあるのは――」

「胃薬かな？　それとも頭痛薬？　まあ小瓶の中身は何でも構わないよ。キヌアの見間違いってわかればいいんだから。とりあえず開けて見せて」

「ごめんなさい。そうじゃないんです。これは――」

「『ごめんなさい』？　誰に何を謝ってるの？　いいよいいよ、むしろ謝らなきゃいけないのはこっちだから。無理に鞄開けさせてごめんなさいだから。あ、それとも下着か何か入ってる？　だったら――おーい、男性陣！　ちょっとこっち見ないでくれるー？　ここ、乙女のプライバシーだからー！」

　私は泣き崩れて鞄に倒れ込んだ。すると後ろからまた肩を掴まれ、無理やり引き起こされる。キヌアが私の前髪を掴み、鼻が擦るくらい顔を寄せてきた。下の妹は色白のアイドルのような小顔で、ヤクザの恫喝のように言う。

「開けろよ」

繰り返す。

「開けろよ！」

私はしゃくりあげながら、震える指をダイヤルに伸ばした。

かちり、と三桁の番号が揃う。キヌアが私を押しのけ蓋を跳ね上げた。中身が露になる。ゴムのベルトで固定された、幾つものガラスの小瓶。束ねられた植物の根。葉。実。そして——。

タイトルに「毒」の字を含む、数冊の書物。

「お姉ちゃん。これ……」

下の妹が小瓶を何本か姉に渡した。上の妹は無言で馬のライターを床に置くと、その小瓶の一つ一つを取って視線の高さにかざす。

そして私に冷徹な目を向けると——。

いきなり私の髪を掴み、顔を床に叩きつけた。

「——キヌア。警察の連中、呼びな」

衝撃で、私の意識は朦朧となった。

私の顎を、鼻水か鼻血かよくわからない体液が伝う。歪む視界に、扉に向かう下の妹の姿が見えた。私はその背中にむかって必死に手を伸ばす。

違う。

違う、それは——。

私が自殺に、使おうと。


扉が閉じる。私の手が力なく下りる。どうしよう。これで私は犯罪者だろうか。こうして流されるまま、私は殺人の濡れ衣を着せられてしまうのだろうか。

砒素は不純物で違いがわかると、何かで読んだ記憶がある。なら警察が事件の砒素を分析し、それが私のと一致しなければ——でももし誰かが、私の砒素を盗んで使っていたとしたら？　いやそれ以前に、「あとから小瓶の中身をすり替えた」と思われるだけだとしたら？

——駄目だ。どう考えても一番疑わしいのは私だ。確かに私は結婚相手に何の愛情も感じていなかったし、この結婚を望まなかったのも事実。負債を盾に迫られたのも実際その通りだし、私にそんな人生を強いた父親に、怨みに近い感情を抱いていたことも否定できない。

事実私は、あの三人が死んで——とても心が軽かった。

そしてあろうことか、私は一昨日カズミ様を参拝している。もしそれを誰かに証言されたら——少なくとも、あの車の人たちには目撃されている——きっと私はもう、何の言い訳もできない。凶器も動機も十分。これらの事実を前に、なおも私は追及に抗えるのか。

この意志の弱い、私が――。

カズミ、様――。

すると私の耳に、妙に明るい子供の声が飛び込んだ。

「あいや待たれよ！　各々方、平静に！　平静に！」

＊

――小さな男の子、だった。

小学生くらいだろうか。紫の袖無しパーカーに、膝丈のハーフパンツ。背中に持ち手付きの鞄を背負い、癖っ毛の頭にはくりんと寝癖を立てている。

そんな男の子が、開いた扉の向こうで片手を突き出し、歌舞伎のようなポーズを決めていた。

「……誰？」

やや間があったあと、アミカが訊ねる。

男の子はそのポーズのままふっと笑った。

「八ツ星聯。探偵です。話はすべて聞きました。ですが短気は損気、ここは一つ、お互い冷静になって事件の振り返りを——」

アミカはつかつかと男の子に歩み寄ると、わしりと頭を摑んだ。

「珠代さあん！　何やってるのお？　不審者あ！」

「ちょ、ちょっとやめ……僕は別に怪しいものでは……痛い、痛いです！　放して！」

廊下から続いて、キヌアと、茶髪の三十代くらいの女性、そして中学生くらいの女の子が姿を現した。茶髪の女性は家政婦の珠代さん、女の子は双葉ちゃんだ。今は私服姿で、泣き腫らした顔で手に首輪のようなものを握っている。

アミカは年上の家政婦に、威圧的に声を荒らげて言う。

「珠代さん。言ったでしょ。離れには誰も入れるなって。珠代さんって本当言われた仕事できないよね。さっきは逆に、翠生さんを部外者だと思って離れに入れなかったし」

「……すみませんお嬢様。ですが、この小学生たちは……」

「まずは！　まずは話を！　僕の話を聞いて！」

「アミカさん。急におしかけてすみません。でも、お願いしたのは私なんです。ついお話を立ち聞きしてしまって……あとちなみに家政婦さん、私小学生じゃなくて中学生です」

「ああ……双葉ちゃんの知り合い？　ならいいんだけど。ところで双葉ちゃん、もしかしてムギちゃんの遺体引き取りに来た？　ごめんね、あれはもう警察が――」

「はい。警察の人から聞きました。一応ムギの死因も調べるって。それで首輪だけ受け取りに、ここへ……でもこちらの家政婦さんが、なかなか私が飼い主の双葉だって信じてくれなくて……」

「話がさらに！　脱線！」

男の子がアミカの手元で暴れる。そして身をよじって何とか自力で脱出すると、ぐしゃぐしゃに乱れた髪ではあはあと荒く息をついた。

「皆さんは――そんなに共犯者になりたいんですか！」

身を折り曲げ、渾身の力を込めるように叫ぶ。私たちは全員きょとんとした。――共犯者？

男の子は大きく深呼吸してから、ぐっと手の甲で口を拭う。

「いいですか皆さん。仮にそちらの花嫁さんをこのまま警察に突き出すなら、皆さんも無傷ではいられません。なぜならこの犯行は、単純に花嫁単独では成し得ないからです」

　急に口調が大人びる。

「思い出してください。回し飲みのときの席順を。あの盃はどういう順番で回されましたか？　頭から述べれば、**花婿**、花嫁、**花婿父**、花婿母、花婿上妹、花婿下妹、**花嫁父**、花嫁伯母。このうち被害者は、花婿、花婿父、花嫁父の三名——そうです。つまり被害者の間には、必ずあなたたち誰かが入っているのです。

だからもし単に花嫁が回し飲みの酒に砒素を混入したなら、あなたたちも死んでなくてはおかしい。ですがあなたたちは生きている。なぜか？　その説明としてまず思いつくのは——」

　男の子の円らな眼が、鷹のように鋭くなる。

「全員が共犯者で、飲んだふりをした——という解釈です」

　再び私たちは、呆気にとられて沈黙した。

　またしばしの間。ややあって、アミカが最初に反応する。

「ううんと、探偵ごっこ——かな？　あのね、キミ。そういうのは遊びでやるならいいけど、本当の遺族の人たちの前でやっちゃだめだよ。殴られるから」

「お姉ちゃん。アタシこういうのアニメで見たことあるよ。名探偵コナン君」

「……別に僕は、薬でこの姿になったわけではありませんが」

男の子は少しアミカを警戒するように距離を置くと、続ける。

「ひとまず僕の年齢は脇に置いてください。問題は、『この状況を警察がどう考えるか』です。犯行状況だけ見るなら、この事件は世にも不可解な『飛び石殺人』です。このトリックを明らかにしない限り、あなたがたの『**全員共犯説**』はきっと警察側でも浮上するでしょう。

名張(なばり)の毒ぶどう酒事件などを例に持ち出すまでもなく、一般に『毒殺事件』は犯行の立証が難しく、冤罪(えんざい)も生じやすい事件です。それに失礼ですが、俵屋家の世間の評判はあまりいいとはいえない。だから警察が、先入観と強引な筋書きで冤罪を着せる素地は十分にあります。

なので皆さん、どうでしょう。ここはひとつ、午後からの事情聴取が始まる前に、僕たちで事件を再検証して一通り理論武装しておきませんか？」

再び沈黙。さきほど床に打ち付けられた名残(なごり)で、私の鼻がじんじんと痛みを増す。

「――いいんじゃないか、アミカ」

すると部屋の隅から、男の人の声がした。

「いまいちこの少年の素性が掴めないのが気になるが、言ってることは当を得ている。それに僕も少々、この事件の奇妙さが気になっていたところだ」

壁に寄り掛かってスマートフォンを弄っていた男性が、顔も上げずに言った。私の結婚相手の従兄弟、橘翠生さん。歳は三十過ぎで、礼服がよく似合う感じの男性。

アミカはちらりと従兄弟のほうを向くと、これまでと少し違う表情で、くるくると指で髪を巻いた。

「まあ、翠生さんがそう言うなら……」

男の子は周りを見渡し、頷く。

「異論はなさそうですね。ご協力ありがとうございます。では――そういうわけで、この町の滞在は長引きそうです。すみません、フーリンさん」

そこで私は小さく、「あっ」と声を上げた。

半開きのドアの陰に、もう一人長身女性が隠れて立っていた。

豊満かつ、均整のとれたプロポーション。無造作にアップした黒髪に、黒のタンクトップとふくらはぎ丈のデニム。服装はシンプルだけれど、ティアドロップのサングラスと随所につけた高級感溢れるアクセサリーが、ハリウッド女優さながらの存在感を醸し出す。

あの人は、確か――。

おととい山道で見かけた、車に乗っていた超美人。

第五章

名を呼ばれ、フーリンは扉の陰でちっ、と舌を鳴らした。

とんだ巻き添えである。まさに疫病神（やくびょうがみ）。こんなことなら睡眠薬などと言わず、それこそ毒でも盛って数日ほど病院送りにしておくべきだったか——などと悔（く）やみもするが、すべては後の祭り。

事の次第はこうである——。

＊

昨日（さくじつ）。事件後、娘を心配して迎えに行った山崎をひとまず屋敷の門前で待っていると、何者かにぎゅっと服の裾を掴まれた。

「ようやく……見つけた。フーリンさん……」

振り向けば八ツ星。少し怖気（おぞけ）が走った。怨霊（おんりょう）に末代まで祟られた気分である。

ただちに肘鉄でも喰らわそうと腕を構えるが、よく見ると小僧は目にうるると涙を溜め、群れをはぐれた小鹿のような憐れさを醸し出している。ここでこんな子供をど突けば悪目立ちしよう。フーリンはため息を吐くと、諦め顔で構えを解いた。

「……どうやって、ここまで辿り着いたね？」

「新幹線の降車駅はわかってました。フーリンさんが切符を買うとき、隣の列から覗き見してたので……。だから一度その駅まで戻って、そこから聞き込み調査で『ハリウッド女優風の長身中国人美女』の目撃証言を地道に追って……。

　あとフーリンさんがカブトムシ採り自体を否定しなかったので、おそらく目的地は都市部ではなく山間部かと。それと最後の私鉄では、駅員の証言からフーリンさんが急行を見送って各停に乗ったとわかったので、そこから降車駅の候補が絞れました。それと……」

　何を存分に探偵能力を発揮している。フーリンはやれやれと首を振ると、ごそごそとポケットを漁り、ハーブ入りののど飴を一つ取り出した。八ツ星の手首を摑み、それをぽとんと手のひらに落とす。

「よく頑張って探したね。褒美にこの飴をやるね。ところで私はもう帰るから、お前はここで心ゆくまでカブトムシ採りを楽しむね。そういえば『カズミ様』という祟り神を祀った祠のあたりが、結構穴場っぽかったね。よければ参考にするね」

踵を返そうとすると、すかさず腰のあたりにすがりつかれた。

「お願いですフーリンさん。もう僕を一人にしないでください」

どういう台詞(せりふ)だ。

「気持ち悪いこと言うね。どうした？　もうホームシックにでもかかったか」

「はい。恥ずかしながらその通りです。まさか知らない土地での野宿が、あんなに心(こころ)寂(さび)しいものだったとは……」

「野宿したのか。なんでホテルに泊まらなかったね」

「小学生一人じゃ警察に補導されてしまいますし、お金もありません」

「宿泊費も持ってこなかったのか？」

「全部散財してしまいました。ここまでのあなたの捜索費用に」

フーリンはしかめっ面で子供を見つめる。やがて財布を取り出し、中から一万円札を数枚抜いて相手に手渡した。

「……これは？」

「帰りの交通費と宿代ね。今から私は温泉で一泊して帰るが、勝手についてくる分には止めはしないね」

「えっ、くれるんですか？　でも……」

「誰がやるといったね。もちろん貸し付けね。知り合いのよしみで金利は法定利息に抑えてやるね」

八ツ星は最初は顔を輝かせたが、債務と聞くと万札を手に複雑な表情で考え込む。

「とてもありがたいような、でも話に乗っちゃいけないような……。どうしよう。こんな借金はお母さんには話せないし、今年のお年玉は全部使っちゃったし……。あっ、そうだ」

ぽん、と八ツ星は笑顔で手鼓を打つ。

「フーリンさん。一つ良案を思いつきました。このお金は僕が借りるのではなく、師匠の借金に上乗せするというのはどうでしょう？　一億の借金が数万円くらい増えたって、ただの誤差ですよね？」

あんぐりと口を開けていると、八ツ星はすぐさまスマートフォンを取り出し何やら打ち始めた。しばらく待つと、やがて着信音が鳴る。

「ほら。師匠の了解も取れました」

と、意気揚々と画面を見せてきた。どうやらこいつの元師匠――青髪の探偵――にメールし、借金上乗せの承諾を求めたらしい。

返事は短く一言だけ、「構わん」とあった。

確かにあの探偵には、億を超える融資をしているが……だがもう相手するのもいい加減億劫（おっくう）になってきたので、フーリンはため息を吐くと投げ遣（や）りな態度で頷いた。わあい、と子供は小遣いでももらったかのようにその場でぴょんぴょん飛び跳ねる。

しかしこの商談、はたして己に利がある取引だったのかどうか——自分でも損得がよくわからなくなりつつあるのが、末恐ろしいところである。

「お待たせしました、リーさん。……あれ？　知り合いのお子さんですか？」

そのとき、近くから声が掛かった。山崎が娘を連れて戻ってきたのだった。双葉少女は今は私服に着替え、母親に抱き着きながらこの世の終わりとばかり号泣している。

「いや。哀れな迷い子ね。それより娘は大丈夫か？」

「はあ。急に目の前で人が倒れて、驚いたようで。あとムギが……」

「犬が？　どうかしたのか？」

「あのお酒を飲んだせいか、ムギが死にまして。でも変ですよね。あのくらいのお酒なら、うちでも何度か舐めさせてるのに……」

するとそこで、八ツ星がぴたりと跳躍を止めた。

ゆっくりとこちらを振り返る。広い額の下に、賢しげな瞳が覗いた。顔から急にあどけなさが去り、どこか威厳さえ感じさせる大人びた眼差しで自分たちを見る。

「——ちょっとその話、詳しく聞かせてもらえませんか？」

そしてフーリンの頭が痛いことに、当然のごとく八ツ星は事件に興味を示した。それからなんやかんやで、その晩は八ツ星込みで双葉少女の家に連泊することになり——そして翌朝、少女が屋敷に犬の遺品を取りに行くのにつき合わされ——そしてこの離れの洋館まで来て遺品の首輪を受け取り帰る途中、少女がこの客間の騒ぎを聞きつけ——どういう博愛精神か、「花嫁さんを助けてあげて」と八ツ星にいらぬ訴えをし——。

＊

そして今の、この状況である。

名指しされては身を隠す意味もなく、フーリンは諦めて戸口から姿を現した。全身に茨（いばら）のような視線が突き刺さる。

手になぜだか真鍮の馬を持った女が、濃い化粧顔の眉根（まゆね）を寄せた。

「……誰？　この子のお母さん？」

煙管で目を突きたくなる衝動を何とか堪（こら）えた。

「ただの通りすがりね。連れが迷惑をかけたね。この子供、そのアニメとやらの影響か探偵ごっこに憧れてるね。今持って帰るので気にせずどうぞ続きを——」

「どうして……共犯だなんて」

すると奥から細い声がした。黒い留め袖を着た女が、ピアノの椅子に腰掛けこちらに体を向けている。フーリンはちっと舌打ちした。

「ひどい、言い掛かりを。私は夫と息子を、殺されたのですよ」

花婿の母親である。昨晩の八ツ星たちの話から思い出したが、名前は確か紀紗子（きさこ）。

細身の色白美人で、ほつれ髪と着乱れた襟に妙な色香を伴う。

二人の娘と違い、どこか押せば倒れそうな儚（はかな）さがあった。弱さで男を惹（ひ）きつけるタイプの女か。

八ツ星が首を横に振る。

「申し訳ないですが、身内殺しは世間でよくある話です」

「そもそも……砒素が、あのお酒に入っていたとは、限らないんじゃないのですか……」

「砒素の急性中毒症状は早くて十分以内、遅くとも一時間以内には発症します。事件の三時間前からは花嫁道中が始まってますし、さきほど家政婦さんに確認しましたが、その間死亡した人たちは何も口にしなかったそうです。それはあなたも証言できるはずです。

つまり被害者に砒素を飲ませる機会は、あの回し飲みが始まった後しかない。カプセル等で発症を遅らせる方法もあるにはありますが、市販薬の溶解時間は精々数分から数十分程度。それに溶解時間には個人差もあるので、ああも揃って三人同時に発症するということはまずありえません。

そもそも挙式のスケジュール自体、一時間前倒しで決行されています。だから仮に専用のカプセルを開発しようと、あのタイミングを狙うのは不可能なのです」

一気にまくしたてる。花婿の母親は目を白黒させた。目の前の子供の容姿と会話の内容が、なかなか頭で一致しないのだろう。

周囲の困惑をよそに、八ツ星はトコトコと花嫁の鞄に向かう。一通り中を調べてから、やがて一本の小瓶をハンカチでつまんで持ち上げた。それを天井の照明に向けて透かす。

「この砒素は……三酸化二砒素、俗に言う『亜ヒ酸』ですか。成人男性の致死量はおよそ百から三百ミリグラム、無味無臭で水に溶けるが溶解速度は若干遅い——底に少ししか残ってませんね。ちなみに花嫁さん、この小瓶の『砒素』は最初からこの量でしたか？」

床に倒れるように伏した花嫁は、涙と鼻血に塗れた痛々しい顔を上げ、じっと八ツ星の手元を見た。それからふるふると首を横に振る。

「いえ……。減ってます……」

「そうですか。つまり使われた形跡があるということですね。まあ事件の砒素がこの砒素かどうかは、いずれ警察の分析で判明すると思いますが……。鞄の中にはほかに物証はなさそうですね。あまり仮定を増やしても混乱するばかりです。ここはひとまず、これが事件に使われたという前提で話を進めましょう」

　小僧は小瓶を戻すと、周囲を見渡す。

「ところで皆さん。皆さんは、花嫁さんがこの砒素を持っていた事実を、事前に知っていましたか？」

　しばらく反応は無かった。ややあって、真鍮馬女――おそらくはこれが花婿の上の妹、アミカ――が答える。

「少なくとも、うちの家族全員と家政婦の珠代さんは知ってるかな。キヌアが陰で言いふらしたから。パパたちが誰かに話したかは知らない」

「キヌアさんがそれを知ったのはいつ頃ですか？」

「一週間くらい前……だよね、キヌア？」

「うん。ハナヨメが来た日の夜――でもちょっと待って。それってアタシたちを疑ってるってこと？　砒素盗んだんじゃないかって？」

　小柄な下の妹が、噛みつくような表情で八ツ星に詰め寄る。八ツ星は一瞬犬に吠えられたかのようにびくっと身を震わせたが、顔は平静を保った。

「いえ。あくまで可能性を検討しているだけです。ですがそうなると、確かに仮説の幅は広がりますね。誰かが花嫁の砒素を盗んだという目も出てくるわけです。

僕が思うに、この事件のポイントは二つ。

一つ目、どうやって花嫁の砒素を入手するか。

二つ目、それでどうやって被害者三名および犬を『飛び石で』殺すか。

なお一つ目の入手方法には、事件には別の砒素を使い、あとからその砒素とこの花嫁の砒素をすり替える、という方法も含みます。なぜ三名を殺したか、どうしてこのタイミングなのか——といった疑問も残りますが、まず解明すべきはやはりこの二点でしょう。

もちろん今後の警察の分析で、盃や鞄から新たに砒素などの痕跡が見つかる可能性もなきにしもあらずです。しかしそれを待っていては先手は打てないでしょう。これが計画的犯行なら、犯人も下手な証拠は残さないはずですし。というわけで、現時点で入手可能な情報をもとに、皆さんの力をお借りしてこの二点を整理していきたいと思うのですが——よろしいでしょうか？」

返事はない。八ツ星の理路整然とした話しぶりに、ただひたすら圧倒されているようだ。

小僧はそれを了解の意思と受け取ったようで、先を続ける。

「ありがとうございます。ではまずは一つ目、砒素の入手方法から——」

そう言って八ツ星は後ろ手を組むと、室内をゆっくりうろつき始めた。

＊

子供はさながら大学で講義する老教授、といった足取りで部屋の中をのろのろと巡回する。

「——まず、一つ目の確認ですが」

壁を向きながら、ぴんと人差し指を一本立てた。

「事件当日まで、花嫁の砒素は誰でも盗めるような状態にありましたか？」

「ううん。無理」

下の妹——こちらも色白で小柄な黒髪の赤ジャージ娘、キヌアが否定する。

「ハナヨメは『七夜考』で一週間前にうちに来てから、ずっと自分の部屋に籠もったままだし。何でかな。そんなにアタシらと顔合わせたくなかったのかな。まあこっちもこっちで忙しくしてたから、あまりハナヨメの相手してやる暇なかったけど。ただ、鞄ががっちり守られてたのは本当。ダイヤル式の鍵もかかってたし、鞄自体ワイヤーロックで柱に固定されてたし——だからアタシ、何であんなに警戒してるんだろうって不思議に思って、それでつい――」

「覗いた、というわけですね。庭の夾竹桃の陰から、双眼鏡まで使って。相手する暇は無くても観察する暇はあったんですね。

それはさておき、では花嫁さん。あなたがそこまで鞄を厳重管理していた理由は？」

八ツ星が水を向けると、花嫁はしばらくうつむく。

「……くが……」

「くが？」

「……毒が、入って……ましたので……」

消え入りそうな声で答える。八ツ星は励ますようにうんうんと頷いた。

「ええ。確かにいろいろ入ってましたね。ざっと見たところでも砒素のほか、農薬やタリウムなどの劇物、ベラドンナやジギタリスなどの植物毒、食中毒でも起こしそうな毒キノコ類、かなり毒性の高い生物毒まで……それぞれの入手方法はさておき、なぜこれほどまでの毒を？」

「それは……」

花嫁が声を震わす。

「私が……自殺に、使おうと……」

それを聞き、キヌアが目を吊り上げた。

「自殺う？　嘘こけよ。たかが自殺にこんなに毒が必要かよ。それに何で、自殺したがってるやつが結婚なんかするんだよ。それとも何？　ハナヨメ、うちの広兄との結婚が死ぬほど嫌だったわけ？　死んで抗議するつもりだったってわけ!?」

「落ち着きなよ、キヌア」

姉が妹の傍に寄り、肩に手を置く。

「言葉、間違ってるよ。『死ぬほど』じゃなくて――『殺したいほど』、でしょ」

キンと、霜でも降りたかのように場の空気が冷えた。

こほん、と八ツ星が咳払いで会話を仕切り直す。

「ですが、花嫁さん。あなたも四六時中鞄を見ていられるわけじゃないでしょう。たとえば食事やトイレ、入浴などのときは――」

「食事は、家政婦さんが毎回部屋まで運んできてくれました。トイレは部屋のすぐそばにあって……。お風呂は、鞄ごと脱衣所に持って行き、それで……」

「それは……本当に徹底してますね。ではあなたは、ここに来てからほぼ一度も、鞄から目を離さなかったと？」

「はい。あ、いえ。そういえば……」

そこで花嫁は少し言い淀む。

「結婚式の前日に、一度だけ……部屋に鞄を置いて、外出を……」

「外出？」

花嫁が押し黙る。

「……一応私たちには、実家に行く、って言ってたけどね」

代わりにアミカが補足した。フーリンはああ、と思い出す。あの「カズミ様」のときか。

「そうですか。まあ行き先はどこでも構いませんが、でもちょっと気になりますね。そこまで鞄を気にするあなたが、なぜそのときだけ……」

「でもあのときは……屋敷に誰も、いなかったので……」

「屋敷に誰もいなかった？」

八ツ星は目で俵屋姉妹に問いかける。アミカが面倒臭そうに答えた。

「ああ、前日はね。午前のリハーサルの後、午後は全員家から出払っていたから」

「家から出払っていた？　すみません、その午前と午後のことを、もう少し詳しくお願いします」

アミカは渋い顔でポケットから煙草を取り出す。一本咥え、持っていた真鍮の馬に先端を近づけ何やら指を動かした。すると馬の背にぽっと火が点く。あれはライターだったか。

「ええとね。前日は確か、朝九時からリハーサルがあった。それに参加したのは私たちと双葉ちゃんと、あとテレビスタッフと……」

アミカの話が始まると、八ツ星は慌てて背中の鞄を下ろし、中から学習ノートと筆箱を取り出す。床を机代わりに、細かくメモを取り始めた。最後に定規を使って綺麗に表にまとめる。【表・前日の動き参照】

表を見たキヌアが「うわ……こいつノート取るの上手」と、どうでもよいところに反応した。

「……では確認します。前日屋敷に出入りしたのは、回し飲みの参加者である花嫁花婿、花婿の父母と妹二名、花嫁の父と伯母、および双葉さん。それに家政婦とテレビスタッフ三名、ブライダル会社の担当者一名を加えて、計十四名。

そしてリハーサルは午前九時に始まり、一〇時に終了。その後一一時の昼食を経てから徐々に俵屋家の人が外出していき、午後一時過ぎに花嫁が外出すると屋敷は完全に無人。そして午後二時からぽつぽつと俵屋家の女性たちが戻り、最後に花嫁が午後六時に帰宅する――という流れでよろしいでしょうか」

八ツ星が周囲の大人たちを見回す。困惑気味の大人たちに先んじて、双葉少女が最初にきちんとした指摘を見せた。

「ムギもいたよ、聯くん」

【前日の動き】

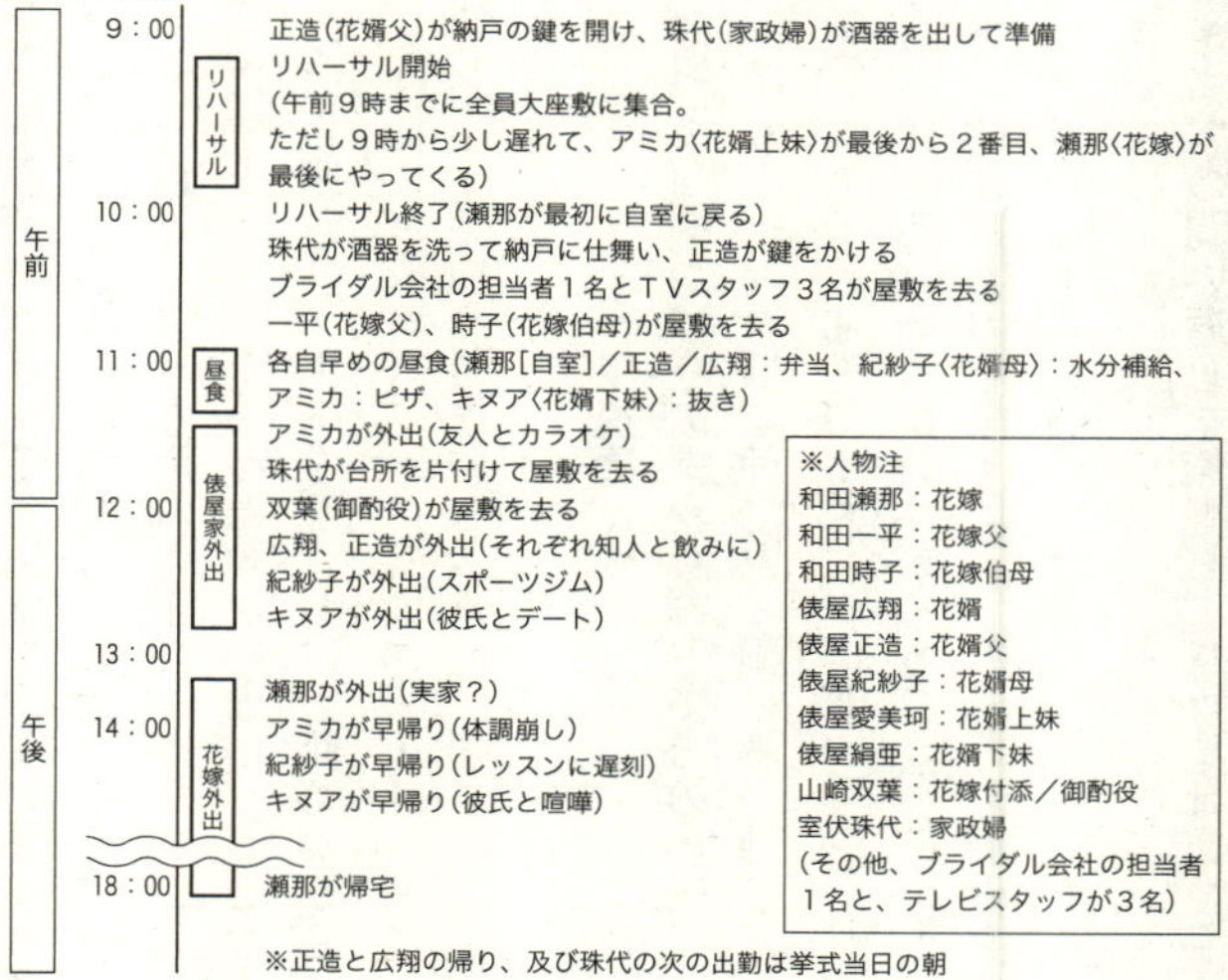

「あ、そうか。出し物の芸の確認があるから、双葉さんが連れて来てたんだっけ。ってことは――出入りは正確には十四名と一匹、か。他にペットとかいませんよね、ちなみに？」

　八ツ星の問いに、下の妹は不機嫌そうに答える。

「飼いたくても飼えなかったよ。パパが禁止してたから。屋敷汚すからって」

「了解です。ちなみに俵屋家以外の人たちについては、ブライダル会社の担当者とテレビスタッフ、および花嫁の父と伯母が、リハーサル終了後の午前一〇時台に。家政婦が正午前の一一時台、双葉さんが正午過ぎに、それぞれ屋敷を出ています。あと花婿とその父親の帰宅は翌日の式当日の朝で、家政婦の出勤もその頃です。

さて。以上のような流れの下で、もしこの日に砒素が盗まれるとしたら、いつ、誰に、盗むチャンスがあったのか、ということなんですが――」

床に正座してノートをしげしげと眺めながら、八ツ星が言う。

「パッと見て気付くのは、やはりそれが可能なのは、花嫁外出中に帰宅した俵屋家女性三名――ということでしょうか」

「おい」

するとキヌアが早速凄んだ。

「何だよ。やっぱりアタシら疑ってるのかよ。花嫁の鞄は鍵付きだぞ。盗めるか」

「ワイヤーロックは無理でも、鞄自体の錠は三桁のダイヤル式です。一から順に試しても、000から999までの千通り……一つ試すのに三秒として、最悪三千秒、つまり五十分もあれば開けられます。

平均的にはもっと早く開くでしょう。時間さえあれば何とかなるということです。ですがそれより問題は……」

「問題？」

キヌアの問い返しを無視し、八ツ星は口に手を当ててじっと考え込む。

「――アミカさん。すみませんが、もう一度俵屋家の皆さんの外出と帰宅理由について、話してくれませんか？」

「いいけど――ええと、まず外出理由は、パパと広翔はそれぞれ知人との飲み会、私は友達とカラオケ、キヌアは彼氏とデート、紀紗ママはスポーツジム。帰宅理由は、パパと広翔はそのまま朝帰り、私は体調崩して早帰り、キヌアは彼氏と喧嘩別れ、紀紗ママは電車が遅れて予定してたジムのレッスンに参加できず、諦めて途中で引き返し。あと瀬那さんは一応実家に帰るとは言ってたけど、本当かどうかは知らない」

八ツ星はノートを見つめてうーんと唸る。

「つまりアミカさん、キヌアさん、紀紗子さんの三名の帰宅は、予定より早かったんですね？　本当はもっと遅いはずだったと？」

「そうだね。私たちが夕食要らないって言ったから、珠代さんは午前で帰ったわけだし」

「だから花嫁にしてみれば、アミカさんたちが自分より早く帰ってくることは予測できなかった。また逆に、予定通りだった花嫁の帰宅時間はアミカさんたちには予測できた……」

「まあその通りだけど……それが何？」

八ツ星はまた考え込むと、「いいえ。別に……」と言葉を濁す。

「では花嫁外出についてはこのくらいにして、次は午前中、リハーサル時の確認をしましょう。花嫁はこのリハーサルに最後に来て最初に戻った――これは確かですか？」

「うん。それは確か」

「了解です。つまりこのリハーサルの間も、誰も花嫁不在の部屋に入ることはできない、ということですね。あとアミカさん、あなたと花嫁だけがリハーサルに少し遅刻してますね。その理由は？」

「私は台所に寄ってて遅れたの。瀬那さんは単に寝坊したって言ってた」

「台所に寄った？　何のために？」

「昼に食べる冷凍のピザを、冷凍庫から出しに行っただけ。前に大量買いして、ワンカットずつラップでくるんでおいたやつ。常温解凍してから温めると美味しいって聞いたから。でも実際食べたら不味かったから、半分は台所の流しに捨てた」

文化財級の豪邸に住む令嬢にしては、ずいぶんと庶民臭い話である。

「なぜ母屋の台所に？　アミカさんたちは離れで暮らしてるんじゃないんですか？」

「寝泊まりはね。けど食事は母屋の小座敷でしている。珠代さんが普段母屋にいて、料理もそっちで作るから。

といっても珠代さん料理下手だから、みんな家ではあまり食べないんだけどね。大抵出るのは出来合いの惣菜や店屋物だし」

「どうしてそんな料理下手な人を家政婦に？」

「さあ。パパの紹介だから。ちなみにパパの好みは、茶髪で水商売っぽい女」

アミカが面白がるように笑う。八ツ星は少し首を傾げたが、すぐにノートに視線を戻した。

「ひとまず了解です。では最後に、昼食の時間――この昼食は、全員一緒に揃って食べたんじゃないんですよね？」

アミカは頷く。

「そうだね。瀬那さんは自室で、パパと広翔は小座敷、私は台所の食卓。キヌアは抜いたし、紀紗ママは水分補給だけだし」

「つまりこの時も、花嫁は部屋から出ていない、と」

「そうだね。珠代さんが弁当を部屋まで届けて、それを一人で食べてたみたい」

八ツ星が花嫁と家政婦に目で確認すると、それぞれ無言で首肯(しゅこう)した。結婚式前日だというのに、何とも冷めた集まりである。

そこでアミカがふと、双葉少女のほうを向く。

「そういえば双葉ちゃんは、なんで前日帰りが遅かったのかな？　リハーサルが終わってから屋敷出るまで、二時間くらいかかってるよね？」

双葉少女が顔を赤くする。

「あ、あの、それは……ムギの芸が、リハーサルであまり上手くいかなかったので、少し練習を……」

「練習？　どこでやってたの？　あまり見かけなかったけど」

「えっと、それは……」

そこで双葉少女は、「すみません！」と頭を下げる。

「実はあのとき、練習の途中でムギが逃げ出してしまって……。それで探し回ってたら、あんな時間に……」

恐縮する少女に、ふうん、とアミカが値踏みするような目を向ける。何かを疑っているのか。確かにこの状況では一人だけ怪しげな行動ではあるが……。

八ツ星がノートと睨み合いつつ、アミカに訊ねる。

「本当に、人の出入りはこれだけですか？」

「これだけだね。さっき警察に言われて、門の防犯カメラの録画を確認したばかりだから」

俵屋家はセキュリティ会社と契約していて、門に防犯カメラがあるという。塀を越えたり空からドローンが接近してきたりしても、センサーに引っ掛かるらしい。

「その防犯カメラに、死角はありませんか？」

「ないね。出るときは後ろ姿しか映らないけど、そもそもチェックが必要なのは入るときだし」

「では何か、途中でカメラの視界を遮るようなものが映りませんでしたか？　たとえば門の前の道路に車が駐車したとか、新聞の勧誘がきたとか……」

「それもない。午後に車が数台通過したくらいかな」

「なら、誰かが来客の荷物の中に隠れていた、というのは？　テレビスタッフの機材に隠れてたとか」

「うーん……そんな大きな機材はなかったかな。肩に担ぐカメラくらいで。花嫁の父親は日傘で車椅子の伯母さんと一緒に来たけど、あの椅子の下に隠れるとかは無理でしょ。そのときは私が直接出迎えて確認したし」

そうですか――と八ツ星は残念そうに呟く。

「ちなみにアミカさん。この前日よりもっと前から、誰かが屋敷に忍び込んでいた可能性は？」

「え？　ずっと誰かがうちに潜んでいたってこと？　怖いこと言わないでよ。ないよ。数日前に電器屋が大座敷の照明を替えに来たけど、全員ちゃんと出て行ったし。あとうちへの人の出入りは、毎日パパが厳しくチェックしてたから。盗難防止と、浮気防止のために」

そこでアミカが、ちらりとピアノ椅子に座る母親に意味深な目を向ける。母親は無反応だった。

「浮気防止……？　まあ了解です。あと一応、念のため確認ですが……秘密の地下道とかはないですよね？」

「は？　あるわけねえだろ」

今度はキヌアが喧嘩腰で会話に割り込んだ。

「あったらいくらでも彼氏連れ込んでるよ。それにこの屋敷、庭に穴掘っただけでもパパに激怒されたんだよ。文化財級の家だから」

「……ですよね。いえ、すみません。昔の武家屋敷ならもしや……と思ってしまっただけです。聞き流してください。

では前日までの検証はこれくらいにして、次は挙式当日に、花嫁の砒素を盗むチャンスがあったかどうかですが……」

八ツ星はまた表を見る。

「花嫁は花嫁道中のために屋敷を出発するまで、ずっと自室にいたんですね？　とすると、屋敷出発後は誰でも花嫁の部屋には入れたってことですか？」

アミカが首を振る。

「ううん。それも無理。花嫁は部屋を出るとき、座敷棟に続く渡り廊下の戸を施錠していったから。来客に物置部屋に入られないように、私が朝頼んどいたの」

「……ちょっと見取り図で、確認よろしいですか？」

八ツ星が屋敷の見取り図を所望し、アミカの指示で家政婦が探してきた。つくづく人にこき使われる家政婦である。【図・屋敷見取り図参照】

「施錠したのは、この中庭の渡り廊下の、西の突き当たりの扉ですね？　でもそれなら、庭を回れば縁側から花嫁の部屋に入れませんか？」

「それも無理かな。ほら、それには大座敷の前を通らなきゃいけないでしょ？　でもその頃はもう大座敷にはパパや広翔がいて、誰かが横切ればパパたちが気付いて止めたはずだから。昔の家にしては縁側の段差も小さいから、這って隠れるのも無理」

八つ星は頷く。

「了解です。つまり当日事件前に砒素を盗むのは不可能だと。とすればやはり、事前に花嫁の砒素を入手可能なのは――前日花嫁不在時に屋敷内にいた、アミカさん、キヌアさん、紀紗子さん。それと花嫁自身。その四人に限られそうです」

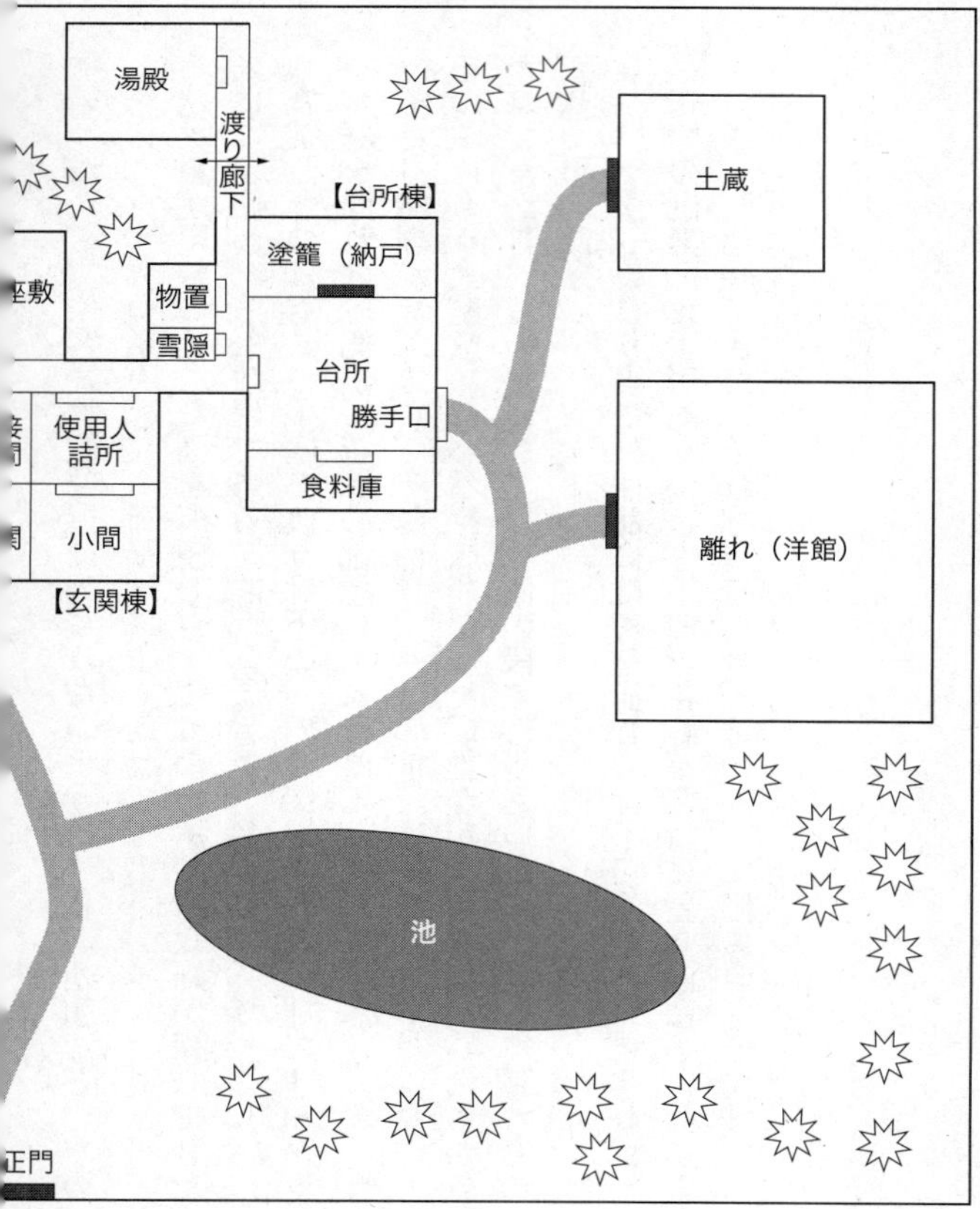

【屋敷見取り図】

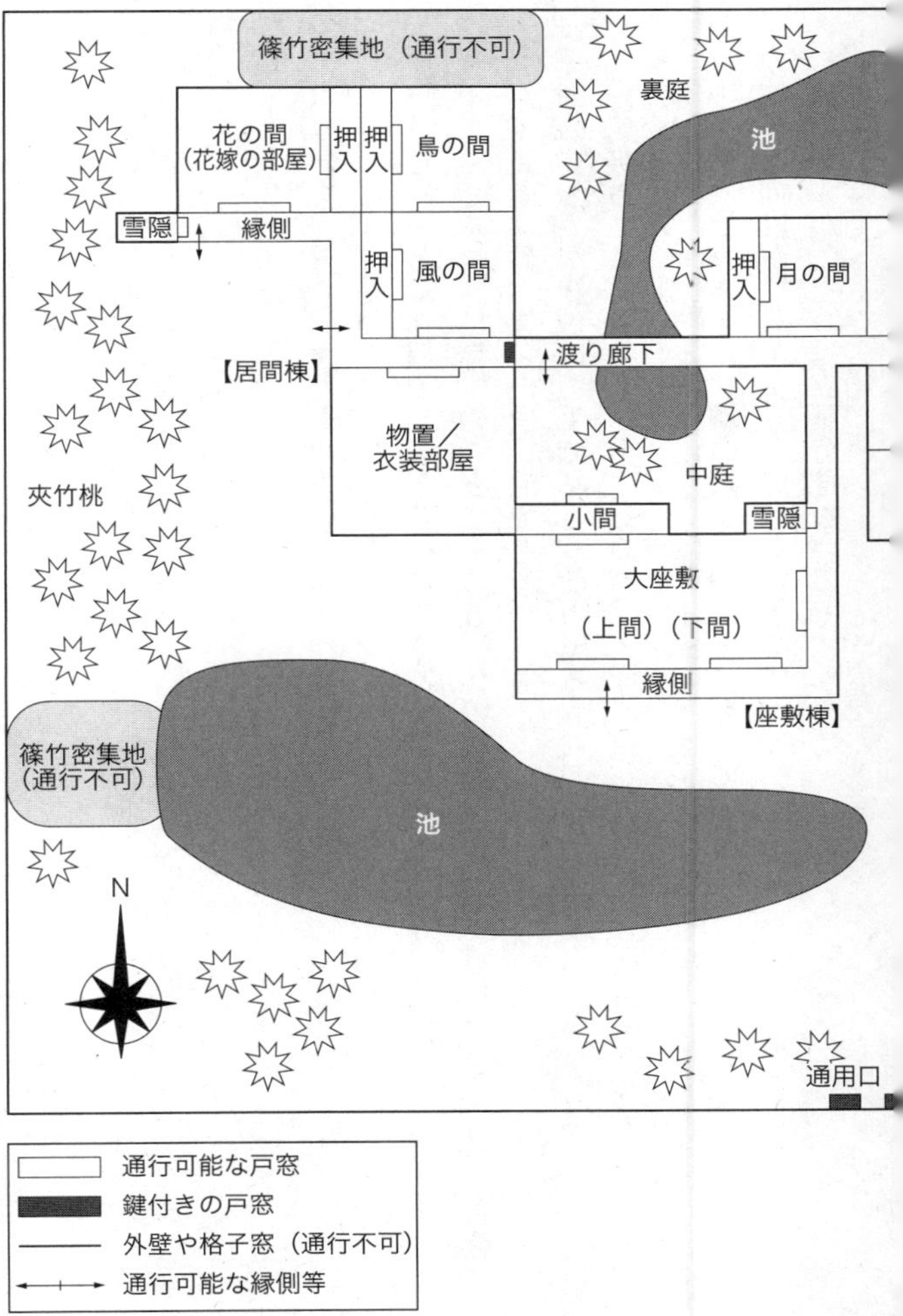
篠竹密集地（通行不可）
裏庭
池
花の間
（花嫁の部屋）
押入
押入
鳥の間
雪隠
縁側
押入
風の間
押入
月の間
【居間棟】
渡り廊下
物置／
衣装部屋
中庭
夾竹桃
小間
雪隠
大座敷
（上間）（下間）
縁側
【座敷棟】
篠竹密集地
（通行不可）
池
N
通用口
通行可能な戸窓
鍵付きの戸窓
外壁や格子窓（通行不可）
通行可能な縁側等

第六章

「――あ？」

八ツ星の発言に、またもや下の妹がくってかかる。

「ふざけんな。だからアタシら犯人じゃねえっつってるだろ。コナン君気取りもいい加減にしろ。あまり調子こくと額(デコ)に煙草で黒子(ホクロ)作んぞ。大仏みたいに」

――おそらく「白毫(びゃくごう)」のことであろう。仏の眉間にあって一見黒子のようにも見えるが、正確には右巻きの白い毛である。

姉のアミカが妹の口を手で制し、前に出る。

「言葉が汚いよ、キヌア。……あのね、名探偵君。大前提として言っておくけど、私は確かにあのお酒を飲んだから。それは確実だから」

「……私も飲みました。隣の娘も、長々と音を立てて何回も啜ってました。少し行儀が悪いと何度か注意しようと思ったほどです」

「残念ですが、それは立証できないのです」

アミカとその母親に向かい、八ツ星はきっぱりと首を横に振る。

「直後にアルコール検査でもあればよかったのですが……。でもどうか事を急かずに。今はまだ、『事前に毒を入手可能』な人を洗い出しているだけです。その毒を実際仕掛けたかどうかは別の話です。

では続きまして、二つ目。誰が毒をどのように仕掛けたか——被害者の砒素の摂取経路の検証に移りたいと思います。ここで盃の酒に仕込む以外の方法が見つかれば共犯説も覆りますので、どうかご協力ください」

そこで八ツ星はぱらぱらとノートをめくると、あるページを広げて皆に見せる。

「実は当日の動きは昨晩そこの双葉さんから伺い、もうすでにまとめてあります。ご確認ください——」【表・当日の動き参照】

ノートを見て、フーリンは昨晩遅くまで二人が話し込んでいた理由はこれか、と合点がいった。八ツ星がやや双葉を意識しているようだったので、ませ餓鬼め、と心中せせら笑っていたが、どうやら目的は健全だったようだ。

「『婚礼の儀』の様子はテレビ中継されていたので、ついでに細かく時間も記載しました。回し飲みにだいたい一人一分かかっている計算です。また一六時四五分以降の動きは双葉さんなどの証言を基にしています。

概略をざっと述べると、まず当日の昼までに、『花嫁道中』に参加しない挙式出席

【当日の動き】

（午後）

時刻		動き
12：00		屋敷の大座敷に挙式出席者が集まる（花嫁道中参加者を除く）
		瀬那（花嫁）が屋敷を出る
13：00	花嫁道中	瀬那が自宅から花嫁道中を開始
		また花嫁道中開始後すぐ、アミカ（花婿上妹）が納戸の鍵を開けて酒器を準備し、それを大座敷の小間に運ぶ（その間10分ほど）
16：00		瀬那が屋敷に到着
	婚礼の儀	
17：00		

婚礼の儀の詳細

時刻	詳細
16：05	瀬那が台所に入る（アミカ、キヌア〈花婿下妹〉、紀紗子〈花婿母〉が揃って出迎え）
16：08	瀬那が大座敷に入る（その前に「月の間」で一平と時子〈花嫁伯母〉と合流） 仲人や両家の挨拶、婚礼品の交換等
16：30	双葉（御酌役）が酒器を小間から出し、皆の前で銚子から盃に酒を注ぐ
16：33	広翔が盃を飲み終える
16：35	正造が盃を飲み終える
16：38	犬乱入
16：39	一平が盃を飲み干す
16：41	双葉が酒器を小間に一旦下げる
16：42	謡と踊りが始まる
16：45	正造、広翔、一平が順に倒れる（最初に広翔が飲んでから12分経過） 救急車が呼ばれ、部外者が屋敷から出される（被害者は翠生が一人で介抱）
16：50	アミカが双葉とともに酒器を納戸に仕舞う
17：01	救急車到着（通報から15分。橋が壊れていたため遅れる）

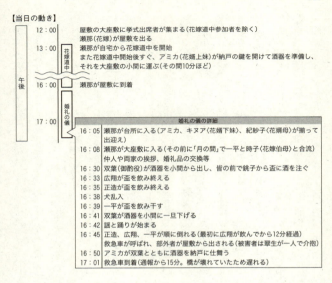

者が屋敷の大座敷に集合。その後花嫁が屋敷から自宅に向かい、一三時から一六時まで延々三時間かけて『花嫁道中』を行います。

　またその間、アミカさんが納戸(なんど)から酒器を出し、銚子に酒を入れてそれを大座敷の小間に運搬。この間十分ほど。そして花嫁到着後に大座敷で『婚礼の儀』が始まり、やがて回し飲みの時が来ると、双葉さんが小間から酒器を出して皆の目の前で盃を用意。そして――事件に至る、というわけです」

　最後だけ少し声の調子を落とし、八ツ星は続ける。

「つまりこの表を見る限り、当

日、回し飲みの前に酒器に触ったのはアミカさんと双葉さんのみ。だから酒器に毒を仕込んだのも、当然この二人のどちらかということに……なって……しまい……ますが……」

そこで八ツ星の声が尻すぼみになる。隣で双葉少女がむすっとした顔で腕を組み、八ツ星に無言の圧力をかけていた。自分を犯人扱いするなと言いたいのだろう。早速尻に敷かれているのか。

「でも結論を出すのはまだ早いです。順番に検証していきましょう。まずこの酒器についてですが、これはいつもこの納戸に仕舞ってあるんですか、アミカさん？」

「そうだね。これも国宝級の品だからね。歴史的価値も高くて、どこかのホームページには写真や細かい寸法のデータまで載ってる」

「そんな大事な品なら、なぜ外の土蔵にしまわないんですか？」

「むしろ外の土蔵のほうがダミー。泥棒対策で、土蔵に入っている特別な物はそれこそ昔の砒素の缶くらい。この酒器とか本当に資産価値の高い物は、全部台所棟の納戸の中に置いてある」

「なるほど。ちなみにその納戸の鍵を持っているのは……」

「いつもはパパで、挙式当日だけ私が借りた。酒器の支度(したく)に必要だったから」

八ツ星はぱらりとノートをめくり、「前日の動き」の表をもう一度見返した。

「確かに前日のリハーサルのときは、正造さんが納戸の鍵を開け閉めしてますね。酒器自体の準備と片付けは家政婦さんが行ったようですが。

鍵が複数出てきましたので、混乱を避けるためここで一度整理しましょう。アミカさん。各鍵の特徴と、開けられる人を教えてください」

そう言って八ツ星はノートの新しいページを開き、アミカに聞き取り調査を始める。

・土蔵の鍵……三桁のダイヤル式南京錠。俵屋家の人間は全員暗証番号を知っている。家政婦と花嫁は知らない。
・納戸の鍵……ピッキングや鍵穴壊しに高い耐性を持つシリンダー錠。鍵は一本で、普段は正造氏が所持。挙式当日だけアミカが所持。
・座敷棟の仕切り戸の鍵……三桁のダイヤル式南京錠。暗証番号はその都度設定できる。普段は施錠しない。挙式当日だけ、花嫁が屋敷を出るときに施錠。番号は花嫁しか知らない。
・花嫁の鞄の鍵……三桁のダイヤル式錠。取っ手はワイヤーロックで花嫁自室の床の間の柱に固定。番号は花嫁しか知らず、ワイヤーロックの鍵も花嫁が所持。

「――だいたいこの四つですね。ではアミカさん。当日の話に戻りますが、アミカさんは花嫁道中の間に、酒器を納戸から出したんですよね？」

「そう。花嫁道中が始まってすぐくらいかな。直前で慌てないよう、早めに準備しておく予定だったから」

「そのとき盃はちゃんと洗いましたか？」

「もちろん洗ったし、銚子のお酒も未開封の瓶から入れた。そのあとすぐ大座敷の小間まで運んだ」

「その後誰か小間に入りませんでしたか？」

「いや。花嫁到着まで私も大座敷にいたけど、小間にも大座敷にも誰も出入りするところは見なかった。当日来た挙式出席者は全員、大座敷の液晶テレビで花嫁道中の中継を見てたから。珠代さんも含めて」

そうですか……と八ツ星は呟き、じっとノートを覗き込む。

「ちなみにそのテレビ観覧中、花婿たちは何か口にしませんでしたか？」

「パパと広翔は食べてないね。ペットボトルの水くらい。どっちもひどい二日酔いで、食欲ないって言ってたから。花粉症の薬も飲まないくらいだったし。ちなみにペットボトルは新品」

「二人は花粉症だったんですか？」

「俵屋家は全員花粉症。庭の夾竹桃のせいかな。ただ私やキヌアや紀紗ママは飲み薬が嫌いだから、当日私たちは目薬を点(さ)したただけ。一応座敷には花粉除去機能付きのエアコンも回ってたし」

「目薬は花婿たちも使ったんですか？」

「うん。でも全員同じのを使ったよ。目薬の使い回しは本当は良くないんだけど、珠代さんが一つしか準備してなかったから」

「わかりました。もし目薬に何か仕掛けがあるなら、あなたたちも被害を受けたはずということですね。

それで花嫁到着時は、アミカさんたちは一度勝手口まで花嫁を迎えに行きますが、それにはテレビカメラもついてくる。また花嫁の父と伯母も、玄関からすぐ『月の間』に移動し、小間に向かう機会はない……」

そこで八ツ星はまた胡坐(あぐら)をかき、腿(もも)に頬杖(ほおづえ)をついてどこか大人びた態度でしばらく黙考した。

「……すみません。さきほど紀紗子さんが言った、『アミカさんが酒を音を立てて啜った』という証言を確認したいのですが。もし当時のテレビ中継の録画映像があれば、見せてもらえますか？」

なんでそんなの確認するのよ、とアミカが少し顔を赤らめる。例によって家政婦がタブレット型のPCを持ってきて、無線通信か何かで録画を再生し始めた。

回し飲みの場面が映る。下間から上間を映すアングルで、上間の天井は鴨居でほぼ見切れている。

正面には大きな金屏風と花嫁花婿が見えるが、強い照明光で金屏風はハレーションを起こしほぼ白トビである。一瞬、画面手前を振り袖姿の双葉少女とエプロン姿の家政婦が横切り、双葉少女だけ奥の小間へと消える。その数秒後、少女は中から酒器を持ってしずしずと出て来た。

そして上間の中央で盃に酒が注がれ、回し飲みの開始。上の妹が飲むところでは、確かに「ずずず」と音が聞こえた。映像を見ていたアミカが「やだ……」と呟く。

「これは証言通りですね。ただし彼女が『音だけ立てて飲んだふりをした』という可能性は依然残りますが。

あと盃の持ち方についていえば、ほとんど全員がその左右両端を持っています。さらに細かくあげると、花嫁とキヌアさんは立って運ぶとき、二人ともよろめいた拍子に片手を盃の上に回してますね。どちらも盃の前方を右手で上から摑む感じです。それと犬が乱入したとき、双葉さんが上から覆いかぶさる形で盃を守っています。

目立った動きはそれくらいでしょうか……ああそれと、花嫁父は確かに残りの酒を一人で飲み干したようですね。次に渡す盃が空になっています」

八ツ星が画面から顔を上げ、礼を言って端末を家政婦に返す。

「では最後に、事件後の状況の確認です。まず救急車が来るまで、被害者を介抱していたという花婿の従兄弟さん——こちらはどなたですか？」

すると壁際から声が上がる。

「僕だ。僕が伯父さんたちを介抱した」

礼服のネクタイを外した男が、酒瓶の並んだ戸棚の前でタンブラーに蒸留酒を注いでいた。三十代半ば、清潔感のある短髪黒髪の優男である。

「あなたが翠生さんですね。あなたが一人で三人を上間に寝かせ、救急車が来るまで面倒を見てたんですよね。なぜ一人で？」

「なぜと言われてもな。他に誰も動かなかったからとしかいいようがない。みんな動揺してたし、それに伯父さんたちは嘔吐してたから、着物姿の紀紗子さんや他の女性たちは近づけなかったんだ」

「水など飲ませましたか？」

「いや何も。意識混濁状態だったんで、ひとまず横向きに寝かせて気道だけ確保した。そのときは単なる急性アルコール中毒だと思ってたんでね」

「応急処置に詳しいですね」

「大学のとき、それで病院送りになったやつがいたから……何だよ、僕を疑ってるのか？　応急処置の仕方くらい知ってても普通だろう」

「翠生さんはね、賢いんだよ。名探偵くん」

横からアミカが口を出す。女の声になっていた。ブーリンの肌が若干粟立つ。

「いえ、ただの相槌です。あまり勘繰らないでください。それで救急車到着後のことですが――」

八ツ星は最後の聞き取りを行う。その結果、次のような経緯がさらにノートに書き込まれた。

・事件後は瀬那、アミカ、キヌア、紀紗子、時子と双葉は「月の間」に移動。そこで救急車が来るまで待ち、救急車到着後は瀬那を先頭に台所の勝手口から出て行った。
・それ以外の挙式出席者および外部スタッフは、正門から敷地外へと出された。翠生を含む残りの身内はそのまま救急車が来るまで大座敷に留まり、畳の上に寝かせた被害者三名は翠生が介抱し続けた。犬もついでにそこで介抱した。
・事件後アミカは酒器を仕舞うのをしばらく忘れていたが、「月の間」にいたときに思い出し、急いで小間に戻り納戸に仕舞った（表の一六時五〇分）。このとき双葉も洗うのを手伝った。盃や酒器に特に変わったところはなかった。二人とも洗って仕舞う以外何もやっていないと、互いに証言。
・紀紗子が倒れそうだったため、終始キヌアかアミカが付き添っていた。
・救急車到着後、アミカたちは念のため家政婦だけ屋敷に残し、あとは病院に向かった。双葉は母親と自宅に戻った。
・被害者三人の死亡が確認されたのは午前三時頃。その後タクシーで全員が屋敷に一旦帰宅したのが午前五時頃。
・家政婦は翌朝、全員分の朝食を買いにコンビニに行った。

「——ああ。あと病院で、ハナヨメが変なこと呟いてたよ」

最後にキヌアが、唐突に思い出したように言った。

「『カズミ様、あなたの仕業ですか』って——もしかしてさあ、瀬那さんが結婚式の前日に行ってたのって、本当は実家じゃなくてカズミ様の祠じゃないの？」

キヌアの鋭い指摘に、花嫁がびくりと身を震わせる。八ツ星は少し困った顔を見せた。この話は昨晩山崎が子供たちにしたので、それを口にすべきか迷ったのだろう。

「……そのカズミ様の祠って、ここからも近いんですか？」

「ちょっと遠いかな」

アミカが宙を見つつ答える。

「車だと今近くの橋が通行止めだから、ぐるっと遠回りして往復一時間弱くらい？　徒歩で行ける山道もあるけど、そっちも往復三十分以上は必要。それでも山越えるには近道だから、山向こうに買い物に行くときとかはその山道をよく使うけどね」

「お姉ちゃん、たまにあのへんまで珠代さんパシらせてるよね」

「だってあの祠近くの自販機（ジハン）に、あそこでしか買えない缶があるんだもの。珠代さん結構速いよ。この前往復でジャスト三十分の新記録出したし」

フーリンはついちらりと家政婦を見る。家政婦はこちらの視線に気付くと、どこか恥じ入るように深くうつむいた。こんな小娘どもにまで顎で使われるとは、何とも存在が哀れな三十路（みそじ）女である。

キヌアは床に蹲（うずくま）る花嫁を疎（うと）ましげに見下ろし、唾（つば）吐くように言う。

「なんかね。そのときのハナヨメやばかったよ。じっと自分の左のつま先見つめてるんだけど、なんかそこだけ濡れてて。あとどこか酒臭かったし」

「……濡れていた？　でも回し飲みの最中にお酒はこぼさなかったし、屋敷は綺麗に掃除されてたんですよね？」

「まあね。テレビカメラも入るしね。少なくともアタシらがこの家を汚したままなんてことは絶対ない。だからじつは隠れて酒でも飲んでたんじゃないの。病院で」

そこで八ツ星は花嫁に近づく。憔悴（しょうすい）し切った花嫁とぼそぼそ声で会話し、何かをまたノートに書き留めた。
・病院で花嫁の左の足袋の甲と裏のあたりが濡れ、そこからかすかな酒香もした。足袋は薄いピンクに染まり、同じく薄いピンクの花びらが付着していた（花嫁は回し飲み以降何も口にしていない）。

「――さて。ではこれで、砒素を仕込めそうな容疑者もだいたい絞れました。まず当日事前に酒器に触れたのが、アミカさんと双葉さん。回し飲みの最中に盃に触れたのが参加者全員――ただし花嫁とキヌアさん、そして双葉さんの三人以外は盃の左右両端にしか触れていません。

そして倒れた被害者たちを一人で介抱したのが、翠生さん。また盃は当日アミカさんが洗い、酒も未開封の瓶から銚子に注いでいますので、それ以前に盃や酒に砒素を仕込むことはまず不可能です」

八ツ星はノートをぱたんと閉じると、それを持ってよいしょと立ち上がる。

「以上の検証により、毒を入手可能な人物と仕掛け可能な人物、この両者がほぼ明らかになりました。あとはこの両者を結ぶ線を一つ一つ確かめて潰していけば、自ずと正しい組み合わせ、つまりは事件の真相が浮かび上がるわけです。

なので真実は、もうこのノートの中にある――と言っても過言ではない、のですが……」

そこで八ツ星は、ぴたりと口をつぐんだ。

それから天井を仰ぎ見て、呟く。

「そうか。とするとやっぱり、犯人は……」

そのまま凝固し、沈黙。うむ？　とフーリンは首を捻った。周囲にも困惑が広がる。

「何だよ。やがて辛抱を切らした下の妹が、やや臆し気味の声で訊ねた。まさかお前、もう犯人がわかったとか言うんじゃねえだろうな？」

すると八ツ星は、ゆっくりとキヌアに視線を向けた。

「いいえ。さっぱりわかりません」

第七章

しゃりん、とフーリンの耳に鈴の音が聞こえた。

あっ、と双葉少女が声を上げて慌ててしゃがみ込む。犬の首輪を落としたらしい。愛犬の形見をつい取り落とすほど、期待を裏切る何かがあったようだ。

「……お姉ちゃん。そのライターで、あいつの腕の毛炙ってやれよ」

下の妹が脱毛処理のようなことを言い出す。上の妹は無言で煙草を咥えると、カチンとこれみよがしにライターで火をつけた。八ツ星の顔が若干強張る。

するとハハ、と男の笑い声が響いた。

「なんだよ。残念だな。そこは『はい』という答えを期待したんだが……」

さきほどの翠生である。しばらく聞き役に徹していたようだが、ここにきて声を上げ、右手にタンブラー、左手にウイスキー瓶を持ってこちらに近寄ってきた。

「途中までは十分及第点だったが、オチがそれでは零点だな。なんなら代わりに、僕が事件の推理をしてみせようか？」

こいつが——推理？

八ツ星は手のひらで腕を庇うように隠しつつ、仏頂面で答える。

「いいえ、結構です。探偵役は一人で間に合ってます。素人が下手に手を出すと火傷します」

「今火傷しそうなのはそっちだろう。まあそう邪険にするなよ。これでもミステリーは結構読んでてね。実を言うと、この手の推理遊びは僕も嫌いじゃない——お仲間だよ、君の」

礼服を着崩した三十路男は、そう言って片目をつぶって親指を立てた。

自分の推理を遊びと言われたことが癪に障ったか、八ツ星はむっとした顔で黙り込む。翠生は小僧の手前で足を止めると、そんな子供の反応を愉しむように、しばらくまじまじと八ツ星の顔を覗き込んだ。

それから前を通り過ぎ、ピアノ脇にある灰皿とオセロ盤を載せた小テーブルに向かう。そこに酒とグラスを置き、自身はピアノに肘をかけて寄り掛かった。オセロ盤に手を伸ばして石を摑み、ぴんと一枚親指で上に弾く。

「——君の話のまとめ方には感心したが、その分析から新たな発想を生めないようではまだ五十点だ。収束と発散。人間の思考が走るにはその両輪が必要だが、今の君には後者の車輪が欠けている。

なあ、少年探偵。最初の君の推理だと、どうやらこの事件は『**全員共犯説**』が有力なようだが……」

語りつつ、男が何度か石を弾いては宙で摑む。やがて八ツ星をぴたりと見据えた。

一見穏健そうな優男の目に、剣客めいた光が覗く。

「実はこの殺人、単独犯でも可能じゃないか？」

＊

数秒の間のあと、奥のソファから人影が立ちあがった。

「やめなさい、翠生。不謹慎です――」

「いいですよ、光江叔母さん」

するとすかさずアミカが制す。

「翠生さんならもしかすると、この事件解決してくれるかもしれないし――聞かせて。翠生さんの推理」

媚びるような猫撫で声に、またフーリンは薄く鳥肌を立てる。ちなみに呼び方からして、この光江という女が翠生の母親であろう。花婿の母親と同じく黒の留め袖姿だが、若さと器量はこちらがだいぶ落ちる。

「単独犯……ですか」

今度は八ツ星が挑戦的な声を発した。翠生が頷く。

「そうだ。まず君が言った通り、前提として砒素は酒に混入されたとは限らない。そして砒素――三酸化二砒素の致死量は、成人男性で百から三百ミリグラム。つまり耳かき一杯分の量だ。そのくらいなら、直接酒に混入せずとも飲ます方法はあるんじゃないか？　たとえばあらかじめ盃の縁に振りかけておく、とか」

「それは難しいでしょう。あの婚礼の盃は黒塗りです。一方で砒素は白い粉。黒地に白は目立ちすぎます」

「だが、目立たない部分もあった。君はあの盃を見たか？　黒塗りといってもあれは無地じゃない」

八ツ星は一瞬間を置いた。

「銀彩――ですか」

翠生はまた頷く。

「そうだ。あの盃には、浮き彫りの龍と銀彩の滝が刻まれていた。銀は白銀――傍目には白にも見えるから、あの箇所に撒けば人目は欺ける。

ちなみにこの砒素は水溶性だから、溶かして無色のゼリー状にする手もあるにはあるが、それだと濡れて目立つ。あともし粉を黒く着色したなら、その色が酒や盃、被害者の口内や吐瀉物、胃の内容物等から検出されたはずだが、医者からそういった話は聞かなかった」

「その仮説はわかります。けれどそれでは――」

八ツ星がちらりとどこかに目を向けた。翠生もその視線に気付き、「ふうん」と呟くとまたウイスキーを口に運ぶ。

「君も気付いていたか。そうだ――その通りだ。だが、それで何が悪い？」

八ツ星が押し黙る。よくわからないが、何か痛いところを突かれたらしい。さては早速口喧嘩に打ち負けたか。

「……どう？　翠生さん、すごく頭いいでしょ」

なぜかアミカが自慢げに言う。八ツ星はそんな上の妹を一瞥すると、はあ、とかぶりを振った。

「暢気な人だ……」

あ？　と今度はキヌアがとがった声を上げる。下の妹は八ツ星の前に回り込むと、眉間に皺を刻んで鼻の頭をじりじり小僧に近づけた。八ツ星はかろうじて後には引かなかったものの、目が情けないくらいに横に泳ぐ。

翠生が小テーブルの灰皿を手に取った。

「では確認のため、この灰皿を使って今言った『トリック』を説明しよう。まずこの灰皿の、灰で汚れたこの縁の部分を、盃の『滝口』とする――」

　そう言って、灰皿の周縁の一ヵ所を指差す。

「銀彩の滝は盃の縁まで流れて、そこから飲むとちょうど龍が口から飛び出る形になる。そこが『滝口』だ。ちなみにこの盃はその『滝口』を手前に向けるのが一応の正位置となる。

　このトリックではまず、この『滝口』に砒素を撒く。すると砒素は見た目銀彩に紛(まぎ)れる。そしてここから酒を飲めば、その酒とともに砒素が口に流れ込む仕組みだ。

ただし砒素の量によっては、一回で流れ切るとは限らない。また砒素は溶解速度が遅いので、残った砒素はすぐには酒に溶けず砂のように残るだろう。しかし『滝口』付近には浮き彫りの龍の尾の出っ張りがあるので、ちょうどそれが『砂防ダム』のような役割を果たし、砒素は盃の底まで落ちずにほぼそこに溜まることになる。

　この状態でまた『滝口』から飲めば、当然出っ張りに溜まった砒素が再び口に入る。つまりここに十分な砒素が残っている限り、何度でも人を殺せるということだ」

　翠生は灰皿を持ち、今度はアミカの下(もと)へ向かう。

「そんな仕掛けがあの盃に施されていたとしよう。とすると次に重要なのは、盃の受け渡し方だ。思い出してほしい。あの『回し飲み』で、どのように盃が受け渡されたか――」

盃の……受け渡し方？

「そう」

男はアミカの正面に立ち、灰皿を両手で持って差し出す。

「盃はこのように、向かい合って手渡されていた」

アミカは若干照れつつも、笑顔でそれを受け取った。そんな彼女に翠生も優しく微笑み返す。

「すると――おわかりだろうか？　これだと盃の向きは、渡し手と受け手で逆転する。つまり次の人は、必ず前の人の反対側の口から飲むことになるのだ。これは茶席ではないので、盃を回転させて飲み口を変えるような作法もない。そしておそらく最初の花婿が飲んだのは、正位置つまり『滝口』から――で、合ってるかな、君？　御酌役の子」

翠生が双葉少女に確認する。少女は少し遅れて、「あっ、はい」と同意した。フーリンの視界の端に、花嫁もかすかに頷くのが見える。

翠生はアミカから灰皿を取り返すと、また先ほどの小テーブルに戻った。

「ではもう察しもつくだろう。一番手の花婿が正位置から飲んだなら、次の花嫁は逆位置。そして以後順番に、一人置きにこの『滝口』から酒を飲むことになる――」

翠生は小テーブルのオセロ盤の石を掴んだ。テーブルに半分腰掛け、盤上にぱちぱちと黒白の石を並べ始める。そして八ツ星を手招き、ノートを一枚破って名札を作った。それを石の脇に添える。

オセロ盤の周囲に人が集まった。フーリンも輪の外れから覗く。

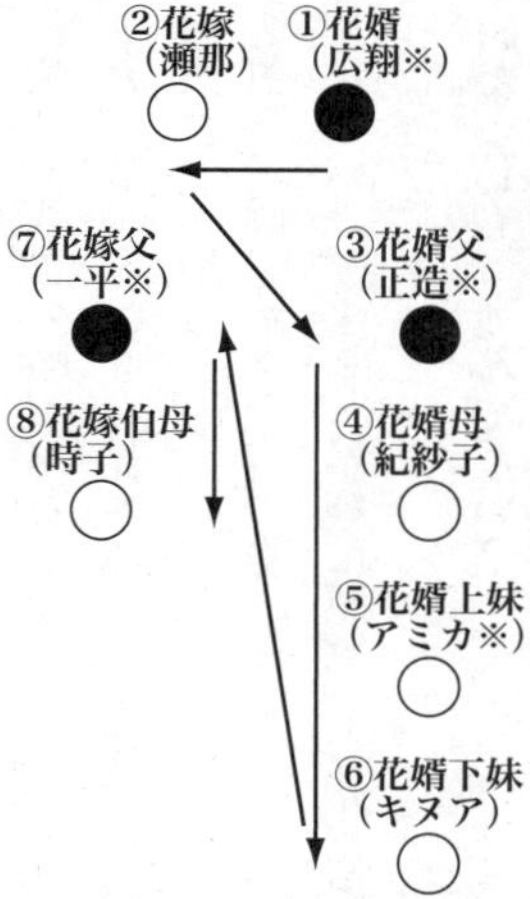

【回し飲みの様子】

数字が順番、黒石が被害者であろう。さらに花婿から一人置きに※印がついていた。これが「滝口」から飲んだ人物か。

「つまりこういう状況だ。これだと『滝口』から飲むのは、必ず奇数番の人間――奇数番が死ぬ、ということになる。なのでこれを『**奇数番殺害説**』とでも呼ぼうか。ちなみにこのとき僕たち他の親族は大座敷の下間から挙式を見ていたので、この回し飲みには関与できない」

キヌアがはしゃいだ声を出す。

「わあ、さすが翠兄（すいにい）。超天才――」

言い掛け、ふと口をつぐむ。

「あれ？　でもこの順番だと……」

アミカがじっと盤面を見つめた。視線はそのままに、ちびた煙草を灰皿に捨てると箱からまた一本取り出し、口に咥える。

「翠生さん、翠生さん……。脇からごめんね。もしかしたら、単に私の頭が悪いだけかもしれないけど……。単純に誤解、なんだとは思うけど……」

虚ろな声で言う。

「これだと私も、死んでない？」

翠生は手を伸ばし、アミカの煙草の箱から一本引き抜いた。それを口に咥え、

「そうだね」

と答える。

「確かにこの仮説だと、君も死んでなくてはおかしい。君も奇数番だし、はっきり『飲んだ』と明言しているのだから。

だからあとは、少年探偵くんの『**全員共犯説**』と同じ理屈だよ。この場合もっとも単純なのは、君が『飲んだふり』をしたという解釈だ。それなら『全員』が共犯にならずとも、演技が必要なのはたった一人だけ。つまり――」

翠生は自分のライターで火を点け、食後の一服を愉しむかのように深々と吸い込む。

「このトリックを単独で実行可能なのは、君だよ。アミカ」

＊

――しん、と客間が静まり返る。

アミカは少しの間、土偶のように固まった。やがてその顔がみるみる醜さを増す。

「な――」

そして激高。

「なに言ってんの翠生さん！　私がそんなことするわけないでしょ！」

「『そんなことするわけない』？　どの口がそんなことを。君は自分の前科をもう忘れたのか。あれで紀紗子さんがどれだけ苦しんだか――」

「前科って――高校の頃のいじめのこと？　あれなら示談で片が付いたじゃん！　裁

判にはなってないよ！」

「そういう台詞を平然と言えるところが怖いんだよ。君には反省とか罪悪感とかはないのか。それに広翔くんとは最近仲が悪かったと聞くぞ。なんでも広翔くんが君の友人を手ひどく振り、それで顔に泥を塗られたとか――」

「だからって――」

アミカが真鍮の馬を振りかざす。

「だからってそれぐらいで、身内殺すかよ！」

ぼごんと鈍い音がし、馬の半身が床の絨毯にめりこんだ。

翠生は煙草を咥えたまま、しばらく目を見開いて足元を見つめる。全員の視線もそこに集中した。その下に人の頭部があれば軽く粉砕する勢いである。

アミカがふうふうと、荒く息をつく。やがて片手で顔を覆い、ハハ……と笑った。

「そうか。そうなんだ。私って翠生さんから、そんな女だと思われてたんだ。喧嘩で身内殺すような女だって。まあ確かに喧嘩で人を殺すなんて、世間じゃ普通によくある話、だけどさ……」

アミカは鼻水をすすりつつ、足元にしゃがんで膝を抱える。床に沈んだ馬のライターに手を伸ばし、ごめんね……と呟きながらまた拾い上げた。

「……翠生さん。少し聞いていい？」

「どうぞ」

「その話で行くと――なんで犬は死んだんだろうね？」

「それは簡単。犬が酒を飲むとき、銀彩部分も舐めたからだ」

「じゃあなんで、私が自分のパパや花嫁の親まで殺すの？　広翔はともかく、私はパパとは仲良かったけど」

「迷彩――かな。花婿一人だけでは動機を持つ人間は限られてしまうが、複数殺せばそれだけ容疑者を水増しできる。

木を隠すなら森の中――君は一人を殺す目的をごまかすために、複数を殺したんだ。これは推理小説では有名な手口だ」

「だからそれって、小説の話でしょ？　翠生さんって結構オタクだよね。そういうところもギャップがあって可愛いけど――」

フーリンはぼりぼりと首筋を掻いた。どうも先ほどから、この女の妙に色気づいた話しぶりが肌に合わない。

早くこの茶番の始末をつけさせよう。そう思って八ツ星を探すが、ふと気付くと小僧の姿がなかった。逃げたか。一瞬敵前逃亡を疑うが、すぐにピアノの向こう側でもそもそと動く影が目に入る。

少し横にずれると、窓辺の花台を机代わりにノートを開く子供が見えた。

フーリンはその背後に近づき、ぱんと尻を叩く。

「小僧」

八ツ星はノートを見つめたまま答える。

「なんですか、フーリンさん」

「どっちね？」

「何がですか？」

「あの男の仮説は、正解と不正解どっちね？」

「ちょっと待ってください。今整理中です」

「まだなのか。ずいぶん鈍臭(どんくさ)いね。お前の元師匠ならもうとっくに答えを出してるね」

「師匠と比べないでください。さすがにまだあの領域には……」

するとがしゃんと、物音がした。

見ると、アミカが翠生の手を払う格好で動きを止めている。床に灰皿が転がっていた。どうやらあれを翠生が差し出し、アミカがそれを拒絶したらしい。

「わかった。もういいよ、翠生さん。ずっと黙っててあげようと思ってたけど、もう無理。私も全部話す。今さら後悔しないでね」

何やら不穏な予告とともに、ゆっくり顔を上げる。

「翠生さん。何だかさっきから、自分だけ部外者、って顔してるけど——そっちだって十分、容疑者圏内じゃないの？」

＊

一時、また客間の時間の流れが止まる。

やがて再生ボタンを押したように、翠生が最初に動き出した。男は落ちた灰皿を拾い上げ、それを小テーブルに戻す。そこに吸っていた煙草の灰を落とした。

「……僕が？　容疑者？　なぜ？」

「翠生さん、パパたちを一人で介抱してたよね？　実はそのとき、翠生さんが砒素を飲ませたのだとしたら？」

「おいおい。まさか——『時間差殺人トリック』か？　確かにそれも、推理小説じゃよくある手口だが——」

呆れた、というように両手を開く。

「つまりこういうことか。あのとき伯父さんたちが倒れたのはただの演技で、実際はまだ死んでなかった。しかしそのあと介抱した僕が、伯父さんたちに砒素を——たとえば気道を確保するふりなどして——こっそり飲ませ、そこで本当に殺害した。いわば**『時間差殺人説』**――」

「そうだよ。パパたちのあれが演技なら、翠生さんにも殺すことはできた。十分容疑者だよ」

「馬鹿馬鹿しい……なんで伯父さんたちがそんな演技をするんだ」

話にならない、という風に片手を挙げる。

「第一僕が犯人なら、どうやって花嫁の砒素を盗む。その機会は前日の花嫁外出時のみ。けれど僕はリハーサル参加者じゃないし、前日は屋敷に入ってさえいなかった。それでは――」

「そうだね。確かに無理だね。もし翠生さんが――」

アミカが視線を、ピアノの鍵盤前の椅子に座った女に移す。

「うちの紀紗ママと、通じてなきゃね」

また全員が、パントマイムのように止まった。

一刻置き、視線が花婿の母親――紀紗子に集中する。女は微動だにしなかった。ただその女優めいた美人顔を能面のように固め、目だけをじっと足元の絨毯に落とす。

娘は腰に片手を当て、しばらく挑むように黒留め袖姿の母親を見つめた。それからふっと口の端を歪める。

「気付くよ。二人の態度見てれば嫌でも気付く。それに運動音痴の紀紗ママが、急にスポーツジム通い出したらもう疑惑は確定でしょ――」

フーリンは青白い顔でうつむいた。

煙管を咥える。慣れ親しんだ吸い口の嚙み心地に気を鎮めてから、八ツ星の尻をもう一度ぺしりと叩いた。

「どうするね。お前が愚図愚図してるから、もう次の仮説が出てしまったね」

「それは……すみません。僕の力量不足です」

「しかも何だか、知りたくもない事実が明るみに出そうね」

「返す言葉もありません」

翠生はアミカから目を逸らすと、壁にかかった絵画のほうを向く。

「……無茶苦茶だ。名誉棄損も甚だしい。僕だけでなく、紀紗子さんの――」

「あのね。ずっと思ってたんだけど、人の母親を気安く名前で呼ばないでくれる？　気持ち悪いから」

「そもそもなぜ、伯父さんたちがそんな演技をする。理由がない」

「なくもないかな。きっと――『当てつけ』だよ」

「当てつけ？」

「つまりね。知ってたんだよ。パパも。二人の関係を」

アミカがカチャッと馬の背を弄り、咥えた煙草に火を点す。

「パパは紀紗ママの浮気を知っていた。だから式の最中にそんな演技をして、誰かに毒を盛られたふりをしようとした——式はテレビに映るし見物客もいるから、話題性は抜群だよね。

それから不倫疑惑の噂を流せば、当然犯人として疑われるのは紀紗ママ。だとしたら紀紗ママは辛いよね。針のむしろだよね」

「ずいぶんまわりくどい復讐だな。直接問い詰めたほうが早くないか？」

「だからさ。パパは好きなんだよ。こういうねちっこいのが。私も性格似てるからわかる。それにただ殴るより、数万倍効くでしょ。こう精神的に、深く追い詰めたほうが。浮気を止めるには」

「まともに考えるのも馬鹿らしいが、百歩譲って演技だったとしよう。だがなぜそれで、僕らが伯父さんたちを殺す必要がある？　その場で演技だとバラせばいいだけの話じゃないか」

「だから、ちょうどいいと思ったんじゃないかな、二人は。パパたちが死ねば二人は遠慮なく付き合えるし、紀紗ママも自由にお金を使える。警察もまさか最初に倒れたのが演技なんて思わないだろうし……。ああ、ちなみに花嫁の父親まで殺したのは、最初のが演技だと証言させないためだよね、きっと」

「……議論にもならない」

翠生は後ろ姿で肩を竦めた。

「僕と紀紗子さんの不倫が仮説なら、伯父さんがそれを知り、毒を盛られたふりをしようとしたのも仮説。さらにその計画を僕らが事前に知り、逆に利用しようとしたというのも仮説——仮説オン仮説オン仮説。妄想全開のファンタジーだ」

「けど、筋は通ってるでしょう？」

「まったく通っていない。矛盾だらけだ。まず一つ目、僕はどうやって伯父さんの計画を事前に知る。二つ目、伯父さんはなぜそれを一人で実行しない。三つ目、逆に複数でやるなら、なぜ君たち姉妹も参加させない——君たちも演技に参加すれば、紀紗子さんへの疑いはより強まったはずだ。

そして四つ目。これがおそらく致命的だが、その仮説では犬が死んだ理由に説明がつかない」

アミカはふうと煙を吹き、薄く笑うように目を細める。

「必死だね、翠生さん——でも全部簡単に答えられるよ。一つ目、紀紗ママが何かの拍子でパパの計画を知って、翠生さんに相談を持ちかけた。二つ目、派手好きなパパはこんなときでも頭数を増やして派手にやらかしたかった。三つ目、男の広翔はともかく、さすがに娘たちにはそんな話は聞かせられないでしょ。四つ目は——犬が最初倒れたのはただのアルコール中毒で、それを『盃に砒素が盛られた』と見せかけるために、あとからこっそり翠生さんが犬にも砒素を飲ませた……とか？」

翠生が振り向き、ぎりっと憎々しげにアミカを睨みつけた。

「君こそ必死なんじゃないか？　自分から嫌疑の目を逸らすのに」

「どうだろうね。それじゃこれから、仲良くおてて繋いで一緒に警察行く？」

アミカは平然と微笑み返す。空気がピリリと緊迫した。

フーリンが青い顔で煙管を咥えていると、横から「ああ、うるさい……」と愚痴る声が聞こえた。八ツ星が両手で耳を塞ぎ、「ええと、あれがこうで、だからこうなって……」と、ぶちぶち言いながらノートと睨めっこしている。

すると急に、小僧は閃き顔でバンと花台を叩いた。

「そうだ！　この切り口なら――」

そこでぴしゃりと、鋭い叱責が飛ぶ。

「おやめなさい、あなたたち。みっともない」

＊

こてんと、八ツ星がその場でひっくり返った。

　発言したのは、もう一人の黒留め袖姿の女。翠生の母親にして花婿の叔母——確か光江という名の女である。歳は五十から六十、背丈は小柄で髪は潔い総銀髪。

　光江は二人の間に立つと、ゆっくり両者の顔を見比べた。そして「はあ」と大仰なため息をつく。それからびっと背筋を伸ばし、和服の襟元に手を添え歩き出した。その行き先に気付いた翠生が、焦り顔で駆け寄りその腕を掴む。

「待ってくれ、母さん」

　しかし母親はその手をやんわり振り払うと、そのまま真っ直ぐピアノに向かった。ああ……と息子が顔を手で覆う。

　光江はピアノ椅子に座る相手の正面に立つと、おもむろに口火を切った。

「紀紗子さん」

　花婿の母親は、衰弱した小鳥のように首だけを動かす。

「はい」

「事実——ですか？」

「…………」

「うちの息子が、あなたと、その——男女の関係にあった、というのは、事実ですか？」

　直球である。ほう、とフーリンがそれとなく成り行きを見守っていると、対する女

の口から、

「はい。申し訳ありません」

と、これまた潔い謝罪が返った。なかなかどうして肝の据わった女たちである。

ふう、と光江は、頭の痛みを堪えるように額に手をやる。

「いつから？」

「……それは……」

「いえ、やっぱりいいわ。聞きたくもない」

びしりと発言を遮る。

「あなたに言いたいことは山ほどありますが、ここは大人の対応をしましょう。もう金輪際、息子に近づかないでもらえますね？　あの子も仕事やら何やらで、いろいろ大事な時期ですから――」

「やめろよ。母さんの出る幕じゃない」

翠生がぐっと母親の肩を掴む。光江はその肩越しに振り返ると、

「恥を知りなさい」

冷然と言い放つ。

「こんな女の色香に迷って――母さんはてっきり、この前連れて来た子があなたの交際相手だと――もしあれが不誠実な交際なら、即刻別れなさい。相手のお嬢さんに失

礼だわ」

光江はぱんと息子の手を払う。そのまましばらく氷の表情で眼前の女を見つめた。それからオセロのテーブル近くにいるアミカとキヌアに、順繰りに目を移す。

そしてまた、深い嘆息をついた。

「けれど娘たちばかりか、妻までこんな人だったなんてね。本当に救いようのない一家だわ。あの兄にしてこの家庭あり――」

「おいババア。今なんつった――」

「キヌア」

色めき立つ妹を、姉が声と目で制する。

「光江叔母さん。確かにうちはどうしようもない家族だよ。だからあまり翠生さんを責めないでやってよ。紀紗ママが魔性の女なんだ。男はみんな紀紗ママの演技に騙されるし、それに翠生さん、優しいから――」

「気持ち悪い娘。従兄弟にまで色目を使って」

空気が凍った。アミカがふっと笑う。そしていきなり腕を振りかぶると、夜叉のような形相でぶんと何かを放り投げた。ガシャンと音がし、窓ガラスが割れる。

外の植え込みに、真鍮の馬が突き刺さった。

「……やめないか、光江。お前も口が悪い」

すると低く窘める声がした。白髪混じりの初老の男が、光江の背後に立つ。光江は首だけ捻って唇を尖らせた。

「でもあなた。これではうちの翠生が——」

「不義理はお互い様だろう。それに今は、そんなことで揉めている場合じゃない。このままだと翠生まで警察にしょっぴかれるぞ」

「翠生が犯人なわけありません」

「だからそれを警察にどう証明する。今の二つの話は、どちらも決定的な証拠がないという点では同じだ。しかし、いくら動機をごまかすためとはいえ、娘が仲のいい父親まで殺すというのは、やはり無理があるんじゃないのか。もし警察がそう思えば、分が悪いのはこちらだ」

「あなた……自分の息子を疑うんですか？」

「俺じゃない。警察だ、疑うのは。犯人は全員共犯か、アミカさんか、翠生か——この中で一つを選べと言われれば、当然疑わしいのは——」

「あなたっていつもそれ。買い物でも何でも、すぐ人の言うことを鵜呑みにして。どうしてその三つに限るの。別に話はそれで全部ってわけじゃないじゃない」

光江は自分の夫を半眼でねめつけ、首を振る。

「少し考えれば、あるでしょう——もう一つ別の、解釈が」

＊

フーリンの脇で、八ツ星が頭を抱えてしゃがみこんだ。

その格好がどこか蛙めいている。ちょうどこのような置物を、馴染みの骨董屋で見た覚えがある。

フーリンが煙管片手にしげしげと八ツ星の煩悶する様子を観察していると、「へっ」と鼻で笑う声が聞こえた。キヌアが、光江に小馬鹿にした目を向けている。

「笑える。ババアが探偵の真似事かよ」

光江は冷たい視線を返した。

「本当に兄の子ね、あなた。一つ言っておきますが、私も推理小説くらい読んでいます。毒といえばアガサ・クリスティでしょうよ――では逆に訊くけど、どうして皆揃いも揃って、これを一つの殺人事件だと思い込むのかしら？　三人が三人とも、同じ相手に殺されたとは限らないじゃない」

キヌアが悪臭でも嗅いだような顔をした。

「はあ？　三人が同じ酒飲んで、同じように死んでんだぞ。どうみても事件は一つだろうが」

「一人一人の殺し方は……『殺し方』なんてあまり野蛮な言葉は使いたくありませんが、仕方ないわね。その『殺し方』は、きっと三人とも同じだったでしょうね。それはうちの翠生が述べた方法です。つまり——『盃の銀彩部分に砒素を仕込む』。そこまでは私も翠生の説を支持します。けれど私の考えでは、毒の量が違う」

「毒の……量？」

反射的に翠生が訊き返す。光江は大らかに微笑んだ。

「そうよ翠生。私の推理では、毒は一度に一人分しか盛られなかったの」

「一人分？　どういうことだ母さん。それじゃ最初に飲んだ一人しか——」

そこで翠生ははっと顔を上げる。

「そうか。そういうことか」

光江が頷く。

「そういうことです。一人分の毒では、次に盃を飲む最初の一人しか殺せない——逆に言えば、各被害者の一人前がそれぞれ犯人であればいいわけです。三人の被害者に三人の犯人。つまり事件は三つ——これは『**一人前犯行説**』とでも名付けましょうか」

＊

光江はそこで乱れた襟を直し、一呼吸置く。

「では席次を確認しますか。花婿の広翔さんはひとまず置き、花婿父、つまり私の兄である正造の一人前は、花嫁の瀬那さん。花嫁父の一平さんの一人前は、あなた、花婿下妹のキヌアさん。花嫁とキヌアさん――この二人には、ある共通点があるのはわかるかしら、翠生？」

翠生がオセロ盤を顧（かえり）みながら答える。

「二人とも、立って盃を運んだ……。そしてそのとき、よろめいた拍子に盃の前方を、上から片手で押さえた……」

「その通りです。またこのとき盃は『逆位置』だから、その動作で『滝口』に触ることができます。つまりこの二人は、直前に砒素を仕込めるのです。

そしてアミカさんは、事前にいくらでも盃に触ることができる。とすれば、こんな仮説が成り立つわね。花婿はアミカさんが、兄は花嫁さんが、花嫁父はキヌアさんが、それぞれ一人分の砒素を盛って殺した。なのでこんな飛び飛びの状況が生まれた。

動機はアミカさんが兄妹喧嘩、花嫁が結婚を無理強いされた怨み、キヌアさんが殺人欲求といったところかしら。これならアミカさんが殺すのは自分の兄だけだし、翠生は無関係――」

「ふざけんな！　なんでアタシがハナヨメのパパ殺すんだよ！」

早速キヌアが食ってかかる。小娘に無遠慮に和服の胸倉を摑まれながら、初老の女は不敵に笑った。

「なんで？　さあ――私が聞きたいわね。平然と法律を犯す人の気持ちなんて、まったく想像つかないもの」

「万引きかよ。アタシが昔万引き常習犯だったから疑ってんのかよ。でも盗みと殺しは全然別だろ。第一もう更生したよ」

「自分で言ってちゃ世話ないわね……。それに犯罪って、だんだんエスカレートするものらしいじゃない。たとえば放火なら、ゴミから家。横領なら小銭から大金。だったら万引きから――」

「万引きはただのスリルだろ！　殺しとは全然違ェよ！」

「……だからあなたのその、モラルの欠如に無自覚なところが怖いの。それによく聞くじゃないの。スリルや快楽目的で犯行を繰り返す、大量毒殺犯の話……」

するとそこに翠生がやってきて、二人の間に割り込んだ。キヌアの手首を摑み、母親の服から力ずくで引き剝がす。

「——しかし母さん。別にアミカたちに肩入れするわけじゃないんだが、その仮説だと一つ疑問がある。なぜ犬は死んだ？　キヌアが犬に酒を飲ませたのは運ぶ前だ」

「それはきっと、『滝口』にまだいくらか砒素が残っていたからよ。犬はそれを舐めたの」

「だがそれだと、先にアミカが死ぬことになる」

「毒の致死量というのはね、翠生。体重に対して決まるものなの。あの犬はとても可愛らしい小型犬。だったら人に無害な量でも、犬も無事とは限らないでしょう。だから人間一人分の毒なら二人目のアミカさんまでは殺せないけど、犬は別——それに犬の本当の死因は砒素じゃなかったかもしれないわ。砒素はおまけで、一番の原因はアルコール中毒だったかもしれないし」

「まあ確かに、それなら犬の死は説明つくが……しかし母さん。さすがに三つの殺人が同時に重なるというのは、仮定が強引すぎやしないか？」

「そうね……最初にあったのは、花嫁の計画だけだったかもしれないわね。でも彼女の砒素のことを知ったキヌアさんが、まずそれを盗んで使ってみたくなり……次にアミカさんが、妹が砒素を盗むところでも目撃し、便乗して兄の毒殺を企て……という具合に、連鎖的に殺意が生じたのかもしれない。『連鎖する殺意』なんて、まるでサスペンスドラマの煽り文句みたいですけど」

——今の状況こそまさに「連鎖する仮説」だが、しかしその連鎖反応を止めるはずの探偵役が一向に機能していないのが、何とも歯がゆいところである。

フーリンはあらためて隣を見る。するとまたもや八ツ星の姿が消えていた。しばし室内に目を彷徨わせ、今度はグランドピアノの下にハーフパンツの尻を発見する。窓際も何かが飛んでくるので危険と判断し、次はあそこに巣籠もったか。

ふぐっ、とキヌアの嗚咽が聞こえた。

「何だよ、畜生……昔のこと、今さらほじくり返しやがって……だから更生したっつってんだろ……髪だって黒く染めたしよ……」

上下赤いジャージ服で、顔を涙と鼻水で汚しながら悔しげに歯を食いしばる。

「なんかさ。さっきから一方的に、アタシが犯罪者みたいな扱いされてるけど……でもさ。そんなこと言うならさ。アタシとまったく同じこと——」

一ヵ所を指差し、叫ぶ。

「あの子にだって、可能じゃん！」

その指先に佇むは、黒髪どんぐり眼の器量良し——双葉少女。

＊

「え──」

指差された少女は、青天の霹靂とばかりに目を白黒させる。

「え──？」

自分で自分を指差し、確認するように左右を見た。

ごん！　とピアノの下で重い音が鳴った。八ツ星が慌てて立とうとして、頭部を強打したらしい。

「わ──私、そんなことしません！」

「それはわからないじゃんよ！　だってさ、犬が乱入したとき、そっちも飛び込んできたじゃん！　そのとき盃に覆いかぶさったじゃん！　だからそっちも毒盛ろうとすれば余裕でできんじゃん！」

「わ、私は──」

「犬もさ！　わざと呼んだかもしれないじゃん！　飼い犬でしょ？　そのくらい仕込めばできるでしょ!?　それに最初の盃にだって触ってるし！　ってことはさ──この子と花嫁が組めば、今ババアが言った方法、全部二人だけでできるってことじゃん！」

「私、私——そんなこと絶対しない！　する理由がない！」

「理由ならあるじゃんかよ！」

　そこでキヌアが声を低く落とし、幼顔で凄みを利かせる。

「金だよ」

　その迫力にたじろぐように、双葉少女が数歩後退りした。

「金目当てなら、十分理由になるじゃんかよ。双葉ちゃんってさ、もともとバイト代狙いでこの役引き受けたわけでしょ？　だったらハナヨメに、『お小遣い稼ぎにどう？』とか誘われれば——」

「そんな……お金で私、人殺しなんて……」

「誰も人殺し頼まれたとか言ってないし。双葉ちゃん、あれが実は砒素だって知らなかったんじゃないの？　ハナヨメには『ただの悪戯』とか言われて——けどもしそうなら、犬は可哀想だったね。犬が死んだの、アタシがその酒を飲ませたからだよね？でもだからってアタシを恨まないでね。そんなの自分のせいだし」

　うっく、と双葉少女が肩を震わせて泣き始めた。愛犬の形見の首輪を握りしめ、ぼろぼろと真珠のごとき涙を流す。

　それとは対照的に、キヌアは猿じみた醜い泣き顔で、キッと近くの従兄弟を振り返った。

「どう、翠兄!?　アタシの言うこと、なんか間違ってる!?」

「……『**犬故意乱入説**』か。まあキヌアの話にしては珍しく、話の筋は通っているが……」

するともぞもぞと、八ツ星がピアノの下から這い出てきた。

「はあ。やっと整理できた……」

ようやくケリが付いたらしい。小僧はよいしょと立ち上がると、周りで騒ぐ大人たちを尻目に一人うーんと伸びをし、ぱんぱんと服の埃(ほこり)を払う。

それから双葉少女のもとへ向かった。すすり泣く娘に向かい、顔は横向きで「……使ってください」とぎこちなくハンカチを差し出す。

「聯くん……私、犯人じゃない……」

「そんなことはわかってます」

やはり目を合わせずに答える。さては初恋か。

もしこの少女の嫋(たお)やかさが全部演技なら、なんと面白い筋書きになることよ——などと邪想に耽(ふけ)るフーリンをよそに、八ツ星はくるりと身を返した。やや勇ましさを増した顔つきで、ずかずかと座の中央に進み出る。

ノートを小脇(こわき)に挟み、両手をポケットに突っこんだ姿勢で、口を真一文字に結んでゆっくり周囲を見渡した。

「ええ、皆さん。まずは申し上げますが――あなたがたの仮説、全部まとめて大外れです」

第八章

寸刻、夏の客間に遠い蟬の声が響く。

「……へえ」

翠生がまず反応を示した。

「面白い。今の台詞と言い方は少し、探偵っぽかったかな」

「探偵ですから」

八ツ星は素っ気なく言い返し、すっくと背筋を伸ばすとノートを開いて自分の顔の前に掲げる。

さっと紙面に目を走らせた後、なぜかぱたりとノートを閉じた。

「どうした？」

「……走り書きすぎて、読めませんでした」

ばつが悪そうに答える。

「いいんです。全部頭に入ってますから。ええとですね、いろいろバリエーション豊かな仮説が出てましたが、そのどれもがたった一つの論拠から否定できます。その論拠とは——」

ノートをピアノの上に置く。代わりに腰のホルダーに手を伸ばした。そこからゲームカードのような束を取り出し、それを扇のように広げてさっと一枚引き抜く。

「事件に、花嫁の砒素が使用されたということ」

ぴらりと表を聴衆にかざす。「永劫の愛」というタイトルと共に、花嫁衣装を着たゾンビの絵が描かれていた。

またしばらく、困惑の沈黙。

「——花嫁の砒素が使われたことが、否定の論拠？　むしろ花嫁犯人説の有力な物証じゃないか？　それにまだ、事件の砒素と花嫁の砒素が同一物と決まったわけじゃないと思うが……」

「後者についてはそうですね。確かに砒素の同一性については警察の分析待ちです。ですが花嫁の小瓶には使用形跡がありましたし、皆さんの仮説もそれを前提としてます。なのでここは最初に言った通り、ひとまず同一と仮定させてください。

よろしいでしょうか……。ではなぜ、この『花嫁の砒素が使用された』という事実が、否定の論拠となり得るのか——」

八ツ星がまた一枚、カードを引き抜く。

「なぜならその事実により、犯人の『濡れ衣着せ』の意図が明確になるからです」

カードには、魔方陣を囲う黒装束の者たちと、その中央で串刺しにされる山羊の姿があった。タイトルはそのものずばり――「生贄の山羊」。

翠生が眉をひそめる。

「犯人の、『濡れ衣着せ』の……意図？」

「はい。つまり犯人が、自分以外の誰かを偽の犯人に仕立てあげようとした、ということです。

花嫁の砒素は花嫁の厳重な管理下にありました。確かに砒素の販売は規制されていますが、身バレを覚悟すれば殺鼠剤などの形で購入できないこともありません。それをせず、わざわざ監視の厳しい花嫁の砒素を盗んだということは、犯人は砒素の入手先から足が付くのを恐れた――自身の犯行隠しの意図があった、ということです」

「……だが、花嫁自身の犯行だった場合は？　あるいは犯人が花嫁から砒素を盗んだのは、花嫁が屋敷に来る前、もっと管理が緩かったときかもしれない」

「もしこれが花嫁の犯行なら、普通は物証となる小瓶は処分するでしょう。花嫁は前日外出したので、その機会は十分あったはずです。

それでもあえて残すとすれば、理由は二つ。一つは、もとより発覚覚悟で犯行に及んだため。もう一つは、誰かに砒素を盗まれたと偽装するため。しかし前者なら今現在彼女が犯行を否認していることへの説明が付かないため、必然的に理由は後者、つまり花嫁は他の誰かに罪を着せるつもりだった、ということになります。

またキヌアさんが目撃した通り、花嫁は屋敷に来てから砒素の小瓶をその目で確かめています。花嫁は小瓶の中身が『減っている』と証言しているので、盗まれたなら必ず屋敷到来後のはずです」

そこで八ツ星が話を一旦止め、喉を押さえて「すみません。水……もらえませんか？」と誰にともなく訊く。

キヌアが「てめえの小便でも飲んでろ」と模範的な罵倒を返した。その一方で、車椅子の中年女性がキィコと車輪を回して八ツ星に近づく。花嫁の伯母——時子。

「ほら……飲みな」

時子は緑茶のミニペットボトルを無愛想に八ツ星に押し付け、キィコ……とまた部屋の隅に戻っていった。八ツ星はその後ろ姿にちょいと頭を下げ、ペットボトルの蓋が未開封なのを確認してから、自分で開けて茶をごくごくと飲む。

ぷはあと息を吐き、手の甲で口を拭った。

「つまり犯人が花嫁であれ、花嫁以外であれ、犯行に花嫁の砒素を使った目的は『**自分以外の誰かの犯行に見せかけること**』にほかならない。すなわちこの『飛び石殺人』は、誰かに罪を着せるためのトリック——そう考えるととても納得いくのです。

当初僕は、この『飛び石殺人』のトリックは犯行自体を『不可能犯罪』に見せかけ、事件の迷宮入りを狙ったものかと思いました。しかしそれにしては思いつく解が多すぎる。けれど他人に罪を着せるのが目的なら、その解の多さも腑に落ちます。となれば、あとは話は簡単。その『濡れ衣を着せる』という『意図』と言動が矛盾する者を、一人一人容疑者から外していけばいい。それが今回の推理方針です」

ほう――とフーリンは欠伸を嚙み殺す。それが「切り口」か。だらだらと長口上が続いたが、言いたいことは**『犯人は誰かに濡れ衣を着せるために、花嫁の砒素を使った』**の一文に要約されるようだ。

単に砒素を使いたいだけなら蔵にもあるし、事前に盗むほど計画的なら衝動的な犯行ではないだろうから、まあ順当な切り口とは言える。しかしたかがそれしきの話に、ここまで弁舌を尽くさねばならないとは……つくづく証明とはまだるっこしい。

「――ここから、一気に行きます」

八ツ星がカードの束を持ち、景気付けにかパララと右から左の手へ飛ばす。

「まず一番目、翠生さんの仮説。アミカさんが盃の『滝口』に砒素を盛り、奇数番がそこから飲むことを利用して三人を殺害した――いわば**『奇数番殺害説』**、あるいは**『アミカ単独犯説』**。

アミカさんは前日毒を盗めますし当日事前に盃にも触れますので、この犯行は可能です。ただ問題は今言った通り、このときアミカさんが誰に濡れ衣を着せるつもりだったか。これまでの検証で出て来た実行犯候補はアミカさん、翠生さん、花嫁、キヌアさん、双葉さんの五名。しかし花嫁とキヌアさんが途中よろめくことは事前に予測できず、また倒れた被害者を翠生さんが介抱するかも不明――まったく無関係な第三者に介抱されてしまっては、犯行の動機付けに困ります。彼らに罪を着せることを計画するのは不可能。

なので必然、アミカさんが計画的に罪を着せられるのは、すでに挙式の段取りで行動が決まっていた、双葉さん一人……ということになります。

しかし仮にアミカさんが双葉さんに罪を着せるとすると、挙動に矛盾が生じる」

「矛盾？」

訊き返す翠生に八ツ星は頷く。

「はい。アミカさんは酒を飲んだと証言しました。もしアミカさんが双葉さんを偽犯人にするなら、一番簡単な方法はこの『**奇数番殺害説**』の実行犯を、アミカさんから双葉さんに置き換えることです。花嫁から毒を入手したとすれば、同じことは双葉さんにも可能ですから。

ですがそれだと、一つ問題が生じますね？　この方法だと――」

「アミカも、死ぬ」

八ツ星は頷く。

「その通りです。けれど、その問題を回避する方法もまたあります。それはアミカさんが、『自分は酒を飲まなかった』と証言することです。

アミカさんは前日体調を崩してますし、いくらでも飲まない言い訳はできたでしょう。彼女はただそう証言するだけで、双葉さんをこの犯行方法の実行犯にできた。ですが実際はどうでしょう？　彼女はそうしなかったばかりか、逆に『飲んだ』と証言し、かえって自分自身に嫌疑を向けさせてしまった。

ちなみに犬の乱入はアミカさんには予測できませんので、それを組み込んだ犯行方法を事前に想定することは不可能です。つまり彼女は誰かに罪を着せられる唯一のチャンスを、自ら潰してしまっている——これは『誰かに濡れ衣を着せる』という意図と、明らかに矛盾する行為です」

翠生が小テーブルに手を伸ばし、タンブラーを再び手に取る。

「……だがアミカは、僕らにも犯行可能と知ったあとで、罪を着せる相手を変えたのかもしれない」

「それはどうでしょうか。映像で見た通り、回し飲みのときアミカさんはわざわざ音を立てて盃を啜っています。つまり『飲んだ』とアピールしたようなものです。この時点では犬の乱入も翠生さんの介抱も知る由はありませんので、もし彼女が双葉さんに罪を着せる気なら、すでにこの時点で挙動と矛盾が生じます」

「ではもっと、他の犯行方法を想定していた——」

「その場合、その犯行方法が現時点で挙がっていないことが問題なのです。誰かに罪を着せるなら、その犯行方法はなるべく誰もが容易に思いつくものでなくてはなりません。でなければ誰にも言及されずに終わってしまいますから。自分からさりげなく言い出すにしても、あまり突飛な方法ではなぜそれを思いついたかと逆に疑われてしまうでしょう。第一言うならもう口にしているはずです。当の自分に嫌疑がかかっているのですから」

——なるほど、とフーリンは一人納得する。よく推理小説では探偵が「犯人しか知らない知識」や「犯人なら取るはずの行為」を指摘して犯人を暴くことがあるが、これはその逆。「犯人なら取るはずがない行為」を示して容疑者から除外しているのだ。

八ツ星がカードをシャッフルしながら、周囲の大人たちを見渡す。

「……ここまで、何か反論は？」

沈黙が返る。八ツ星はまたこくりと頷いた。

「ないようですね。ではひとまずこれにて、一番目の反証は終了とします。今の話をざっとまとめます——」

そこで八ツ星は俵屋家のタブレットPCを借りると、そこに入っていたエディタを使って猛烈な勢いでタイプし始めた。

●第一の仮説の否定

［仮説名］

奇数番殺害説／アミカ単独犯説

［提唱者］

翠生

［仮説の概要］

アミカが酒器を準備したときに盃の銀彩部分に砒素を盛り、それで奇数番の人間を殺害した。

［仮説の詳細］

砒素は前日花嫁不在中に入手。動機は兄妹喧嘩で、花婿父と花嫁父まで殺したのは、犯行動機から足がつくのを避けるため。犬は銀彩部分を舐めて死んだ。

［その反証（要旨）］
①花嫁の砒素が使われたこと、またその小瓶が処分されなかったこと等から、犯人は「誰かに濡れ衣を着せる」つもりだったと考えられる。
②実行犯候補は、事前に盃を準備したアミカと双葉、盃を運ぶ途中に触れた花嫁とキヌア、そして事後に介抱した翠生の五名。
③しかし花嫁とキヌア、翠生の行動はアミカは予測できない。
④なのでアミカが濡れ衣を着せる相手は双葉しかいないが、そのためにはアミカは盃を「飲まなかった」と証言せねばならず、これは「飲んだ」と証言した事実と矛盾する。
⑤ゆえにアミカの行動は「誰かに濡れ衣を着せる」という犯人の意図と矛盾し、仮説は否定される。

それをプリントアウトした紙が、各自の手元に一枚ずつ届けられた。データを無線でプリンタに飛ばして印刷し、それを家政婦が別室まで取りに行ったらしい。

授業か、とフーリンは思わず突っ込みたくなる。

「質問は随時受け付けます。ではひとまず先に進みまして、次は二番目の仮説――」

間髪入れずに次の証明に入る。

「アミカさんの仮説。被害者たちが最初に倒れたのは演技で、それを介抱した翠生さんが実際に殺した。その砒素は紀紗子さんが盗んで渡した――**『時間差殺人説』**、あるいは**『翠生・紀紗子共犯説』**。

これも問題は、二人が誰をスケープゴートにしようとしたか、です。二人に『よろめき』や『犬の乱入』が予測できないのは同じなので、やはりここで罪を着せられる相手は二人が事前に盃を触ると予想できた、アミカさんか双葉さんに限られます。

しかし仮に二人がアミカさんに罪を着せる気なら、一つ疑問が生じます。ならなぜ二人は、わざわざ花嫁の砒素を盗んで使ったのでしょう？　砒素の缶なら屋敷の土蔵にも置いてあります。俵屋家の人間は全員その暗証番号を知っていますので、いくらでもそれを使えたはずなのです。

そのほうが入手は容易ですし、アミカさんのせいにもしやすい。紀紗子さんが自分への疑いが増すのが嫌で蔵の砒素を使わなかった、との考え方もあるにはありますが、しかしアミカさんに罪を着せる場合、花嫁の砒素を盗んで使っても紀紗子さんへの嫌疑の度合いはさほど変わりません。アミカさんが盗めるなら紀紗子さんも盗めますから。にもかかわらずわざわざ入手困難な花嫁の砒素を選んだということは、やはり標的はアミカさんではなかったということ。つまり二人の狙いは双葉さん――」

そこで一呼吸置き、ペットボトルで喉を潤す。

「ですが、それならそれで今度はまた別の疑問が持ち上がります。では標的が双葉さんだとした場合、なぜ紀紗子さんは『隣の娘が何回も長く音を立てて啜った』と、わざわざアミカさんが飲んだことを強調するような証言をしたのでしょう？

もしアミカさんが飲んで無事なら、双葉さん実行犯による『**奇数番殺害説**』が崩れてしまいます。『犬の乱入』は翠生さんと紀紗子さんには予測できませんので、もし二人がこれを双葉さんの犯行にしたいなら、二人は何としてでもアミカさんに『飲まなかった』と証言させるか、飲んでもほんのわずかしか飲まなかった、という方向に話を持っていくしかありません。逆に『しっかり飲んだ』ことを印象付けるようなこの証言は、『罪を着せる意図』と明らかに矛盾するのです。

つまりアミカさんと双葉さん、そのどちらに濡れ衣を着せる気でも、翠生さんと紀紗子さんの言動には矛盾が生じる。ゆえにこの仮説は成立しません」

しばらく反応がない。八ツ星の話の展開について行くのが精一杯のようである。

フーリンも途中から若干話を聞き流しかけた。まあつまるところ、こちらも先ほどの否定と論旨は同じだろう。もし紀紗子が犯人でアミカや双葉に罪を着せるつもりなら、わざわざ花嫁の砒素を使ったり、「アミカが飲んだ」と証言してその計画をぶち壊しにするような真似をするはずがない、というわけだ。

やがてアミカが、自分の仮説を否定されたくない一心でか、何とか話に食いついて反論した。

「でも……さっき翠生さんが自分で言ったみたいに、もし翠生さんたちが事件後に罪を着せる相手を変えたとしたら？　たとえば最初は双葉ちゃんのせいにしようとしたけど、あとからやっぱり私の仕業にしようとした――」

「それも困難です。アミカさんのときと違い、この二人の場合は共犯です。自分の判断で勝手に予定変更はできません。計画の途中変更には何らかの意思疎通が必要となります。

しかし事件後は、紀紗子さんには常にアミカさんかキヌアさんがつきっきりでした。翠生さんと詳細な確認を取り合うのはほぼ無理です。

とすれば、やはり当初の計画通りいくしかない――であれば、結局証言の矛盾は避け得ないのです。ちなみに他の犯行方法については、先ほど述べた通りここで考慮する必要はありません」

八ツ星がシャララとカードをシャッフルする。

「よろしいでしょうか。ではこれもまとめます――」

八ツ星が再び高速タイピングをはじめ、プリントアウトする。

●第二の仮説の否定

［仮説名］

時間差殺人説／翠生・紀紗子共犯説

［提唱者］

アミカ

［仮説の概要］

被害者たちが最初に倒れたのは演技で、それを介抱した翠生さんが実際に殺した。

その砒素は紀紗子さんが盗んで渡した。

［仮説の詳細］

砒素は前日花嫁不在中に紀紗子が入手。正造の演技の計画に便乗して、翠生が介抱時に三人を実際に殺害。
　動機は二人の交際のためと、紀紗子が家の金を自由にするため。また正造は演技を派手に見せるため広翔と一平も参加させ、翠生は最初倒れたのが演技だと露見させないため、二人と犬も殺した。

［その反証（要旨）］
①（前述）犯人の目的は「誰かに濡れ衣を着せること」。
②（前述）実行犯候補はアミカ、双葉、花嫁、キヌア、翠生の五名。
③しかし花嫁とキヌアの行動は翠生たちには予測できない。
④なので翠生たちが実行犯として濡れ衣を着せる相手は双葉かアミカ。
⑤もしアミカだとすると、蔵の砒素を使わなかったことと矛盾。
⑥もし双葉だとすると、紀紗子が「アミカが何回も長く音を立てて啜った」とアミカが飲んだことを強調するような証言をしたことが矛盾。
⑦よってアミカと双葉、どちらに濡れ衣を着せるつもりだったとしても行動と矛盾。
⑧ゆえに翠生たちの行動は「誰かに濡れ衣を着せる」という犯人の意図と矛盾し、仮説は否定される。

「……聯くんって、難しい言葉たくさん知ってるよね」

プリントを見ながら、双葉少女が感心したように言う。

「今度国語教えてね」

「え？　あ、や、は……はい。では後で連絡先を……。ええと、すみません。続けます。次、三番目――」

小僧は天然そうな娘の殺し文句にあからさまな狼狽を見せたあと、すぐにぱちんと自分の両頬を叩いて己を叱咤、気合を入れる。

「光江さんの仮説。この殺人は一つの事件ではなく、三つの事件が重なった――つまり花婿はアミカさんが、花婿の父は花嫁が、花嫁の父はキヌアさんがそれぞれ殺した、という仮説。いわば『**一人前犯行説**』、あるいは『**アミカ・花嫁・キヌア複数犯説**』。

これも今まで同様、ポイントは『各犯人が誰に罪を着せようとしたか』になります。

この時問題は、花嫁とキヌアさんは罪を着せる相手がいないことです。たとえば花嫁が『奇数番殺害説』で双葉さんかアミカさんのせいにするには、事前に花婿が死ぬことを知ってなければなりません。キヌアさんもまた同様。

また仮に三人の共犯だとしても、キヌアさんの行為に問題があります。彼女は犬乱入後、その盃をわざわざ犬に舐めさせています。ということは、もしその後犬が死なず、花嫁の父が死んだなら、毒を盛った人間は間で盃を運んだキヌアさんただ一人に限定されてしまうのです。

よってこの場合も、犯人の意図と行為に矛盾が生じます」

キヌアがぽかんと口を開けた。

「ああ。そっか。なるほど。ええと……」

上を見て、下を向く。

「つまり……どういうこと？」

翠生が間に入る。

「キヌア。つまり君が犬に酒を飲ませなければ、君は花嫁父の死をもっと前の人のせいにできた、ということだ」

翠生は八ツ星からノートとペンを借りると、そこに書きこむ。

犬が飲む　↓　キヌア運ぶ　↓　花嫁父が死ぬ

ろう。

「この流れで犬が死ななくて花嫁父が死んだら、君が砒素を盛ったことは丸わかりだ
しかしこの犬がいなければ、君は自分よりもっと前の人が盃に砒素を盛り、それで花嫁父が死んだ、と主張できる。たとえば『花嫁が銀彩部分に砒素を盛り、それをアミカが飲んだふりでスルーして、花嫁父が飲んで死んだ』みたいな主張ができるわけだ。

でも君はわざわざ犬に酒を飲ませ、その主張が難しくなる行動を取った。それが矛盾する、と彼は言っているんだ」

キヌアは腕を組んでしばらく考え込んだ。

「うん……まあ……わかった、気がする。やっぱり翠兄は説明が上手いね」

この反応の時点で下の妹は容疑者から外してやってもよいのでは――などとフーリンはつい老婆心で思ってしまうが、八ツ星にしてみればこのおとぼけが相手の演技という可能性も捨てきれないわけで、実に難儀な話である。

「……納得いただけたでしょうか。ではこちらもまとめに入ります……」

タタタタタ……と小さな手が小気味よく動く。

●第三の仮説の否定

［仮説名］

一人前犯行説／アミカ・花嫁・キヌア複数犯説

［提唱者］

光江

［仮説の概要］

花婿はアミカさんが、花婿の父は花嫁が、花嫁の父はキヌアさんがそれぞれ殺した。

［仮説の詳細］

アミカとキヌアはそれぞれ砒素を盗む。花嫁とキヌアは盃を運ぶときによろめくふりをして盃の銀彩部分に砒素を盛る。殺害の動機はアミカが兄妹喧嘩、花嫁が結婚を無理強いされた怨み、キヌアが殺人欲求。なお犬は花嫁が盛った毒の残り（人間には影響しない程度）を舐めて死んだ。

[その反証（要旨）]
①（前述）犯人の目的は「誰かに濡れ衣を着せること」。
②しかしこの場合、花嫁とキヌアに罪を着せる相手がいない。
③またキヌアは犬に酒を飲ませたが、もし犬が死ななければその時点で盃に毒が盛られていないとわかり、自分が花嫁父に毒を盛ったと丸わかりになる。
④よって犯人の意図と行為が矛盾し、仮説は否定される。

「ふう。これで三つ目も終了、と。最後、四つ目――」

八ツ星は長々と深呼吸し、それからぐっと顔を上げる。

「双葉さんが犬を故意に乱入させ、花嫁と組んで砒素を盛った説。『**犬故意乱入説**』あるいは『**双葉・花嫁共犯説**』。

この場合、花嫁たちに翠生さんやキヌアさんの行動は予測できませんので、濡れ衣を着せる相手はアミカさんになります。しかしここで一番の問題は、当の花嫁が誰にも砒素を盗んだり、すり替えたりする隙を与えていない、ということです。

花嫁がアミカさんに罪を着せるには、当然アミカさんもしくはアミカさんの共犯者になり得る人に、事件前に自分の砒素を盗むか、事件後にすり替える機会を与えなくてはなりません。しかし花嫁は一週間ほぼ自室に籠もり切りで、事件前は例の鞄から片時も離れませんでした」

「でも、前日に外出してるじゃんよ」

すかさずキヌアが反論する。

「確かに花嫁は前日に外出し、その間にアミカさんたちは屋敷に戻ってきます。ですがそのアミカさんたちの帰宅は、もともと予定にないものです。

前日アミカさんたちは夜遅く帰る予定で、本来なら一八時帰宅予定の花嫁が、一番最初に屋敷に戻るはずでした。つまり――アミカさんが体調不良、キヌアさんが彼氏と喧嘩、紀紗子さんがレッスン遅れといった理由でそれぞれ早帰りしなければ、誰も花嫁の砒素を盗む機会は無かったのです。

また事件後は誰かが屋敷に残るかどうかもわからないので、事後のすり替えは当てにできません。今回はたまたま家政婦が残りましたが、全員で病院に行ってそのまま警察の事情聴取、という展開も十分有り得たのです。

そんな不確実な方法に頼るくらいなら、事前に盗める隙を作っておくでしょう。だからこれも意図と行為が矛盾し、不成立――」

もはや皆の反応も待たず、八ツ星は流れるようにまとめの文章作りに入る。家政婦も慣れたのか、指示される前に出力の紙を取りに部屋から出て行った。フーリンは八ツ星の後ろに回って入力画面を眺める。

●第四の仮説の否定

［仮説名］
犬故意乱入説／双葉・花嫁共犯説
［提唱者］
キヌア
［仮説の概要］
双葉が犬を故意に乱入させ、花嫁と組んで砒素を盛った。
［仮説の詳細］
花嫁が双葉に砒素を渡し、花婿は双葉が盃の準備時に、花婿父は花嫁が盃を運ぶと

き、花嫁父は双葉が犬乱入時に、それぞれ盃に砒素を盛って殺した。

双葉は花嫁に金銭と嘘の目的で共犯にさせられ、事件後人が死んだため自分から言い出せなくなった。花嫁の動機は第三の仮説と同じく結婚を無理強いされた怨み。犬は双葉が盛った毒を舐めて死んだ。

［その反証（要旨）］

①（前述）犯人の目的は「誰かに濡れ衣を着せること」。

②もし花嫁が誰かに罪を着せるつもりなら、当然誰かに砒素を盗むか、すり替える機会を与えねばならない。

③しかし事件前は花嫁は誰にも鞄の砒素を盗む機会を与えていない（前日のアミカたちの早帰りは花嫁に予測できない）。

④また事件後は誰かが屋敷に残るかどうかもわからず、すり替えは当てにできない。

⑤よって花嫁の行動は「誰かに濡れ衣を着せる」という犯人の意図と矛盾し、仮説は否定される。

第四の仮説のまとめを終えたところで、八ツ星はそのまま手を止めずに言った。

「……あとついでに、僕が一番最初に提示した仮説、『**全員共犯説**』についても否定しておきましょう。これは簡単です。全員共犯では罪を着せる相手がいない。強いて言うなら翠生さんですが、彼には必ず砒素を入手する協力者が必要です。しかしそれを入手可能な人物はすべてこの共犯に含まれますので、やはり誰かを生贄(いけにえ)にすることはできません」

●第五の仮説の否定

［仮説名］

酒毒混入説／全員共犯説

［提唱者］

八ツ星

［仮説の概要］

酒に直接砒素を混入し、被害者以外が結託して飲んだふりをした。

［仮説の詳細］

省略。

［その反証（要旨）］

①（前述）犯人の目的は「誰かに濡れ衣を着せること」。

②（前述）実行犯候補はアミカ、双葉、花嫁、キヌア、翠生の五名。

③しかし全員共犯では翠生にしか罪を着せられず、翠生単独では砒素を入手できない。

④よって罪を着せる相手がおらず、仮説は否定される。

最後に八ツ星が画面を軽くタップし、やがてプリントアウトされた紙を家政婦が束ねて持ってきた。それを受け取って読んだ双葉少女が、いきなりタタタと駆け出し、小僧を正面から捕まえてがばりとその体を抱き締める。

「……ありがとう、聯くん。約束通り、花嫁さんの無実を証明してくれて」

八ツ星が固まる。身長が頭一つ分違うので、傍目にはまるで仲の良い姉と弟である。

しかしこの小僧、一銭にもならぬ仕事にここまで精を出しおって——とフーリンが苦々しい思いでプリントを眺めていると、やがて少女の抱擁が終わり、八ツ星が正気を取り戻した。夢から覚めたようにきょろきょろと左右を見渡し、それから茹で蟹のように顔を真っ赤にして、照れ隠しかコホンと一つ咳払いする。

「以上、しめて五つ——**『アミカ単独犯説』『翠生・紀紗子共犯説』『アミカ・花嫁・キヌア複数犯説』『双葉・花嫁共犯説』『全員共犯説』**について否定しました。すなわち、僕自身のものも含め、これまでに出てきた仮説は全部、まとめて『大外れ』ということです」

じぃじぃじぃ……と、割れた窓から忙しげな蟬の声だけがながらく響く。

「……だがその推理を、犯人に逆手に取られたということはないか？」

やがて翠生が、グラスを傾けつつ思案顔で言った。

「つまり犯人は、最初からそういう論理で否定されることを想定し、それでわざと非合理な行動を取った——」

「それは三つの点から無理があります」

八ツ星はすかさず三本指を立てて切り返す。

「一つ目は、警察がこのように考えてくれるとは限らないこと。僕がこの場に居合わせたことはただの偶然です。それに毒殺事件はただでさえ冤罪が生じやすく、警察の強引な解釈や自白強要で犯人にされてしまう可能性は十二分にあります。そんな警察の論理を犯人はそこまで当てにするでしょうか。

　二つ目は、この反証中には当人の意にならない事実が含まれていること。たとえばキヌアさんの反証では犬の乱入が必要ですが、これはキヌアさん自身にはどうにもなりません。

　また三つ目は、この論法では『自分の犯行可能性』は否定できても、誰かに濡れ衣を着せることはできないということ。まさに自分にはそれができない、ということを示さねばなりませんので。

　そんな不確かで回りくどい方法で自分の無実を主張するくらいなら、普通に誰かに濡れ衣を着せようとしませんか？」

　キヌアがちっと舌を鳴らし、ジャージの下に手を入れてぼりぼりと腹を掻く。

「ってことはよ――結局誰だよ、犯人は」

　八ツ星はぎゅっと唇を結んだ。

「ですから……わかりません」

「ああ？　わからねえ？」

「はい。ですから最初に述べた通り、さっぱりわからないのです。少なくとも今回の犯行を実行可能なのは、酒器を触ったアミカさん、双葉さん、花嫁、キヌアさんと、あとは介抱した翠生さん。ですが今しがた証明した通り、そのうち誰を犯人にしようと矛盾が生じる」

「そこのオバサンは容疑者に入らねえのかよ？」

「花嫁の伯母の時子さん――ですか。前日は花嫁の外出前に屋敷を離れ、当日は花嫁道中に参加して花嫁と一緒に屋敷に来た花嫁伯母には、砒素を盗む機会もなければ仕掛ける機会もありません。

同様の理由で花嫁の父親も容疑者から外れるでしょう。そして何より、花嫁の親族側には、わざわざ花嫁の砒素を使って花嫁に罪を着せる理由がありません。もし花嫁父が俵屋家への復讐のために自爆覚悟で毒殺を狙ったのなら、普通にどこかから毒を入手してそれを使えばいいだけですからね」

「……しかし、犯人がいないわけないだろう」

「もちろんです」

翠生の呟きに、八ツ星は急に闘志を燃やしたようにきっと前を見据える。

「犯人はいます。絶対に。この世に論理的に説明がつかない事象などない。仮に説明がつかないとすれば、それは単なる人間の能力と努力不足――ただの見落としか事実誤認、それか思考の怠慢があるだけです」

子供は語気を強め、ぐっと両の拳（こぶし）を握る。

「僕は認めない。僕は人間の理性の敗北を認めない。僕は人知に到達不可能な領域があることを認めないし、ましてや『奇蹟』の存在なんて――何があっても、認めない」

＊

また数瞬、今度はこれまでと趣（おもむき）の違う困惑の沈黙が流れる。

「……奇蹟？」

翠生が訊き返すと、八ツ星は少し顔を赤らめた。

「いえ……こっちの話です。別に大した意味はありません。気にしないでください」

ほわりと、フーリンは形の歪んだ煙の輪を吐く。

――まあ確かに、大した意味はない。

この小僧が師と仰ぐ人間が、多少変人の域に達しているだけの話である。

例の青髪の探偵のことだが、あの探偵はとある込み入った事情により、「この世に奇蹟が存在すること」を証明しようと躍起（やっき）になっている。そんな師の背中を見て育ったこの元弟子は、決して師と同じ轍を踏むまい、と固く心に誓っているのだろう。

実際あの男はこれまで何十という「奇蹟」の証明に挑戦したが、その悉くが無残な失敗に終わった。

「……ただ、まだ僕は全部の可能性を検証し尽くしたわけではありません。まだ未検証の実行犯の組み合わせがいくつかありますし、それに前言を翻すようで悪いですが、まだ事件の砒素が本当に花嫁の砒素と決まったわけでもない。もし警察の分析で両者が一致しなければ、また違う可能性も見えてくるでしょう。

ただ……もし両者が一致して、他に物証や有効な犯行方法も見つからなかったとすれば、あとは……」

八ツ星は顔を曇らす。

「あとは……あとはやはり、僕の論証のやり方がどこか間違っていたか、です。あまり認めたくはありませんが。しかしそれでも、『奇蹟』の存在なんかを認めるよりはずっとマシだ……」

「――奇蹟は、あるよ」

すると思わぬところから、異議が上がった。

「聯くん。奇蹟ならあるよ。昨日話したよね。お母さんが、花嫁さんがカズミ様をお参りするところを見たって。花嫁さんは本当は、こんな結婚はしたくなかったって。

だからきっとこれは、カズミ様だよ。カズミ様の仕業だよ。カズミ様が花嫁さんのお願いを聞いて、きっと守ってくれたんだよ」

「……双葉さん」

いたいけな少女が、渦中の花嫁に駆け寄り彼女を抱きすくめるようにして庇う。旅先で迷い犬を拾ったことといい、さきほどの小僧への抱擁といい、この少女はどうにも庇護欲（ひごよく）が強いらしい。

「これは、『カズミ様』の仕業――」

八ツ星はじっと考え込むように一点を見つめつつ、カードをシャッフルする。

「……ですがそれも、有り得ない」

双葉少女が真っ直ぐな瞳で抗議する。

「なんで？　だって『カズミ様』なら――」

「『カズミ様』だからです、双葉さん」

八ツ星も正面から相手を見返した。

「もしこれが『カズミ様』の加護なら、花嫁の砒素など使う必要はない。神罰なら心臓発作で十分です。それに思い出してください。この事件ではムギも死んでいます。なぜ『カズミ様』は、無関係のムギまで殺す必要があったんでしょうか。

特に『カズミ様』が犬を恨んでいたという話は聞きません。あるいはもし仮に、

『カズミ様』の怨みがとても強くて、人だけじゃなくこの世の男性的なものすべてを憎んでいたのだとしても——」

シャッと、八ツ星は静かにカードを一回切る。

「昨晩、確認しましたよね。あのムギは——『メス』です」

……ほう、とフーリンは思わず呟いた。

これは思わぬところに撞着があった。あの犬がメス——ならば確かに百歩譲り、これを「カズミ様」の恩寵という話で手を打ちたくとも、どうにも道理の立たせようがない。

人知も天知も及ばぬとは、これ何たる怪誕不経——。

と、そこまで考えてふと我に返った。駄考。もとよりこんなものが「奇蹟」などであるはずもない。殺すも人、殺さるるも人。その万世不易の真理を捩曲げ、いったいこの世のどんな真相に到達できよう。

どうもあの青髪の探偵の身近にいると、己の常識が揺らいで困る——と、フーリンは苦笑いを浮かべて目の前の小僧を見やった。この小生意気な元弟子も、一見師と同じ道を歩むことを拒絶しているようで、どこか「奇蹟」の可能性を捨てきれずにいるようなのが片腹痛いところである。まさにミイラ取りがミイラに。さてはあの青髪、体から人の理性を腐らす瘴気でも出しているか。

まあ……精々気張るがよい。

フーリンは八ツ星の後ろから、その煩悶する背中を無感情に眺める。砒素の分析を除けば、一通り証言も証拠も出揃った。無論こんなものは神通力などでも何でもない。もし貴様が師を越えたくば、万障乗り越えどうにかしてこれを人為に落とし込むほかない。

だがそれも難しかろう。貴様の目が、まだそちらを向いている限りは――。

なぜなら犯人は、このヤオ・フーリンなのだから。

◉第二部 葬(ツァン)

《断想》

夾竹桃の藪が、橙と黒の二色刷りの版画のように西日に染まる。

気付けば夕暮れ。息苦しい屋敷をこっそり抜け出し、蛙の声で騒々しい田んぼ道をあてどなく散歩するうちに、自然と足がここに向いてしまった。無銘の碑。罪人のお墓。花嫁の禁足地——。

カズミ様の、祠。

こんなところを誰かに見られたら、ますます自分の立場が悪くなるだけだろうに——そんな自覚はあるものの、まあいいや、と私は膝を折って道端にしゃがみこむ。今さら疑いの一つや二つ、どうってことない。なんといっても私には、「自分の砒素が犯行に使われた」という絶対不動の容疑があるのだ。

事件から一週間。未だ解決には至らず。

あれからいろいろと事情聴取は受けたけれど、警察はまだ容疑者を絞り込めないそうだ。ただ犯行に私の小瓶の砒素が使われ、被害者三人がその砒素で死亡したことは確からしい。

ちなみに双葉ちゃんの飼い犬からも、砒素を検出。それが私の砒素と一致するかは正確には調べてないけれど、まあ同じでしょうという警察の判断。あと盃からも微量の砒素が検出されたけど、すでに洗われたあとなのでそれがどこにどう盛られたかまではわからない。酒に混ぜたか、盃に塗ったか——。


——しかしそれにしても、あの二人組は何だったのだろう。


ぼんやりと思い出す。途轍もなく頭の回る男の子と、途轍もない美人の中国人女性。親子……ではないと思うけど。ただ男の子が頑張って警察を説得してくれたおかげで、私はまだ被疑者ではなく重要参考人扱いだそうだ。

なんでも、男の子の証明で私の嫌疑が完全に晴れたわけではないけれど、他の人たちの嫌疑も同じくらい晴れないので、警察が甲乙つけがたい——みたいな話らしい。

あの男の子が、私たちの怪しさのレベルを揃えてくれたということだろうか。

もしかしてあれは、「カズミ様」のお使いだったのでは——。

などと、つい子供っぽいことも考えてしまうが、たぶんそんなことはない。カズミ様が私を助けてくれるはずなどないのだ。

だってそれなら、カズミ様は私の砒素など使うはずがないから。

もしあれがカズミ様の天罰なら、彼女は私を救ったわけではない。彼女は怒ったのだ。不甲斐(ふがい)ない私を。自分から何も変わろうとしない私を。自分の望まぬ処遇に、命を賭(と)してでも抗おうとしないこの私の意志薄弱さに。

だからカズミ様は、最後の最後で私に責任を押し付けた。彼女の裁きは両成敗だ。けれどそれで私に何の不満が言えるだろう。自分で道を切り開けない人間は、いつだって誰かが用意した道から行き先を選ぶしかない。

でもカズミ様。双葉ちゃんのペットの命まで奪うのは、些かやりすぎではありませんか――。

と、彼女の石祠についた泥汚れを手で落としながら、私はささやかな物言いだけつけてみる。

そのときだった。ブロロと車のエンジン音が聞こえた。また観光のタクシーだろうか。私は狭い道を開けるため、よいしょ、と鈍牛のように重い腰を上げて路肩に寄る。

すると窓を黒塗りにしたバンが、キッとブレーキ音を立てて私の手前で止まった。次いでがらりとスライド式のドアが開き、中から白手袋をした手が伸びる。

第九章

事件から、一週間以上が経過した。

フーリンの思惑通り、警察の捜査は混乱したようだ。八ツ星の登場で多少筋書きは変わったものの、ここまでは予定通り。あとは適当な時期を見計らい、計画の最終段階に移るだけである。

ただ一つ気がかりなのは、八ツ星があの探偵に助けを求めないかという点――。

だがそれも杞憂（きゆう）だろう。今あの探偵は「奇蹟の調査」で海外出張中だというし、それにあの小僧は探偵が「奇蹟の存在証明」に拘（こだわ）るのを常々止めたいと思っている。まさに「奇蹟のネタ」になりそうな今回の事件を、みすみす餌（えさ）として与えるような真似はしないはずだ。

そんなことを考えつつ、フーリンが自宅マンションの一室でゆるゆると昼酒を愉しんでいると、スマートフォンに着信があった。

——バイトしませんか？

そういった意の中国語のメールが届いていた。差出人のメールアドレスは＠以下を除くと、queen-mother-of-the-west-610。queen mother of the west——西王母。フーリンは顔を顰めた。そのような異名を持つ残念な女を、不本意ながら一人知っている。宋儷西。昔の仕事仲間で、仙女めいた可憐さと野獣じみた酷虐さを兼ね備える、厄災の塊のような女である。

アドレスが付番なのは誰かに先取りされたからであろう。なお数字は六十の当て字と思われる。そんな解析をついしてしまった自分にまた苛立ちながら、フーリンは即座にメールを打って返す。

——辞退する。

すると数秒で返事が来た。

——沈老大直々のご指名ですが。

ちっと舌を鳴らす。沈とはかつて自分がこの女とともに所属していた組織の老大（ボス）である。

――例のマネーロンダリングの件なら、もう片は付いたはずだが？

――はい、それはもちろん。今回はそんな副業ではなく、老仏爺（ラオフオイエ）の本業の件です。

――もう私は現役を引いた身ね。沈老大の期待に添える腕は残ってないね。

――またご謙遜（けんそん）を。多少むくみたるみが目立つとは言え、老仏爺の美技と麗姿はいまだご健在。例の黒衣装にて舞台に上がれば、客席からは吊水楼（ディアオシュイロウ）の大瀑布（だいばくふ）がごとく歓声が上がること請け合いでございます。

――舞台？　宴会で歌でも歌わす気か？

――遠からず。葬儀にて泣女（なきめ）を泣かす役でございます。

……葬儀？　そこで少し首を傾げた。現役時代は四方八方から招請を受けたが、さすがに葬式の場で腕を振るった記憶はない。ちなみに老仏爺とは当時の自分の渾名（あだな）。

――誰か貴人でも死んだのか？

――はい。実は沈老大の御身内が先日夭折（ようせつ）され……これ以上は箝口令（かんこうれい）が敷かれてますので、あとは老大に直接会ってお話を。では老仏爺、この仕事、お引き受けくださるということでよろしいですね？

——ああ。

フーリンはしぶしぶそう返す。かつての大ボスの要請とあらば仕方ない。

——謝謝（シエイシエイ）。これで私の面目も立ちます。では早速表のリムジンのほうへ……。

……**表のリムジン**？

同時にピンポン、とマンションのインターフォンのチャイムが鳴る。画面を覗けば、そこに立つのは雪のような肌をした、透（す）かし刺繍（ししゅう）の白ブラウス女。カメラレンズににこりと笑いかけ、手に持つ白扇（はくせん）を挨拶代わりにひらひらと振る。

すべてお膳立（ぜんだ）ての上での、この回りくどい茶番劇——フーリンは先行きに早くもげんなりとしながら、諦め顔で共用玄関の施錠を解く。

＊

リムジンは東京港のいずこかの埠頭に着き、そこで小型クルーザーに乗り換えて海に出た。

海洋葬、ということらしい。やがて前方にフェリー船が現れ、あれが式場かと思ったが、さにあらず、それもただの乗り継ぎだったらしい。フーリンらはそのフェリー船でさらに大洋へ漕ぎ出す。

あれよという間に領海を出た。客室でワインを飲みつつリーシーの話し相手を辛抱するうちに、やがて目的地に到着。甲板に出ると、この船よりさらに一回り大きい客船が眼前に停泊していた。船体にアルファベットと繁体字の併せ表記――沈老大の持ち船か。

八方海のど真ん中である。波風に苦心して乗り移ると、船内は思ったより閑散としていた。馬鹿でかい船級に見合う乗客がいない。さながら無人の幽霊船である。

数人の船員とリーシーに案内され、階下へ向かう。前の女が発する白檀の香りに辟易としつつ進むと、メインフロアに近づくにつれ、何かを吟じるような声が聞こえてきた。嫋々たる中国琵琶の伴奏に乗せ、切々と吐き出す愁訴の声――漢詩である。

曾経滄海難為水、
除却巫山不是雲。
取次花叢懶回顧、
半縁修道半縁君。

(今までに大海を渡った経験のある者にとって、川などは大したものではない。

巫山(ふざん)の雲雨を除けば、他の所のものは雲とは言えない。

群がり咲く花の中を歩いても、振り返って見ようともしない。

半分は仏道修行のためであり、半分はあなたのためである)

「……『離思(リースー)』か」

「はい?」

似た音(イン)だからだろう。リーシーが名を呼ばれたと勘違いし振り返った。面倒なので黙過する。ちなみに「離思」とは唐代中期の詩人・元稹(げんじん)の作で、死別した妻を偲(しの)んで詠(よ)んだ哀歌(あいか)である。今のシェンには伴侶(はんりょ)はいないはずだから、死んだとすれば愛人か。

「式はもう始まっているのか？」

「いいえ。本番は明日午後からでございます。どうやらただいまリハーサル中のようで……」

「リハーサル？　ずいぶんな念の入れようだな」

「それはもう。各所の大老や要人もお招きしますので」

――そのために、見世物が必要というわけか。

フーリンは自分にお呼びがかかった理由をここで知る。明日は葬儀にかこつけ、世界中の変態どもが集う日と相成るに違いない。

メインフロアに着く。照明が歯抜けのように落ちた暗がりの中、さらに食堂らしきテーブルの並ぶ空間を抜けると、劇場のような広間に到着した。

ゆうに百人は収容できそうな大広間である。赤絨毯の上には丸テーブルの観客席が設置され、奥には大舞台。ただし今は舞台幕は下りている。

その舞台の手前、客席に少し張り出した部分に、スポットライトが当たっていた。

朗唱の元はそこだった。二人の人影。一人はスーツ姿の白人の男で、この男が漢詩を熱唱している。そしてその横には、丸椅子に腰掛け、一心不乱に中国琵琶を奏する中国人演者が一人。

「〈沈老大。老仏爺をお連れしました〉」

彼らにリーシーが中国語でそう呼び掛けると、ぴたりと琵琶の音が止(や)んだ。

「〈――御苦労、ソン・リーシー。よく来た、ヤオ・フーリン〉」

演者のほうがそう答え、琵琶を脇に置き立ち上がる。長身。秀麗。襟足の短い髪に簡素な開襟シャツ、タイトなパンツ――とまるで女臭さを匂わせない出で立(いでた)ちだが、本性は男を閨(ねや)で蜘蛛(くも)のように捕らえる、生粋(きっすい)の淫婦(いんぷ)である。

沈雯絹(シェンウエンジエン)。

この組織の最高権力者。

隣の白人男は新しい愛人か何かだろう。シェンは颯爽(さっそう)と舞台を飛び降りると、自らこちらに歩み寄ってきた。無警戒にフーリンとの距離を詰め、こちらの左の肩に手を、右の肩に額を載せてくる。

「〈すまない、小ヤオ。前回の資金洗浄の件のほとぼりも冷めぬうちに、性懲(しょうこ)りもなくまたお前を招請してしまった。すでにお前は引退した身だというのに……〉」

同性ながらも、身体の深奥を揺さぶるような声と匂いの甘さに肌が粟立つ。

「〈……沈老大の御用命とあらば、いつでも。しかしいったい、いかなる御身内をお失くしに？〉」

「〈冰妃(ビンニー)だ〉」

「〈ビンニー？〉」

「〈我が寵姫だ。その態度こそ冰のようだが、心根は真摯で情け深く、抱けば湯殿のように熱い——もはや今生であれ以上の女に出会えるとは思えぬ〉」

「〈そのご寵姫が、どうして……？〉」

「〈殺された〉」

「〈殺された？　いったい誰に？〉」

「〈下手人候補は何人か捕らえた。明日の葬儀では真犯人を冰妃の供物として捧げたいが、しかしどれが正物か皆目わからぬ〉」

「〈では——〉」

「〈ああ。できれば葬儀が始まる前に、お前の尋問の腕を以って真贋を見極めてもらいたい。真相が闇の中では、冰妃の魂も浮かばれまい——〉」

シェンが片手を挙げ、誰かに合図を送った。

するとゆっくり幕が開き始める。フーリンは何の気なしにそれを見守った。そういえばこの女、三十を過ぎたあたりから同衾相手に男女を選ばなくなったと聞く。であれば別に女が愛人でも不思議はないか。

赤い緞帳の隙間から、徐々に巨大な祭壇が姿を現す。その背後に白幕と、手前に棺桶が見えた。上下左右には山のごとき献花。そして祭壇中央に壁画めいて聳えるのは、一枚の特大パネル写真——。

その遺影を見るや否や、フーリンの呼吸が止まった。

「〈おい……リーシー……〉」

かろうじて喉と舌を動かしつつ、かすれ声で訊ねる。

「〈沈老大の身内というのは、まさか……〉」

「〈はい。左様でございます〉」

リーシーは変わらぬ調子で答えた。

「〈あの遺影の主、御寵姫の冰妮様です。艶やかな毛並み、黒曜の瞳、赤珊瑚めいた小舌――まことその麗しさ愛くるしさ、国を傾け天を落とさんがごとし。かてくわえてその生まれ、高貴なること金枝玉葉。かの西太后の葬儀の際、彼女の棺を先導した名犬『モータン』をその系譜に持つ、正真正銘貴なるペキニーズにございます〉」

＊

ペキニーズ――!?
動揺のあまり奇声を上げるところだった。犬――犬か！　あの色狂い、人に飽き足らずついには獣畜にまで――いや、それはどうでもいい！　問題はその犬が「あの犬」だということだ！

その遺影に映るは、まごうかたなきあの少女の飼い犬。もちろん犬の面(つら)など見分けがつくわけでもないが、あの風変わりな鈴付きの首輪はしかと記憶している。あの双葉とかいう娘の小犬が、実はシェンの犬だっただと——？　そういえば確かに「拾った」とは言っていたが、いやしかし、そんな偶然が——!?

「〈……我にも責任の一端はあるのだ、小ヤオ。お前推薦の日本の宿があっただろう。そこにこの春ビンニーも同伴させたのだが、異国の馴れぬ地に浮き足立ったのだろうな。逗留(とうりゅう)中にあの娘が行方をくらましてな……〉」

いや——単なる偶然でもないのか。

フーリンは即座に事の顛末(てんまつ)を悟る。つながりは自分だ。この女とあの双葉母娘に、よりにもよって同じ宿泊先を紹介してしまったのがすべての元凶。しかも少女に贈った「沈香」はこの女の愛用品で、さらには宿を紹介した観光地は梅の名所ときている。ならば来訪の時期も重なる。

つまりこういうことだ。おそらく犬はシェンとはぐれたあと、沈香の匂いを頼りに道を辿り、そして同じ匂いのする双葉少女の車を見つけて乗り込んだ——。

「〈訃報(ふほう)を受けたのはつい先日だ……日本の警察が、ビンニーの検死中に個体識別のマイクロチップを見つけてな……発見するなら存命中にすればよいものを、無能なやつらめ……腹いせにやつらの不正情報を二、三漏洩(ろうえい)してやったが、まだ腹の虫が治まらんわ……〉」

――落ち着け。

兎にも角にも、フーリンはまずはそう自分に言い聞かせる。

ここで焦って馬脚を現すわけにはいかない。問題は、事件が自分の仕業だと先方に見抜かれているかどうかだ。もしそうなら、この招請自体が罠ということになるが――。

続いてゴロゴロと、何かを運んでくる音がした。

劇場のホール入り口から、大きな鉄の檻が姿を現す。シェンの部下たちが牽引していた。中には人が入っており、全員体を鉄鎖で巻かれ、目隠しと猿轡をされている。顔はしかとは見えないが、誰が誰かは凡そ察しが付いた。いかなる手段で拉致連行したのか、虜囚の憂き目にあっているのは例の事件の関係者たち。花嫁、紀紗子、アミカ、キヌア、花嫁の伯母の時子、翠生――それに双葉少女。

計七名。

いずれもぐったりとして、声を上げる様子もない。おそらく薬でも打たれているのだろう。

さながら、闇市場に並ぶ商品の奴隷のごとくに。

「〈どうした、小ヤオ？〉」

息が掛かるほど耳元近くで、シェンが囁(ささや)く。

「〈……いえ。実は……〉」

フーリンはごくりと空唾を飲み込んだ。

「〈ビンニー様やこの者たちに、少々見覚えがあったもので……〉」

「〈見覚えが？　なぜ？〉」

「〈私の知り合いに、御寵姫に似たイ……同居人を養っていた者がおりまして。またその者の縁で、とある結婚式を見物し……そこで、あの者どもの顔も〉」

「〈なんと！〉」

シェンはぴしゃんと、両手でこちらの両肩を挟むように叩く。

「〈小ヤオよ、それだ！　我がビンニーが遭遇した凶事とは。つまりお前もビンニーの死に目に居合わせたということか。これも宿縁(しゅくえん)か……〉」

そしてこちらの首に腕を回し、急に虚脱したようにしな垂れかかってきた。

フーリンは一瞬警戒する。が、相手は単に抱擁を求めてきただけのようだった。フーリンは注意深く愛撫(あいぶ)に応じながら、慎重に省察する。

——これは罠か？　いや……先の台詞に特に含みは感じられない。今この体を通して伝わる嗚咽と震えも演技とは思えないし、また相手には哀(かな)しみを切々と訴えてくる以外は、特にかまを掛けたりこちらの腹を探る様子もない。

まだ気付かれていない……のか？

ガラガラと、隣で音がした。

リーシーが、どこからか銀色のワゴンを調達してきた。針。糸鋸。ヤットコ。ペンチに鉄製の熊手、注射器、ライターにアルコール——大工か歯科医さながらの工具が、装飾過多な銀のトレイ上に整然と並ぶ。

「〈では老仏爺、そろそろ尋問をお始めにならないと……一晩は享楽を尽くすには、短きに過ぎます〉」

おそらく勘付いては——いない。

リーシーの溌剌とした笑顔を見て、フーリンはそう結論付ける。

そもそもフーリンがあの俵屋たちを殺したのは、やつらが投資詐欺で自分の会社を嵌め、さらにマネーロンダリングの絡繰りを知って裏で脅してきたからである。だがその件は自分と前社長しか知らないはずだし、シェンには前社長が横領したとしか伝えていない。

ただ実は、あの前社長はまだ生きている。崖向こうの途中にネットが張ってあり、そこに引っかかると代わりにダミーの死体が落ちる仕様である。あの処刑にはシェンの手下も立ち会う予定だったため、やむなくそのような処置に出た。暗くなるのを待ったのは仕掛けを隠すためでもある。

迫真の反応を引き出すため、突き落とす直前までその件はあの男にも伏せた。あれを生かした理由はまだそれなりに利用価値があったからだが、しかしあの男は今は海外に高飛びさせているし、もしあれがシェンに捕まったなら男の監視役から連絡が来ているはずだ。

それにもし自分が犯人と疑われているなら、シェンはこんな婉曲な真似はしない。直接捕らえて尋問にかけるはず。大丈夫、嫌疑はかかっていない。とすれば、あとは――。

リーシーがしゃがみこみ、ワゴンの下段から何か取り出した。金属製の漏斗と如雨露。

「〈……やはり、『水』で？〉」

フーリンはしばらく差し出された器具を見つめる。

「〈いや。『金』で〉」

拷問用具を木火土金水の五行になぞらえるのは、いつしか二人の間で始まった習わしである。リーシーは工具をトレイに並べ直し、また恭しい仕草でこちらに向けた。フーリンは半ばうわの空で、中からペンチを取る。「一つで？」頷き返すと雪肌の女は柳腰をしならせて深々一礼した。

するとシェンが、すっと人差し指を持ち上げた。

檻の中にいる、虜囚の一人を指差す。

双葉少女。

——あれが、始めか。

ただちにシェンの部下の手により、少女が檻から引きずり出される。フーリンは内心当惑しつつそれを見守った。——どうする？　このまま白を切り通すか？　だがそれには、自分の身代わりとしてシェンに差し出す生贄が必要だ。そしてこのままいけば、その最初の犠牲となるのは——。

少女の体が舞台上に引き上げられた。フーリンはまとまらない頭のまま、舞台への階段を上がる。少女の前に立つと、娘は気配に気付いたか、目口を布で塞がれた顔を上げた。フーリンは片膝をつき、手を伸ばして丁寧にその顔の拘束を解く。

布の下から、泣き腫らしたどんぐり眼が現れた。もはや怯える段階はとうに過ぎたか、少女はどこか夢うつつな表情でしばらくぼんやりこちらを見つめる。

それからゆっくり、その目を見開いた。

「お姉……さん？」

掠れた日本語で呟く。

「助……け……に……？」

くすり、と背後でリーシーの笑声が聞こえた。

「〈では老仏爺――まずは、生爪（なまづめ）を一枚〉」

――可悪（クアウー）（クソッ）。

そのとき。

「待て！」

大広間に、幼（おさな）い声が響いた。

「そんな暴虐非道は、絶対に僕が許さない！」

第十章

うわんと、天井に叫びが木霊（こだま）する。

フーリンは上を見た。低めの二階の桟敷席（さじきせき）に、一人の子供の影。右手にライター、左手に筒らしき物を掲げ持ち、手摺（てす）りの隙間からこちらを睨むように見下ろしている。

八ツ星。

「〈沈雯絹（シエンウエンジエン）〉！　速やかに拘束者を解放しろ！　さもなくばこのダイナマイトで――」

するとぽん、と八ツ星の手からライターが飛んだ。

今度は白扇。蝶羽（ちょうう）のように開いたそれが、真横から飛燕（ひえん）のごとく滑空し小僧の火種を叩き落とした。と同時に、二階の桟敷を走る白い影。リーシー。テーブルか何かを足場に、いつの間にか上に跳び移っていたらしい。

慌てて肩掛け鞄に手を伸ばす八ツ星の腹に、低くしゃがんだリーシーの肘が突き刺さった。絶句して身を折る子供。続けざまにリーシーの踵が弧を描き、小僧を手摺りごと階下へ蹴り落とす。べきんと木材がへし折れる音。続いて落下の轟音。

破損したテーブルの上で、八ツ星が背を押さえて呻き転がった。

それを追うように、また白い影がその傍らにすたりと着地する。リーシーは小僧を一瞥した後、拾い直した白扇で口元を覆いつつ、澄まし顔でこちらに戻ってきた。その途中、宙を舞う埃にけほりと小さく咳き込む。

「〈……何だ、あの童は？〉」

シェンの問いかけに、隣にいた白人男がイヤホンマイクで誰かに確認する。

「〈レーダーに近隣の船影はないとのことです。おそらくは容疑者たちを連行した船に隠れて乗り込み、ここに潜入したのかと〉」

「〈日本の警察の動きは？〉」

「〈特にないそうです。きっと単独行でしょう。ここは公海で、容疑者たちの足取りもまだ向こうは摑めてないらしいですから〉」

フーリンはペンチを握る手を下ろした。リーシーと入れ違いに、落下した八ツ星に歩み寄る。割れた木片の中で痛がる子供の前に立ち、無表情に見下ろした。

「フー……リン……さん……」

八ツ星が流血した顔を起こし、日本語で問う。

「どう……して……あなたが、ここに……？」

「浮世の義理ね。それより一つ聞きたい。あの男も一緒なのか？」

「お願いです……。どうか双葉さんを……。彼女は無実です……」

「聞いているのはこちらね。お前の師匠も、同じくここに隠れているのか？」

「師匠は……いません」

八ツ星はぐっと歯噛みする。

「師匠は今、海外滞在中なので……。緊急事態だったので、一応僕の知る情報だけは全部伝えてありますが……」

——やつは不在か。

わらわらと、劇場入り口からシェンの手下たちが湧き出し、八ツ星を取り囲んだ。

小僧は一瞬で捕らえられ、後ろ手に縛り上げられる。屈強な男たちの腕の中で暴れながら、八ツ星はこちらに向かい首を突き出して懸命に訴えてきた。

「フーリンさん！　彼女たちは無実です！　どうかお願いです、双葉さんたちを解放するよう、沈雯絹を説得して……！」

フーリンは無言で八ツ星を見下ろしつつ、空の煙管を咥える。残念だが、そんな願いはとても聞き入れられない。あの者どもが無実で困るのはこちらなのだ。

「フーリンさん……」

災禍を避けるには贄が要る。あの探偵が不在ならひとまず真相が即刻暴かれる心配はないが、かといって自分の立場が依然危ういことに変わりはない。ならばやはり、自分はあのうちの誰かに罪をなすり付けるしかない。

「フーリンさん――」

つまりこの小僧との対立は不可避。己のケツは己で拭けと言うほかない。そもそもなぜ単独で乗り込んだ。ダイナマイト一本でどうにかなる相手と思ったか。日本の警察を動かすのが無理なら、せめて相打ち覚悟で船の機関部でも――。

「フーリンさん！　最後に連絡を取ったとき、師匠ははっきり言いました！　この事件は『奇蹟』だと！　つまりこの事件に『犯人』はいない！　誰がどんな理由で処罰されようと、それはどうあっても『冤罪』なのです！」

そこでぴたり、とフーリンの煙管の揺れが止まる。

――何？

これが――奇蹟？

八ツ星ががぶりと、手下の一人の腕に噛みついた。

悲鳴が上がる。噛まれた男が怒りにまかせて小僧を殴りつけた。しかしそれも計算の内だったか、八ツ星は殴り飛ばされた先ですぐさま立ち上がり、ぺっと血を吐いて後ろ手のままシェン目指して走り出す。

怒号が上がる。白人男が素早く間に立った。八ツ星はその手前に滑り込むようにして跪くと、ばっと正座の膝を開きキッと首を上げる。

「〈沈雯絹！　僭越ながら一つ諫言申し上げる！〉」

腹の底から声を張り上げる。

「〈貴女は今、尊大な不義を犯そうとしている！　何ゆえに仁恩を拷責にて報いるか！〉」

フーリンはついシェンを見た。さながら男装の麗人といった風情の女頭領は、観客テーブルの一つに足を組んで腰掛け、小僧の非礼を怒るでもなくただ物珍しそうに眺めている。

「〈……何を吐かす、小僧？〉」

「〈貴女の忘恩負義について語っている！　夫れ老狐は塚をあとにせず、白亀は毛宝が恩を報ず――狐や亀でさえ受けた恩を忘れぬというのに、どうして人である貴女がそうまで義に悖るのか！〉」

「〈義に悖る？　私が？　いつ？　誰に対して？〉」

「〈今このとき、そこなる双葉嬢に対して！　彼女は無実だ！　それどころか彼女は、貴女のご寵姫の命を救った大恩人！　道に迷い行き倒れ寸前だったご寵姫を、その手で保護し救命したのはほかならぬ彼女だ！　貴女は大恩ある相手を、その酷虐の歯牙に掛けようとしている！〉」

「〈この娘は我が愛妾を拐わかし、あまつさえ毒死させた大罪人だ。それで誅戮して何が悪い〉」

「〈違う！　拐わかしではなく、庇護だ！　彼女の厚志がどうして伝わらない！　老いて耄碌のあまり忠逆の区別もつかなくなったか、沈雯絹！〉」

——馬鹿が。フーリンは顔を顰めた。この女相手に歳のことは絶対の禁句である。

「〈……ほう〉」

案の定、女は氷のごとき冷気を漂わせる。

「〈これは耳が痛い。確かに寄る年波には勝てぬものだ。——だがな童よ。百歩譲り、そこの娘が我がビンニーを庇護したとしよう。だがその後の毒殺はどう考える？〉」

「〈それも彼女に非は無い。その責は、当の事件の犯人に帰すべき〉」

「〈その張本人がこの娘かもしれぬ〉」

「〈それは有り得ない。なぜなら彼女の潔白は証明できる〉」

手下が数人、小僧を捕らえようと寄ってきた。シェンは手でそれを制す。そしてテーブルに頬杖をつき微笑を浮かべた。

「〈よかろう。お前に陳弁の機会を与える。そのよく回る舌で、あの娘の身の証とやらを見事立ててみせよ。それができれば恩赦は考えてやらぬでもない。だができなくば、わかるな——我に詭弁を弄した罪は重い。お前にも相応の重罰を科す〉」

八ツ星は深く息を飲み込む。

「〈……恩情痛み入る、沈老大〉」

フーリンは意外な成り行きに少々驚いた。

——なるほど。敢えて逆鱗に触れることで、却って釈明の機会を得たか。

一歩読み違えれば落命必至の賭けだが、その博打に出て勝った肝の太さと強運は認めてやらねばなるまい。

だがこうなると、一転窮地に立たされるのはフーリンの側である。この小僧がここの七名の容疑を晴らし済みなのは、すでに見てきた通り。となれば、もしあの証明をシェンが認めれば、必然疑いはそれ以外の者に向くことになる。

その結果、もしあの者が容疑者に浮上すれば——。

シェンの指示で、八ツ星の縄が解かれた。さらに椅子とタオルが運ばれ、全身の怪我も一通りの手当てを受ける。

飲み物も提供された。しかし八ツ星はそれを押し返すと、腰のホルダーに差した自分のペットボトルを手に取る。そちらを一口呷り、今度は別のホルダーからさっとカードの束を取り出した。

「〈では沈老大。いざ我が弁明を――〉」

そしてそのカードの絵柄を巧みに説明に取り入れ、以前行った双葉少女の無実の証明を滔々と語り出す。――まずい。フーリンの焦りは高まった。この調子で全員の無実が証明されてしまえば、自分が身代わりにできる相手がいなくなってしまう。急ぎ対策を練らねば――。

その途中、つとシェンが片手を挙げた。

「〈待て童よ。一つ聞くが、まさかその証明とやらは、『花嫁が他人に濡れ衣を着せられぬこと』を、前提にしているのではあるまいな？〉」

ぴたりと八ツ星の弁舌が止まった。

「〈……だとして、何か？〉」

するとシェンは、急に興醒めした顔をした。

「〈なんと。たかがそれしきの論拠で、このシェンに盾突いたか。その剛毅さは買うが――〉」

シェンがため息交じりに首を振る。

「〈よいか童よ。そんなものはすでにこちらも検討済みだ。我とて法を蔑ろにするわけではない。直接の尋問はまだだが、入手可能な情報はすべて手に入れた上で、一通りの詮議は尽くしているのだ。

今のお前の証明にも、大きな穴があることはもう判明しておる――なあ、我が愛人(アイレン)よ〉」

シェンが横を向く。その視線の先にいた例の白人男が、微笑を見せて一礼した。

大きな……穴？

そのときだった。あっと小さく声が上がった。八ツ星が目を丸くし、白人男の顔を穴が開くほど見つめている。

その口から、日本語で質問が漏れた。

「もしかして、あなたは……エリオ・ボルツォーニ？」

＊

名を――知っている？

顔見知りか？　フーリンは再度男を顧みる。姓名からしてイタリア人。おそらくは二十代、青く子供めいた目をした優男だが、太い眉と短かい顎髭(あごひげ)には野性味も滲(にじ)む。

エリオと呼ばれた男は、しかし八ツ星の問いに首を傾げた。日本語がわからぬのかと思ったが、さにあらず、男は前に進み出ると、八ツ星を見下ろしながら同じ日本語で問い返す。

「なぜ俺の名を、知っている？」

八ツ星は口を半開きにして見返した。

「前に師匠のアルバムで、あなたを見たことが……。もう少し若かったですが。けれどあなたは確か、カヴァリエーレの傘下にいたはず……」

「師匠？　誰のことだ。俺とカヴァリエーレのことを知っている日本人といえば……ウエオロか？」

「はい。青髪の探偵です。ですがカヴァリエーレ配下のあなたが、なぜこんなところに？」

エリオは最後の問いには答えず、ただ笑って肩をすくめた。

シェンがいらつきを見せた。

「〈リーシー。訳せ。下郎の言葉はわからぬ〉」

リーシーがそそくさと駆け寄り、背伸びしてシェンの耳元に口を寄せる。ボディガードから通訳まで、何かと便利な女である。

「〈……ほう。童。貴様、あの青髪の関係者か〉」

さも愉しげに笑う。

「〈青髪の噂はそこかしこで聞くぞ。なんでもあのカヴァリエーレが目の敵にしているとか。あの大悪党が手を焼くとは、いったいいかなる男かぜひ一度拝見したいものだが……ああ、ちなみにこれは、当のカヴァリエーレからの詫びの品だ〉」

　そう言って、顎でエリオを示す。

「〈以前向こうが商売の掟破りをしてな。その賠償の一つに貰い受けた。といっても、多少の金やこのイタリア男程度ではとても割に合わぬ損害だったが、その謝罪の品の中にビンニーもいたので許した。あれぞまさに値千金の女――〉」

　カヴァリエーレとは、イタリア人の枢機卿のことである。

　表向きはバチカンのローマ法王庁所属の敬虔なキリスト教徒だが、裏の顔はマフィア顔負けに黒い。そのためシェンのような相手と頻繁に揉め事を起こす。

　またとある事情から青髪の探偵とも対立関係にあり、そのため探偵に度々要らぬちょっかいを出すのだが――まあ相手は今はシェンの所有物のようだし、さすがに今度ばかりは枢機卿の差し金というわけではなかろう。

　エリオがシェンのもとに戻る。シェンは男の背後に立ち、手足を回して蜘蛛の糸のように絡みついた。さらにエリオの顔に自分の頬を擦り寄せ、指を立てて短い髭を弄る。

「〈――では、説明してやれ、エリオ。この小僧の浅知恵に、何が足りぬか〉」

　エリオは一旦瞼を閉じる。それからゆっくり青い目を開いた。

「〈沈老大より下命を拝し、献言する〉」

急に堅苦しい中国語で、陳述を始める。

「〈今の少年の主張では、御酌役の少女と花嫁の共犯説は有り得ない、という話だった。その大略は次の通り。仮に花嫁が犯人だとする。しかし花嫁は他の誰にも自分の砒素を盗んだりすり替える機会を与えていないので、これは『誰かに罪を着せる』という意図に反する——〉」

まるで機械のように感情の無い声で、淡々と言葉を紡(つむ)ぐ。

「〈しかし真に、花嫁は誰にも盗む機会を与えていないのか？〉」

ごうと、船内の換気の音が響く。

「〈花嫁は式の前日に外出した。しかも鞄を置いて。これはそれまでの彼女の用心深い態度からは、明らかに異質な行為である〉」

「〈そ——そんなことはない！　彼女はその間、屋敷が無人なことを知っていた！　むしろ鞄を置いて行ける機会を得たからこそ、外出したと考えるべき——〉」

「〈はたしてそうか？〉」

エリオは八ツ星にそう問い返すと、シェンの手を摑んでやんわりと拘束を解いた。

それからまた八ツ星へ歩み寄る。男が歩くと、胸元で何かがきらりと光った。剣の形をした銀のペンダントトップ——男が身にまとうアクセサリの中で、それだけが妙にセンスが野暮(やぼ)ったい。

　エリオが八ツ星と対峙(たいじ)する。少し間を置き、幾分くだけた中国語で続けた。

「〈少年。お前の名は？〉」

「〈……八ツ星〉」

「〈八ツ星。では聞け。今のお前の反証には穴がある。今お前は『花嫁には他の三人の早帰りは予測できない』と述べたが、必ずしもそうとは限らない〉」

「〈……何故(なぜ)です？　俵屋家の女性三名が前日予定より早く帰ったのは、どれも花嫁には予測できない事情だ。アミカさんは体調不良、キヌアさんは彼氏と喧嘩別れ、紀紗子さんは電車の遅れ――〉」

　エリオはしばし無言で八ツ星を見下ろした。

「〈本職のこの俺に言わせれば……〉」

　――本職？

「〈毒を毒殺目的だけで使うのは、、、、、、まだまだ素人、、――〉」

　毒殺目的だけで使うのは――素人？

「〈真に毒に精通した者は、その性質を用途に応じて使い分ける。たとえばアトロピンだ。アトロピンは過剰摂取すれば幻覚や呼吸麻痺(まひ)が生じやがて死にも至る神経毒だが、適量なら薬にもなる。点眼剤、胃腸薬、麻酔前投与薬。はたまたサリンなどの有機リン系中毒への、治療薬としても。

　事実、アトロピンの散瞳(さんどう)作用——つまり瞳を開かせる薬効を利用して、犯罪隠蔽(いんぺい)を企てた事例もある。一八九二年のアンナ・ブキャナン殺人事件だ。この被害者の女性はモルヒネで殺されたが、モルヒネ中毒の顕著な症状に瞳孔の収縮がある。瞳が『ピンの先』ほどに収縮するのだ。この事件の犯人の医師はそれを知っていたため、その症状からモルヒネ中毒だと警察に勘付かれないために、わざわざアトロピンを使い被害者の瞳孔(どうこう)を開かせた——〉」

　ばらりと、八ツ星の足元に何かが散った。

　カード。小僧が取り落としたのだった。続いてへなへなと、床に這いつくばるようにしゃがみ込む。

「〈まさか……まさかそんな……〉」

「〈では翻(ひるがえ)って、今回の事件ではどうか。ここで当然疑われるのは、上の妹の体調不良だ。多くの中毒は初期に風邪に似た症状を呈(てい)する。上の妹は前日昼に冷凍ピザを食べているため、ここに何らかの毒を仕込めば、意図的にその症状を引き起こすことは可能である。

　摂取後数時間で発症、症状は軽度で一晩で回復する程度の毒性とすると——可能性が高いのは、やはり食中毒。

中でもアジやサバで起こるヒスタミン中毒、ジャガイモの芽で有名なソラニン中毒、あるいは軽度のサルモネラ菌中毒などが候補として挙げられるが、しかしおそらく最も条件に適合するのは『黄色ブドウ球菌』だろう。

この菌が産生する毒素は加熱で毒性を失わず、無味無臭で保存も効く。また日常生活の中で普通に繁殖する菌であり、入手も容易だ。具体的な手段としては、この菌で汚染された粉チーズなどをピザにそのまま振りかける。それで仕込みは完了、使用した残りは外出時に処分すればいい〉」

八ツ星が鞠のように蹲る。しばらく、エリオは表情のない瞳でその背中を見つめた。やがてポケットに手を突っこみ、くるりと踵を返す。

「〈つまりお前の論拠はここで崩れた。八ツ星——お前の反証は、あと一手足りない〉」

去り行くエリオの背後で、ぐしゃっと八ツ星がカードを一枚握りつぶした。

哈哈哈哈哈！　と豪快な哄笑が響く。

「〈さあ小僧。しかと反駁して見せよ。猶予は半刻ほど与える。いくらでも好きに屁理屈をこねるがよい。

ただしゆめゆめ忘れるな。娘の青天白日を謳う以上、そこに一片の猜疑の曇りも残してはならぬ。疑わしきは拷ず〉」

＊

――ぎしり、と床が傾いだ気がした。

船が高波を受けたか。天井を見ると、シャンデリアが微小に揺れている。フーリンは一息つくと、手にした煙管を咥え直す。

それからリーシーを目で探し、ちょいと指で招き寄せる。相手は小犬のように駆け寄ってきた。そして慣れた調子で体のいずこからか手品のようにマッチを出すと、手早く火を点けてこちらに差し出す。

「〈リーシー……あの男は何者だ？〉」

火をもらいつつ、問う。

「〈あれですか？　あれはカヴァリエーレの子飼いだった殺し屋にございます〉」

「〈殺し屋？　ただの情夫じゃないのか？〉」

「〈虎(とら)も馴(な)らせば乗って遊べましょう。確かに老大の閨の相手も務めますが、なんでも毒の扱いに長(た)けているとか。すでにその暗殺の腕で老大の商売敵を何人か屠(ほふ)り、老大の覚えも大変めでたいと聞きます。それでもそのご寵愛(ちょうあい)の度は、ビンニー様の足の裏にも及びませぬが……〉」

　つまりシェンがカヴァリエーレから受け取った詫びの品は、玩具（がんぐ）ではなく道具だったということか。

「〈し……かし……〉」

　か細い声が聞こえた。八ツ星が饅頭（まんじゅう）のように丸まりながら、しぶとく食い下がる。

「〈花、嫁が……そんな毒や知識を、持っていたとは……〉」

「〈彼女は毒の参考資料を所有していた。また黄色ブドウ球菌の食中毒は家庭でもよく発生するし、この程度の知識は今時ネットでも手に入る〉」

「〈けれど……花嫁は、いつそんな仕込みを……〉」

「〈花嫁は一番遅れてリハーサルにやってきた。上の妹はその前にピザを常温解凍のため冷凍庫から出して台所に置いたから、仕掛ける機会は十二分にある。花嫁はおそらく上の妹が台所から出てくるのを見て、急遽（きゅうきょ）この計画を思いついたのだ〉」

「〈ならなぜ、花嫁は突然そんなことを……〉」

「〈無論、上の妹に罪を着せるためだ。式前日に急に犯行を思い立ったとすれば、毒を盗ませるタイミングはそのときくらいしかない。その急な心変わりも、花嫁が挙式を目前に情緒不安定になっていたとすれば、十分説明は付く〉」

　――無駄だ。

二人の問答を聞きつつ、フーリンは遠い目で煙を吹く。

こんな仮説まで検討済みなら、その程度の疑問は先方もとうに解決済みだろう。何よりこれは、犯罪の証明ではないのだ。

疑わしきは拷ず――。

少しでも疑いの残る余地があるなら、その被疑者は拷問にかけられる、ということである。

いわば中世の「魔女裁判」。政敵や抵抗勢力に難癖(なんくせ)をつけて拷問台送りにするのは、この女の常套(じょうとう)手段である。曰(いわ)く、料理が塩辛いのはコックを雇った某(なにがし)が自分の早死にを企(たくら)んだ可能性がある――曰く、廊下に瓶が転がっているのはそれを倒した誰それが自分の転倒死を狙った可能性がある――その嫌疑から逃れるためには、被疑者はどうにかして完全な身の潔白を証明せねばならない。しかしもとより真犯人などいない以上、残る証明手段は他に強引に生贄を作るか、あるいはそんな可能性自体が有り得ないと、八方手を尽くしてシェンに認めさせるしかない。

だからこれは――同じだ。

フーリンはつい、ここに不在の青髪の探偵のことを思い出してしまう。あの探偵はとある理由から、「奇蹟がこの世に存在すること」を証明しようと躍起になっている。そしてその証明法として、奇蹟以外の手段の否定、つまり「人知の及ぶあらゆる可能性をすべて否定する」というとんでもなく徒労な手法を採っているが、今回の弁明はそれに通じるのだ。

　被疑者を糾弾する側は、その犯行の「可能性」を示唆するだけでいい。反対に被疑者を弁護する側は、その「可能性」が存在しないことを、厳密な論証によって示さねばならない。通常の裁判とは真逆。「やったこと」ではなく、「やっていないこと」を証明する。

　いわゆる、「悪魔の証明」――。

　それが茨(いばら)の道であるのは、師を通じてこの小僧も骨身に染(し)みてわかっているはず。所詮「可能性」など、水道の蛇口のようなもの。捻(ひね)れば捻るだけ出る。どれだけ論理の網で可能性の魚を捕らえようと、その網目から零(こぼ)れ落(お)ちる小魚はいくらでもいよう。

　ただ一つ……気になるのは、先ほどの小僧の台詞。

　あの青髪が、これを「奇蹟」だと言った――？

「〈……どうした小僧。まもなく半刻は経(た)つぞ？〉」

　シエンが面白がって煽る。八ツ星は半べそでカードを床にばらまき、必死にそれらを漁(あさ)った。どうやらカードの絵柄に発想を求めているようだ。それが小僧の推理法のようだが、いかんせん――後がない。

やがて懐中時計に目をやったシェンが、無情に告げた。

「〈時間だ〉」

八ツ星が拳で床を叩いた。

心底愉快げなシェンの哄笑が響き渡る。それからエリオを呼び寄せ、何かを囁いた。エリオが席を外してどこかに向かう。やや間を置き、ワゴンに酒と肴を載せて戻ってきた。

シェンはエリオにワインを注がせ、さらに毒味させる。そしてワイングラス片手に優雅に椅子に座り直した。観劇の準備を万端に整え、命を下す。

「〈そこの小僧は追って沙汰する。では小ヤオ――始めよ〉」

……是も非も、ない。

フーリンは再び表情を消し、床に座り込む双葉少女に向き直った。少女は朝の起き抜けのような模糊とした顔つきでこちらを見ると、日本語で弱々しく問いかける。

「あの……何を、話してたんですか……？」

さらに首を回し、舞台下で泣き伏す八ツ星を遠目に見て、また訊く。

「なんで聯くんは、泣いてるんですか……？」

会話が中国語だったからだろう。状況をまだよく理解していないようだ。それも善し悪し――。

「〈老仏爺〉」

リーシーがこちらに、パイプ椅子を運んできた。

そして少女の襟首を乱暴に摑むと、放り投げるようにしてそこに座らせる。少女は薬と疲労で体を動かせないのか、特に抵抗もなく椅子にぐったりと座り込んだ。フーリンはそんなマネキンめいた少女の横に膝をついて屈み、飼い猫の爪でも切るかのようにそっと彼女の片手を取る。

その手を観察する。これまた細い手指である。力の入れ方を誤れば、爪より先に指の骨が折れよう。

十秒ばかり、少女の手をじっと見つめた。

「〈……どうした？〉」

「〈いえ……〉」

やや間を置いて、フーリンはシェンに向かい低頭する。

「〈沈老大。恥ずかしながらこのヤオ、しばらく一線を退いていたため施術の勘が鈍ったようです。この繊弱な娘が相手では、加減が利かず可惜屍を築くだけかと。まずは先に、もう少し身の頑強な者で手馴らししたいと存じますが――〉」

「〈うむ？　別の者から拷じたいということか？　まあ構わぬ、好きにやれ〉」

するとリーシーが、脇から剣突を喰らわしてきた。

「〈老仏爺。よもやとは思いますが……まさかこの娘に、憐憫（れんびん）の情を催したとでも？〉」

馬鹿言え。

フーリンはたわごとは無視して立ち上がった。この程度で憐憫に駆られるくらいなら、とうの昔に罪悪感で身投げしている。自分の申し出の真意はそんなところにない。

単純に――危惧したのだ。

拷問で、この娘が余計なことを口走るのを。

この娘はあの手で酒を注いでいる。ならばあのとき、若干の違和感に気付いたかもしれない。

無論そんなのは些細な懸念だが、しかし相手はあのシェンだ。その針の先ほどの油断が命取りにならぬとも限らぬ。あのエリオとかいう男の才覚も未知数。用心に越したことはない。

幸い代わりの贄ならいくらでもいる。連中は所詮ただの一般人か小悪党、多少つつけばいくらでも自白は強要できよう。まあここは一つあの俵屋姉妹あたりに運が悪かったと諦めてもらい、あとはシェンを説得できる程度に辻褄（つじつま）をあわせれば――。

「〈……お待ちを〉」

そこで黒々とした陰気な声が、フーリンの足を止めた。

「〈確かに老仏爺は少々懈怠が過ぎたため、往時の勘を鈍らせたようです。ですが、刃錆は研げば落ちるもの。老仏爺ほどの名刀に、そこまでの焼き直しは御無用かと〉」

振り向くと、片手に糸鋸、もう一方の手に少女の髪を摑んだリーシーが、冥府の鬼さながらにこちらを見ている。

「〈おいでまし、老仏爺。まずはこのリーシーが手本をお見せしましょう。老仏爺より教授されし技を教え返すとは、これまたとんだ班門弄斧（釈迦に説法）ではございますが、かの孔子も仰います。『下問を恥じず』と。ここは一つ、このリーシーを母猫と思い、猫の子が狩りを教わるがごとく神妙に我が手ほどきを――〉」

フーリンの口が、木魚のように開きっ放しになった。

なぜ……そうなる？

もしや自分が小娘の拷問を避けたことがこの女の目には弱気に映り、それが癪に障ったか。くそ、何と扱いづらい――！

そういえばこの女、自分が組織を脱退したことをあまり快く思っておらず、隙あらば呼び戻そうと画策している節がある。そもそもこの女を組織に引きずり込んだのは自分だ。その自分が勝手に一抜けし、さらには善良さを気取っているのが許せぬという腹だろうが――。

「〈フーリンさん……〉」

すると今度は舞台下から声がした。

「〈お願いです。師匠は今どこにいるかわかりませんが、きっと救出に向かってくれているはずです。それに師匠はこれを『奇蹟』だと言いました。だからたとえ日本の警察機関が動けなくても、師匠がここに来れば必ず全員の無実を証明してくれるはずです。だから……〉」

だから何だ。フーリンは度重なる頭痛を堪えた。今さらそんな泣き落としが通用するか。まったくこの女といい小僧といい——。

八ツ星は舞台際まで手負いの体を引き摺ってくると、泣き笑いの顔を上げた。

「〈だからそれまで、時間稼ぎに……僕の体で、練習を……〉」

フーリンの表情が固まった。

何を——？

その直後、天井でがしゃんと何かがぶつかる音がした。

反射的に見上げる。シャンデリア付近に、鳥めいた黒い影がふわふわと漂っていた。いや——鳥ではない。機械だ。X型に腕の伸びた、アメンボじみたプロペラ式の小型飛行物体。あれは——。

ドローン。

「〈……馬鹿か聯。フーリンの拷問はただの尻叩きとは違うぞ。いまだ歯医者の予約さえ躊躇する君が、どうして彼女の折檻に耐えられる——〉」

上を見上げた八ツ星が、一挙に破顔する。

「師匠——」

ししょ——う？

プロロと軽い羽音を立て、ドローンが舞い降りてくる。フーリンはもはや驚くことも忘れ呆然とそれを見守った。シェンの手下たちが不審物を見て色めき立つが、女頭領はそれほど動じず部下らに静観を命じる。

ドローンはシェンの頭上あたりで降下を止め、そのままホバリングした。そこからまた緊張感のない声。

「〈沈老大。高い位置から失礼する。こちらの要求はただ一つだ。聯とそちらの拘束者を即刻解放せよ〉」

シェンが気だるげに目線を上げた。

「〈何者だ？〉」

「〈上苙丞。そこの少年の保護者だ〉」

「〈ほう……貴様が青髪か。ついさっきお前の噂をしていたところだぞ。しかしそれにしては、特徴の青髪とやらが見当たらぬな？〉」

「〈飛行している時点で本体でないと気付け。沈老大、カヴァリエーレから貴女の話は聞いたぞ。愛犬を失い毎晩泣き明かしているそうだな。やつに頼まれた、ぜひ傷心の貴女を慰めてやってほしいと――もしこちらの要求を吞むなら、一晩の愚痴酒くらい付き合うが？〉」

「〈それは魅力的な提案だが――吞めぬ。なぜならここに我が寵姫を凶殺した大罪人がいるからだ。そしてそこの小僧は、我を嘲弄した上あの娘の無実を証明できるなどと嘯き、そして失敗した。その責はとても免じ得ぬ〉」

「〈それは聯の反証の穴のことか？〉」

すると矢刃を盾で跳ね返すように、声は鋭く切り返した。

「〈その可能性は、すでに考えた〉」

＊

一瞬、シェンの表情が険(けわ)しくなる。

フーリンも生来の三白眼(さんぱくがん)を細めた。久しぶりに聞く探偵の決まり文句である。よもやまたこの台詞をここで聞くはめになろうとは――。

「〈可能性を考えていただと？　強がりを言うな、青髪〉」

「〈実際考えていたのだから仕方がない。ところで沈老大、誰だ？　今回聯の反証の穴に気付いたのは〉」

「〈俺だ、ウエオロ〉」

するとイタリア男がすっとドローンのカメラに割り込む。

「〈これは、まさか……エリオか。そういえばカヴァリエーレが謝罪の品を贈ったとは聞いていたが、そうか……君だったのか。なるほど。どうりでやつが、嬉々(きき)としてシェンの居所を教えるはずだ……〉」

二人の口調からは、それほど敵対する意志は感じられなかった。どちらかといえば旧友の再会といった雰囲気に近い。

若干温（ぬる）い空気が流れたあと、エリオが感傷を断ち切るように言う。

「〈ウエオロ、お前に聞きたい。その台詞が出たということは、お前は俺の仮説をまださらに反証する気か？〉」

「〈無論だ。よく聞け、エリオ――これは奇蹟だ。そこに人知が介在する余地はない〉」

「〈お前はまだそんなことを……〉」

エリオが苦笑する。

「〈御託（ごたく）はいい。言え。俺のどこに見落としがある〉」

「〈エリオ。君が唯一見逃した点、それは――〉」

プロロとドローンの羽の音。

「〈挙式前日の金曜が、『燃やすゴミの日』だったことだ〉」

しばらく、劇場内に沈黙の帳（とばり）が下りた。

「〈……ウエオロ。俺にはお前のユーモアはいつもよくわからない〉」

「〈ユーモアではない。論拠だ。そういえばイタリアには、ゴミを曜日で分けて回収する習慣は無かったな。であれば思い至らないのも仕方ないか……。

その日本の習慣さえ知っていれば、反証は格別難しい話ではない。いいかエリオ。この地域ではゴミは戸別回収といって、ゴミ収集車が各個人宅を一軒一軒回って家の前に出されたゴミを午後に回収する。ならば式前日の金曜には俵屋家の門前にもゴミ回収車が止まったはずだが、しかし俵屋家の上の妹の証言によれば、防犯カメラの映像には午後に門前に止まった車は一台もなかった。これはすなわち、この日俵屋家からは燃やすゴミは出なかったことを意味する〉」

エリオが眉間に皺を寄せる。話の意図がよく摑めないのはフーリンも同じである。

「〈……だからどうした？　あそこの家政婦はあまり家事は得意ではないし、料理も出来合いの惣菜や店屋物が多い。ならばあまりゴミが出なくても不自然ではない〉」

「〈いや。不自然なのだ、この場合は。なぜなら式前日の昼、上の妹はピザを半分だけ食べ、残りを流しに捨てている。前日の動きを見る限り、それは家政婦がまだ台所を片付ける前のことで、家政婦が屋敷を出たのは正午前。ゴミ収集車が来るのは午後だから、そのときゴミが出てなくてはおかしいのだ〉」

「〈……そのまま流しに残ってたんじゃないか？〉」

「〈台所は花嫁の出迎えで、翌日の挙式でテレビに映る。そんな汚いまま放置するはずないだろう。それでなくても季節は夏だ。ただの紙屑ならともかく、腐りやすい生ゴミを捨てずに溜めておけば臭って仕方がない〉」

「〈なら、家政婦が持って帰ったか、屋敷の庭に埋めた――〉」

「〈料理にさえあまり積極的でない家政婦が、どうして門を出るときに捨てられる生ゴミをわざわざ持って帰る。それに下の妹の証言によれば、この屋敷は庭に穴を掘っただけでも主人に注意される。しかも挙式を明日に控え、さらに普通にゴミ収集車が回収に来る日に、強いて庭に捨てたりはしない〉」

　ふわふわと、ドローンは会話を楽しむように上下に弾む。

「〈つまりその間に流しのピザは消えた。ではどこに消えたのか？　食べ物が消える理由と言ったら一つだろう――誰かが食べたのだ〉」

　エリオがまた眉をひそめる。

「〈流しに捨てた、食い残しのピザをか？　貧民街じゃあるまいし、そんな物を食う人間は――〉」

　そこではっと言葉を止め、ドローンを仰ぎ見る。

「〈まさか――〉」

「〈そうだエリオ。そんな物を食べる人間はいない。だから必然、食べたのは人間以外の動物ということになる。

　そして前日屋敷内にいた他の動物といえば、リハーサルに連れてこられた、御酌役の少女の飼い犬のみ。ゆえにその犬が食べたはずなのだ。

だが犬は翌日平然と挙式に参加した。人間の食中毒はほぼ『人畜共通感染症』——つまり人間に起こる食中毒は犬にも起こる。しかも少女の飼い犬はよく拾い食いするくせに胃が弱く、すぐ腹を下していた。その犬が食べて何ともなかったということが、ピザに何の細工もなかった証拠だ。

つまりピザに毒は仕込まれていなかった。ひいては、花嫁が意図的に上の妹を早帰りさせたという仮説の論拠も、また崩れる〉」

エリオが押し黙る。イタリア男はしばらく顎に手を当てて宙を見据えていたが、やがてふっと笑うと、ドローンを手で追い払うような仕草を見せた。

その背後で、シェンがぽつりと呟く。

「〈……あまり犬犬言うな、青髪〉」

フーリンはそこで我に返った。

——何だ？　もう終了したのか？

何ともあっけない。これまでの騒ぎが馬鹿のようである。これがこの探偵の破壊力——。

だが予想外に早い真打ちの登場で、フーリンの立ち位置はより一層複雑化してしまった。師匠、師匠と、シャボン玉を追うがごとくドローンに向かって手を伸ばす八ツ星を横目に、フーリンは煙管を吸いつつひとまず混乱した思考の整理に努める。

とりあえず今の反証で、少女への尋問は当面避けられた。

それはいい。しかしこの探偵の登場で、事件の真相が暴かれる危険性もまた高まってしまったのも事実。

それが第一の悩む点。相手が普通の探偵なら悩みもここ止まりだろうが、しかしこの探偵の場合、さらに厄介なのがこの先。

さきほどの小僧の弁によれば、探偵はこの事件を「奇蹟」だと宣言したという。

つまりこの事件に、犯人はいないと言っているのだ。

フーリンが混乱するのはここである。自分が犯罪を犯していない——？

即座に否定する。いや、それはない。当の事件を起こした張本人が言うのだから間違いない。事件は自分の計画通り進行し、計画通り対象は死に、共犯者から報告も受けた。これで自分のせいでなければ自分はアダムとイブより無辜の存在である。

とすれば、探偵のその発言の理由は二つ。

一つは、あの探偵がまだ真相に気付いていないか。

それか——。

自分を犯人と知った上で、庇っているか。

あの探偵は奇蹟が絡むと若干視野狭窄に陥るから、前者の「真相に気付かない」も十分あり得る。しかしもし、相手が後者のつもりで嘘をついているのだとしたら——。

フーリンはちっと舌を鳴らす。

それはそれで、忌々しい話だ。

だがそれなら、あの男は利用できる。つまり「味方」だ。しかしもし前者で、しかも議論の途中に真相に気付いてしまうようなら、あの男は早めに口を封じておかねばならない邪魔者。つまりは「敵」だ。

このコインの表裏、どちらに賭ける——。

そんな思案中、横にいたリーシーがひらりと舞台から飛び降りた。白扇で口元を覆いつつ、とことことドローンに近づく。

「〈親愛的(ダーリン)。お久しゅうございます〉」

そういえば、とフーリンは思い出す。以前奇蹟の証明絡みの一件で、この女と探偵は対決したことがある。そこでこの女は探偵を気に入り、以来探偵を自分の情夫か剝製の置物にしようと企んでいるようなのだ。もしや探偵が海外に逃げたのはそれも理由か。

「〈……リーシー。君もここにいたか。いや、その可能性も考えてはいたが……〉」

「〈先生は何でもご想定でいらっしゃいます。ところで本日は、なにゆえにそのような御姿でご登場に？〉」

「〈ああこれか。いや何、今チャーターした船でそちらに向かっているのだが、このペースではあと数時間はかかりそうでな。それで急ぎドローンを飛ばした。この船ではいいとこ三十ノット、時速五十五キロ強が限界だが、この高速化した改造ドローンなら時速百四十キロは出る――〉」

「〈左様でございますか……〉」

するとリーシーがくるっとドローンに背を向け、トン、と高く跳び上がった。

髪を龍の髭のように靡(なび)かせ、縦に一回転する。足を頭より高く上げ、とんぼ返りの要領でドローンを床に蹴り落とした。地面に着地すると同時に、編み上げサンダルの踵でドローンを踏(ふ)み潰(つぶ)す。

ガシャン！　と耳障(みみざわ)りな音がして、割れたカメラのレンズとドローンの部品が散らばった。

「〈我的愛人(ウォーダーアイレン)。貴方(あなた)は少々切れ者すぎます。それが御身の魅力ではございますが、今の状況ではこのリーシーにやや都合が悪いのです。喋喋喃喃(ちょうちょうなんなん)の語らいは、また御本体の到着ののちに。再会(ツァイフィ)〉」

フーリンはあんぐりと顎を落とした。

第三の目があった——！

探偵の強制退場。ひとまずこのドローンを排除してしまえば、状況は元通り。いずれ探偵が到着することには変わりないが、それまでに適当に犯人をでっちあげ、誤って殺したことにしてしまえばいい。それなら遅参した探偵が後から何を言おうと、すべては後の祭り。いくらあの男が奇蹟の証明に拘るといっても、わざわざシェンの前で話を蒸し返して殊更犠牲者を増やすような真似はしまい。

それにしてもリーシー——一寸先の行動が読めない女である。

が、こうしてたまに当たりを出すのだからほとほと扱いに困る。爆弾付きのスロットマシンとでもいおうか。だがこの女……いったいなぜ、探偵のドローンを？

そのとき、フーリンはふと気付いた。

リーシーが。見ている。こちらを。目から下を扇で隠しつつ。

なぜか——ぞっとした。

負けずに睨み返すと、リーシーはその顔をつんと背ける。それからシェンのほうへ向かった。女頭領の面前で両膝をつき、両手を胸の前で重ねる拱手の姿勢で拝礼する。

「へとんだ粗相をお見せしました、沈老大。ですがあのような得体の知れぬ浮遊物、早々に撤去したほうが御身のためかと。

さて……ときに老大。当の事件の真相、今しがたこのリーシーにも拙案が浮かびました。願わくは、具申の機会を頂きたく存じますが……〉」

シェンは酒でやや目元を赤く染めながら、鷹揚に頷く。

「〈よかろう。聞こう〉」

リーシーは深礼して立ち上がり、再び舞台上に戻ってきた。パイプ椅子に糸繰り人形のように座り込む、双葉少女の脇に立つ。そしてその艶やかな黒髪に手を伸ばし、するりと軽く指で梳いた。

「〈では皆様方。老大の御許しも得ましたので、僭越ながら一席ぶたせて頂きとうございます。お耳汚しではありますが、どうか今少しの御静聴の時間を私めに下さいませ。されば披露してみせましょう、ただいまこのリーシーが天啓を得ました、ほんの些末な思いつきを――〉」

第十一章

須臾（しゅゆ）の間（ま）、リーシーは魂が抜けたような顔で天井のシャンデリアを見上げた。

それからまた前を向く。首を砲台のように回し、こちらとぴたりと視線を合わせ――。

微笑む。

「〈さては皆様。唐突ではございますが――〉」

扇を胸の前に広げ、顔を観客席側に戻した。

「〈私の腹心の部下に、瑩花（インファ）という娘がおります。この娘、形容（なり）は名のごとく絢爛（けんらん）な花のようでありながら、その心に飼うは凶猛な毒蜂（どくばち）。晴雨を問わず愛用の傘を常時持ち歩き、事あるごとに喧嘩の相手をそれでつつくのです。この瑩花の悪癖には私もほとほと手を焼いております。なんとなれば、その傘先には猛毒のリシンのカプセルを含みますゆえ――〉」

そんな女を野に放すな。

「〈さらに困るのはこの瑩花、その行為の後先をあまり考えぬこと。誠に軽率短慮な娘でございます。この話で私が何を訴えたいかと申しますと、世の中用意周到に殺人を犯す者ばかりではない、という事実。中には御咎め覚悟で犯行に及ぶ者もおりましょう〉」

満身創痍の八ツ星が、テーブルで身を支えつつ反論する。

「〈……犯人が警察に捕まるのを承知で、毒殺を仕掛けたということですか？　けれどリーシーさん、それはもう否定済みだ。犯人が花嫁以外なら花嫁の砒素を使う必要はないし、花嫁ならすでに鞄を持ってきた時点で自白している〉」

「〈しかし一概にそう申せましょうか？　女心は移ろいやすきもの。もし犯行後に、花嫁が心変わりすれば――〉」

「〈この事件は突発的な犯行じゃない。共犯者を使うにしろ何にしろ、花嫁は少なくとも、花嫁道中で屋敷を出る前までには砒素を準備しておかなきゃならない。つまり用意周到な殺人だ。それだけ強い意志を持った犯人が心変わりなんて、よっぽどのことがなきゃ――〉」

「〈ですから、よっぽどのことがあったのでございます〉」

そこでリーシーが、またちらりと自分を見た。

なんだ？　睨み返すと女はふっと微笑む。それからおもむろに、その手を自身のブラウスの胸元にやった。

そして自らボタンを上から外していく。臍のあたりまで開けたところで、襟の片側をずらし、その肩を明かりの下に晒した。生白い首筋と鎖骨が、舞台のスポットライトに艶めかしく浮かぶ。

「〈老仏爺——とくとご覧あれ〉」

湿った声で言う。

「〈我が肌の白さを〉」

何を言い出す。

「〈このリーシー、見ての通りの白肌でございます。されどこれが生来の色かは、しかとは申し上げられません。なぜなら幼少の頃より口にした、毒餌の影響かもしれぬからです〉」

エリオが驚いた声を上げる。

「〈アルセニック・イーターか、お前〉」

「〈左様で。正真正銘、現役の砒素嗜食者にございます。砒素嗜食者とは、砒素を常食しその身に耐性の付いた者。育ての母親が少々精神を病んだ女で、日々砒素入りの粉乳で育てられまして。

しかし聞くところによるとこの砒素、少量ならば逆に健康増進に寄与し、しかも美白の効能もあるそうな。古くはイタリアで砒素入りの水が美白の化粧水『トファナ水』として売られ、また我が中国の華南・華中地方にも、幼い娘に砒素を与え肌肉玉雪の色白美人に育てる風習がございました。おかげさまでこのリーシーも、老仏爺に愛されるに足るまでに美しく育ったと自負しますが——〉」

別にこの女の肌が白かろうが黒かろうが、愛しはしないが。そんなフーリンの心の声をよそにリーシーは服を戻すと、掌中の白扇をパシリと折り畳んだ。その端にさっと指で触れてから頭上に吊るし持ち、その真下で口を開ける。

扇の先から、何やら白い粉がぱらぱらと舌に零れ落ちた。女はごくんとそれらを飲み込み、再び前を向いて白扇の端を指で押さえる。

「〈……玉に瑕なのは、時折こうして砒素を摂取せねば、逆に禁断症状が出てしまう体に。ここで私が何を申したいかといいますと、そう、つまり——砒素は耐性が付くのです。

見たところ、俵屋家の女衆はいずれも我に負けじ劣らじの雪肌の持ち主。よってこうは考えられませんか。意に染まぬ結婚を厭った花嫁は、自分が捕まるのを覚悟で、御酌役の少女に『悪戯』と偽り酒に砒素を混入させた。しかし花婿の母と妹二人は砒素に耐性があったため毒死を免れ、花嫁伯母はその酒を飲まずに命拾い。花嫁は当然飲んだふり〉」

沈黙。ややあって、八ツ星が珍しく苛立ちを露(あらわ)にした。

「〈リーシーさん……ふざけているのですか。いくら仮説とはいえ、そんな荒唐無稽(こうとうむけい)な……〉」

「〈荒唐無稽？　左様でしょうか。人体に砒素の耐性が付くことは、ただいまこの身を以って証明しましたが〉」

「〈貴女のような特例中の特例を、ここに持ち出すこと自体に無理があると言っているんです。どうして現代日本の一般婦女子が、砒素を常食しているんですか〉」

「〈むしろ現代だからでございます。ネットで怪しげな美容品が売られる昨今、たとえば『古代中国伝来の驚異の美白サプリメント』などの触れこみで彼女たちが砒素入りの薬を見つけ、それを摂取していたということも――〉」

「〈だったらその薬の現物を持ってきてください！　それに発覚覚悟の犯行なら、未だ花嫁が自白していないことの説明がつかない！　双葉さんも黙っているはずがない！〉」

「〈現物を持って来いとは、ずいぶん本末転倒な言い草。身の潔白を証(あか)し立てなくてはならないのはそちら側でございます。ならばどうぞ、あなた様からそんな薬が存在しないことを我が目にお示しくださいませ。

また花嫁が自白しない理由も、この仮説であれば単純明白。殺そうとした相手が死なかったので、その訳を知りたいがために、ひとまず花嫁はこうして黙秘を続けているのです。尤も今の拉致された状況では、もはや自供したくともできない心境でしょうが……。

そして心優しい双葉少女は、哀れな花嫁を思いやり証言を避けた。それで何の不思議がありましょう〉」

「〈……そんなこじつけはどうでもいい。前提ですでに無理が生じていると言っているんだ。彼女らに砒素耐性があるかどうかなんて、検査をすれば一発――〉」

「〈やれやれ。確かにこれでは水掛け論でございますね――〉」

リーシーは突如くるりとシェンのほうを向くと、遠くから拱手で一礼した。

「〈沈老大。議論が千日手となりましたので、ここは一つ、簡便な審判法を具申したいのですが。そこの嫌疑の掛かる者たちに、私の持つ砒素を飲ませるのです。それでもし無事なら、我が仮説の正しさが証明されましょう〉」

フーリンはしばし煙管を吹かした後、げほげほと咳き込んだ。

ちょっと――待て。

何だ、その提案は。

「〈は――はあぁ!?　な、何を言ってるんですかリーシーさん!〉」

八ツ星の声が裏返る。

「〈そんなことしたら死んじゃうじゃないですか！　あの人たち！〉」

「〈これは尊大な。よほど御自身の仮説に自信がおありで。ですがこの生来小胆なリーシーも、今の自説には些か自持がございます。こればかりは蓋を開けてみねば、丁半どちらの目が出るかわかりませぬ〉」

「〈自信とかそんな問題じゃない！　死ぬのは明白だと言ってるんです！〉」

「〈ならば私も同じく、生きるは明白だと返しましょう。お互い当て推量は同じ。声の大小で事の真贋を決するわけには――〉」

「〈沈老大！　どうかご一考を！〉」

　埒が明かないと踏んだのだろう。八ツ星が慌ててシェンの足元に駆け寄り、拝み込むように跪礼する。

「〈無罪でも死！　有罪でも死！　こんな無体な裁きがありましょうか！　いずれも死罪ならそもそもこの審議自体の意味が――〉」

「〈暴論。いずれも死罪など曲解もいいところ。もし私の仮説が正解であれば、あちらの俵屋家の女衆は生き長らえ、この凶行を企てた花嫁とその協力者のみが死罪となりましょう。そこに何ら失当はございませぬ。これぞまさしく神明裁判、裁きの砒素――〉」

　シェンは酔った目元でしばらく宙を見つめた後、ぼそりと言った。

「〈まあ……難事を為すに犠牲はつきものだ。仕方あるまい。やれ、リーシー〉」

八ツ星が跪いたまま呆然と固まる。リーシーは舞台上からシェンに深礼しつつ、その下げた顔をフーリンのほうに向け――。

髪の下から、くすりと笑いかけた。

しまった――！

フーリンはそこで気付く。この仮説、目的はそれを証明することにない！

真の狙いは、この判定まで持ち込むこと。その判定行為を通じて、俵屋家三名をこの場から一掃する。それがリーシーの仕掛けた本当の罠。

そしておそらくこの後は、また何かと難癖をつけて双葉少女に嫌疑の矛先を向けさせ、あらためて自分に少女を嬲らせる――そういう腹積もりに違いない。

その異常なまでの執念に、フーリンはもはや煩わしさなど超越して心胆冷え込む思いである。この女にとって、最初に自分が双葉少女の拷問を避けたことがそれだけ腹に据えかねたのだろう。自分が双葉少女に見せた躊躇を「優しさ」と捉え、そんな人間性をちらりと見せた自分にこの女はひどく幻滅したか――あるいは単純に、少女に嫉妬したか。

シェンがグラスを目の高さに掲げながら、どこか心ここにあらずといった調子で呟く。

「〈礼を言うぞ、リーシー。ビンニーを失い厳冬のようだった我が心に、わずかながら春風が吹き始めた。せっかくだエリオ。このリーシーの仮説に名をつけよ。もしこれが真相なら、その名をビンニーの弔歌に書き添えたい〉」

エリオはシェンの脇に立ち、青い目を閉じる。

「〈――毒で育った娘と聞いてまず思い浮かぶのは、『緋文字』で有名なホーソーンの怪奇短編、『ラパチーニの娘』――〉」

感情を消した声で訥々と述べる。

「〈ですがあれは、奇人の植物学者が自分の娘を『毒そのもの』に作り替える、という話でした。単に毒への耐性ということであれば、ポントス王ミトリダテス六世の逸話のほうがより近いでしょう。この王は毒殺を恐れ、日頃から毒を服用しその耐性を身につけた。その逸話を引用するなら、これは――〉」

瞳を開き、低く耳触りの良いイタリア語で命名する。

「**《毒婦の花嫁と、それを糾弾するミトリダテスの娘たち――》**」

*

毒婦の花嫁と、それを糾弾するミトリダテスの娘たち――。

そんな虚妄があってたまるか。

フーリンは内心毒づく。名前の締まりの悪さはこの際どうでもいい。問題はこの仮説が、もとよりその正しさなど眼中にない、ということだ。

この仮説、否定するのは実に簡単。被疑者らにそんな耐性がないと示せばよい。

だがいやらしいのはこの場合、その証明手段自体が被疑者の生死に直接関わってくることだ。

これが警察の捜査なら他に検査方法はいくらでもあろうが、シェンという怪物が支配するこの魔境においては、そんな俗世の常識は罷り通らぬ。

してやられた――。

フーリンの立場から言えば、容疑者の誰を身代わりにするにしても、その相手には生きていてもらわねば困る。でないと自白を引き出せないからだ。八ツ星がすでに一度ここの容疑者たちの嫌疑を一通り晴らし済みである以上、自分の対抗手段としては拷問で無理やり自白でも引き出し、その偽りの証言を元に証明をさらに引っくり返すしかない。

しかし今ここでリーシーがこの砒素の検証を行えば、当然俵屋の女たちは死に――そしてただ、リーシーの仮説が間違っていた、という結果だけが残る。

つまり事件は解決しないままに、容疑者の数だけが減ってしまうのだ。しかもこのとき残る容疑者は、花嫁と双葉少女、花嫁の伯母、それと翠生の四名のみ。そのうち毒を入手可能なのは花嫁だけ、酒器に触れたのは双葉少女だけだから、身代わりにできる相手はほぼ限られてしまう。

　そしてシェンの嗜虐(しぎゃく)性とリーシーの妬心(としん)を考えると、次こそ少女への尋問は避けられないだろう。その結果、あの娘が不要な口を叩けば――。

「〈……一人で、いいのではないか。試すのは〉」

　フーリンは小声でリーシーに呼びかける。すると砒素食い娘は目を見開いて振り返り、朗(ほが)らかな笑顔で応えた。

「〈これはまた、老仏爺もずいぶんとお優しゅうおなりに。ですが私が思いますに、それでは検証が不十分かと。

　そもそも薬物耐性には、体調の波というものがございます。ゆえに一人が死んでも、たまさか運悪く死んだ可能性がどうしても拭えないでしょう。我が仮説の真贋を問うには、やはり三人すべてを試すほかありませぬ。三人が三人とも死ねば、さすがに私も自説を引っ込めますが……〉」

　暴論ここに極まれり。たとえ実験用の鼠でも、ここまで無下には扱われまい。

「〈……待ってください〉」

　そこで八ツ星が再び反意を見せた。

「〈そんな検証をしなくても、この仮説は容易に覆せる。もしアミカさんたちに砒素耐性があるなら、どうして彼女たちは最初にそれを言わなかったんです？〉」

ゆらり、と立ち上がる。そして足を引きずり、またこちらに向かってきた。

「〈そうすれば彼女たちは、今の仮説で普通に花嫁を犯人として糾弾できたはずだ。花嫁が酒に砒素を入れた。だから被害者三人は死んだ。花嫁伯母は酒が手前で飲み干されたため砒素を回避。また自分たちはその酒を飲んだが、たまたま砒素に耐性があったため無事だった――そういう主張が出来たはずです〉」

そうリーシーに迫りながら、びしり、とその顔に人差し指を突き付ける。

「〈彼女たちはもともと花嫁を犯人だと疑っていたのですから、そう主張しない手はない。なのにそうしなかった――それこそがすなわち、彼女らに砒素耐性がなかったことの証左に他なりません！〉」

お？　とフーリンは期待しかけた。これは反撃が決まったか？

するとリーシーは、どこか芝居がかった仕草で頬に手を当てた。

「〈なるほど確かに。それはごもっともな指摘でございますね……〉」

唇に小指を当て、少し考える素振りを見せる。それからにっと口の端を上げた。

「〈――わかりました。逆です〉」

「〈逆？〉」

「〈はい。毒を酒に混入したのが俵屋家側。殺されるはずだったのが花嫁側。俵屋家の女性三名は己らの体質を活かし、不仲な兄や夫、気にくわぬ花嫁やその親族をこの機に始末しようと、酒に毒を仕込んだのです。

そしてそれを、先の私の仮説を少し変えて『花嫁が無理心中を図って酒に砒素を入れた』ことにし、死んだ花嫁に罪を押し付けてまんまと罪逃れしようとした。それが今回の真相でございます。

御酌役の少女には、後々金でも握らせ偽証させるつもりだったのでしょう。ですが、死ぬと思っていた花嫁が死なず、俵屋側は驚いた。そこでひとまず彼女たちは砒素耐性の件は隠し、別の筋書きで何とか花嫁を犯人に仕立て上げようとした。一方で当の花嫁は何が何だかわからず、ただただ目が点に――これならすべての辻褄が合います〉」

「〈だがそれでは、花嫁にも砒素耐性がなければ――〉」

そこで八ツ星ははっと言葉を止める。しまったという顔をした。リーシーはその隙を見逃さず、そこでわざとらしく目を見開き、白々しく口に手を当てる。

「〈おやまあ！　これは何たること、なるほど確かに仰る通り――おそらく花嫁も、砒素耐性を持っていたのでございます。

言われてみればあの花嫁も、さながら象牙（ぞうげ）のごとき白肌の持ち主。砒素も常々持ち歩いていましたし、つまりあの鞄はただの化粧箱だった、という話やもしれませぬ。

またこの場合、『俵屋側の女性にも砒素耐性がある』という事実を知らない花嫁が、先の反論のように自ら砒素耐性を明かし、この仮説で『俵屋側が犯人だ』と主張することは難しいでしょう。やれやれ。参りました。これではせっかく頂いた拙説の呼び名が変わってしまうばかりか、もう一人、試す相手が増えてしまいます——〉」

八ツ星が絶句し、その場にへなへなとくずおれた。

フーリンは心中眩暈（めまい）のする思いだった。どこまでも食えない女——むしろ噛めば噛むほど毒がにじみ出るとでもいおうか。

八ツ星の反論に屈しないどころか、それを逆手にとり獲物をもう一人増やしてしまった。どこまで先回りで考え済みなのか——。

だがこれで小僧もわかったろう。詭弁屁理屈はこの女の独壇場。こちらが屁理屈を捏（こ）ねる側ならともかく、この状況では下手に抗ってもこちらの傷口を広げるだけだ。

「聯くん、聯くん……お願い教えて。ここはどこ？　今、何がどうなってるの？　なんであそこにムギの写真が飾ってあるの？　ねえ、聯くん答えて——」

少し薬が抜けてきたのか、双葉少女が怯えた様子で騒ぎ始めた。シェンの表情がやや曇る。すかさずリーシーが扇子を少女の口に押し当て、「閉嘴（ビーツェイ）（黙れ）」と命じた。中国語はわからずとも気迫は通じたのだろう。少女は涙目でぴたりと押し黙る。

少女に再び猿轡をするリーシーを尻目に、フーリンは舞台の階段を降りた。煙管を咥えつつ、床に這いつくばる八ツ星のところに向かう。呆然自失の態の子供を黙って見下ろした。汗と血でへたった頭髪の間に、幼いつむじが覗く。

八ツ星が憔悴しきった顔を上げ、日本語で呟いた。

「フーリンさん……」

「小僧。いい加減諦めるね」

「お願いです、フーリンさん。もう少し。もう少しだけ時間を……」

「無理ね。リーシーが手ぐすねを引いて待っているし、もうすぐシェンのグラスが空くね。もうお前も覚悟を決めて──」

するとそこで、背後から中国語で揶揄するような声が上がった。

「〈どうした小ヤオ。まさかその小僧にも情が湧いたか？〉」

シェンがグラスを傾けながら、表向き笑顔で、しかしどこかこちらを探るような目を向けている。フーリンは会釈すると、「〈いいえ。この子供に金を貸していたことを思い出しただけです〉」と、お茶を濁して踵を返した。

すると彼女の背後で、ダン！　と床を激しく殴る音が聞こえた。

「あと少し！　あと少しで師匠が来るんだ！　師匠さえ来れば全部解決するのに、なのに──！」

その言葉に、今度はリーシーが舞台上から冷たい声を返す。

「見苦しや、小孩子（小僧）。ようはそれだけの間を持たせる力量が、そちらになかっただけのこと。それに先生はあと数時間はかかると仰っておりました。数時間は『あと少し』ではございませぬ」

「なら十分――いや、五分でいい！　僕に時間をくださいリーシーさん！　その間に僕が何とか、砒素の検証抜きで仮説の真偽を確かめる方法を――」

「この仮説、容疑者たちの体に直接問わずして真偽を確かめる術は無し。諦めよ」

「諦めない!!　僕は絶対に諦めない！　なぜなら師匠が言ったからだ！　これは『奇蹟』だって！　だったら必ず、そこに答えはあるはず――否定の方法があるはず！　ここはすでに師匠が通った道！　だったら弟子の僕にだって、きっと――!!」

馬鹿が――。

フーリンはちらりと肩越しに振り返り、三白眼を細く眇める。

何を師の道を追いかけている。あの青髪の証明を信じるなら、それは奇蹟の存在を信じると同義。あんな男の血迷い言を心の支えにしている時点で、所詮お前もあの青髪と同じ穴のムジナではないか。

第一この仮説は、今回そこまで考えなくとも容易に否定できる。被疑者の体さえ調べれば終わり。たったそれだけで否定できるものを、あの男がそれ以上の否定まで考えた保証は、何も――。

「〈――その通りだ、聯〉」

するとそこで、聞き慣れた声が響いた。

「〈諦めるな。君はもうゴール目前まで来ているぞ。そこから相手はあと一手で詰む――それと沈老大。すまないが、今から少しばかりこの劇場で光と音のコンサートを行う。趣味に合わないようならどうか耳を塞いでくれ〉」

＊

次の瞬間――。

広間を眩いばかりの閃光と、轟音が襲った。

フーリンは咄嗟にかろうじて目と耳を守る。やがて光と音の嵐が去り、フーリンがおそるおそる耳から手を離すと、鼓膜にはキーンという耳鳴りとともに、ああ、ううと不特定多数の呻き声が呪詛のように響き伝わった。

スタングレネード。光と音のみの手榴弾。人を気絶させるだけで対物的な破壊力はなく、テロ鎮圧などにも用いられる携帯式の無能力化兵器だが、それはともかく――。

何を考えているのだあの男は！

やり場のない怒りとともに、ふらつきながら立ち上がる。ちらつく目で周囲を見やると、いつの間にか舞台中央の張り出し部分に、一人の男がちゃっかり立っていた。

長身。細身。眉目秀麗な容姿に、左右色違いの瞳。胸に銀のロザリオを下げ、服装は今は麻のシャツにサマーパンツという夏仕様だが、一年の多くは赤いチェスターコートと白手袋という都市伝説の変質者のような格好をしている。

そして何より特徴的な、金属光沢を放つ青髪――。

さらになぜか今は全身ずぶ濡れだった。探偵は水滴のしたたる前髪を指で弾くと、舞台上からシェンに向かって軽く一礼する。

「〈お初にお目にかかる、沈老大〉」

シェンは耳から手を外すと、いかにも不機嫌そうな面を見せた。

「〈ずいぶん騒々しい登場の仕方だな、青髪の探偵〉」

「〈ホールにいる貴女の手下の数が、少し多かったものでな。捕まってやってもよかったんだが、初対面で手錠姿はあまり様にならないだろう〉」

「〈様を気にするならまず形(なり)からどうにかしろ。この劇場のドレスコードはタイ着用だ〉」

「〈なら着替えを貸してくれ。ちょうどずぶ濡れで困っていたところだ〉」

すると舞台の袖からぱたぱたと、リーシーが手にタオルを持って探偵の下へ駆けつけてくる。

「〈親愛的(チンアイダ)(ダーリン)……！　なぜこんな早くに御到着に？　船であと数時間はかかるはずでは。まさか……泳いで？〉」

探偵の体がやや傾いだ。

「〈僕は魚人か。クルーザーにあった水上バイクを借りて、海上を全力疾走してきただけだ。おかげでこの通り潮水まみれだが〉」

リーシーから受け取ったタオルで体を拭きつつ、探偵が飄々(ひょうひょう)と答える。どこか既視感のある光景である。この男には間違いなく女難と水難の相がある。

うわあああん、と泣き声が上がった。

「師匠……師匠、師匠……！」

八ツ星が、号泣しながら舞台をよじ登っていた。短い手足を駆使して何とか段差を乗り越えると、探偵に駆け寄って腰のあたりにひしとしがみつく。探偵はその頭をくしゃりと撫(な)で、「よく耐えたな、聯」とねぎらいの言葉をかけた。

それから探偵は、色違いの瞳でこちらをじっと見つめた。

一瞬、フーリンの肩に力が入る。何だ？　やはり自分が犯人だと気付いて……。

探偵はそのまま小僧を引き摺ってこちらにやってくる。思わず身構えると、相手は舞台上から一枚の紙を差し出してきた。怪訝に思いつつ受け取る。

何かのメモ用紙だった。数字や品目が走り書きしてある。

「……何ね？」

「追加融資の申し込みだ。大型クルーザーのチャーター代一日五十万、改造ドローンの購入費百六十万、海底に沈んだ水上バイクの弁償金二百三十万、乗船用のロープとその発射銃計十五万、しめて総額四百五十五万。切りの良い数字で五百万でいい。いつもの口座に頼む」

やはり相当の馬鹿だ。師弟ともども。

探偵は泣きじゃくる八ツ星を少し宥めて落ち着かせ、それからリーシーのほうを向いた。

「〈リーシー。僕の元弟子が満身創痍なんだが……もしかして君のせいか？〉」

「〈はて。誤って手摺りからでも転げ落ちたのでは。それはそうと先生、ただいまこのリーシーは雑事で取り込み中でございます。用が済み次第急ぎ馳せ参じますので、どうぞ船上の屋外ジャグジーでお待ちを……〉」

「〈また人を強制退場させようとするな。しかしドローンの送信機能だけ生きていたので、ここに来る途中もずっとこの場の声が聞こえていたが、相変わらずやりたい放題だなリーシー。だが――〉」

探偵はタオルを頭から被り、無造作に言う。

「〈その可能性は、すでに考えた〉」

＊

――一瞬、会話の流れが氷山にでもぶつかったかのように停滞する。

「〈……先生は、何でもご想定でいらっしゃいます〉」

やがてリーシーが、ため息を吐きつつ沈黙を破った。

「〈ですが……こんな荒唐無稽な可能性をすでにお考えとは、さすがに御戯れすぎでは？〉」

その通りだが、なぜ当人が言う。

「〈砒素耐性自体もあり得なくはないが、たとえば類似の状況に『俵屋家三名が邪魔者一掃目的で酒に毒を仕込み、誰かに砒素を盗まれたと気付いた花嫁は警戒してそれを飲んだふりをした』などがある。この場合、アミカが『飲んだ』と証言したこと以外にも、もう一点合理的矛盾がある――〉」

そこで探偵は言葉を止め、小僧のほうを向く。

「では聯。せっかくここまで自力で来たんだ。最後まで頑張ってみろ」

するとティッシュで鼻をかんでいた八ツ星が、えっと目を丸くした。

「あれ？　ここで師匠が交代してくれるんじゃないんですか？」

「交代していいのか？」

探偵が頭を巡らし、舞台中央のパイプ椅子にぐったりと座る双葉少女に目をやる。

八ツ星がやや顔を赤らめた。

「……やります。やらせてください」

「その心意気だ。ヒントは要るか？」

「いらな……いえ。やっぱりください」

「ヒントは――そうだな。この前僕が君の家で馳走になったとき、君が母親に注意されていたことを思い出してみろ。君は何度もしかられただろう。食べ物をこぼして服を汚すなと――」

「僕が？　お母さんに？　注意を？」

鼻にティッシュを詰めた八ツ星が、その場で胡坐をかき、うーんと唸る。

ややあって、

「――あ、そっか！」

と体を揺すってケラケラ笑いだした。

「そうかそうか。そんな単純な――確かにあと一手だった！」

ぴょんと立ち上がる。衝撃が怪我(けが)に響いたのか、やや痛がるように肋骨(ろっこつ)に手をやったが、顔は笑顔で、ぐんと胸を張ると意気揚々とリーシーを指差し、中国語で言った。

「〈リーシーさん。貴方の仮説には矛盾があります。もしアミカさんたちが酒に毒を直接混入したとすると、彼女たちは花嫁の伯母も殺すつもりだったことになる。花嫁伯母が助かったのは、たまたまその手前で花嫁父が全部飲み干したせいですからね。ですが彼女らは、その花嫁伯母の着物がみすぼらしいとして、わざわざ高価な着物に着替えさせた。砒素の初期症状は嘔吐、下痢――砒素で毒殺すれば、汚物まみれになること必至なその体に！

アミカさんは双葉さんが花嫁衣装に触るのにも一々目くじらを立てるような、吝嗇(りんしょく)な性格です。それに自分の身勝手な都合で兄や父親を殺すほど利己心の強い人間なら、わざわざ駄目になるとわかって高価な着物を着せたりはしないでしょう。事件が起これればどうせ挙式は台無しになるのですから。

つまりこういうことです。たとえ俵屋家三名や花嫁に砒素耐性があったとしても、もし毒を仕込んだのが花嫁側なら俵屋家側がそれを告発しない事実が説明つかず、俵屋家側なら彼女らが花嫁伯母に高価な着物を着せた事実が説明つかない——つまりどちらが仕込んだにしても矛盾が生じる！　よってあなたの『砒素耐性』仮説は成立しない！　以上、反証終了です！〉」

陽気で快活な声が、薄暗い天井に高らかに反響する。

ちっと、リーシーが舌打ちして扇を畳んだ。

弟子が紅潮した顔で師匠を振り返る。探偵は顔は前を向いたまま弟子に向かって腕だけ伸ばし、その頭をわしりと摑んでぐりぐりと撫で回した。独楽（こま）のごとく首を振り回されながら、八ツ星はえへへ……と嬉しげに相好（そうごう）を崩す。

フーリンは苦笑いで、消えた煙管に再び火をつけた。まったく、何という空理空論——互いに大法螺（ぼら）の棍棒（こんぼう）で殴り合っているようなものである。

だがまあ、小僧にしてはよくやってくれた。ひとまず時間を稼いでこちらの危機を回避してくれたことについては、駄賃をやりたいくらいである。ただ惜しむらくは……すべてが中国語では、その働きぶりが今一つ、当の双葉少女に伝わらなかったことだろうが。

第十二章

煙管をゆっくりと吸いながら、フーリンは改めて現状を分析し直す。

ひとまずリーシーに、こちらの生贄候補を一掃されるという危機だけは去った。しかし何も安心はできない。窮地に立つのは相変わらずだからである。

しかもついに、探偵本人まで到着してしまった。それこそ毒でも盛らない限り、もうこの男の強制退場は望めまい。今度こそ見極めねばならない。この探偵は「敵」か、「味方」か――。

「〈……貴様が青髪か〉」

おもむろに、シェンが口火を切った。

「〈噂はよく耳にする。なんでも貴様は、この世に『奇蹟』が存在することを証明しようとして、方々飛び回っているそうだな。そんな阿呆じみた逸話の持ち主、どれだけの阿呆面かと思ったが……〉」

シェンはしばらく舐めるように探偵を観察すると、ふっと微笑を浮かべる。

「〈こうして実際会ってみると、存外見た目はまともだな。その色男ぶりでうちの小ヤオを誑（たぶら）かしたか〉」

別に誑かされてはいない。

「〈……別に誑かしてはいない。彼女は僕の資金援助者というだけだ〉」

別に資金援助しているつもりもない。

哈哈哈（ハハハ）、とシェンが快活に笑う。

「〈太い客を得たな、小ヤオ。しかしお前も恋慣れぬせいか、ずいぶんと男運が悪い。こんな恋母情結（リエンムーチンジエ）（マザコン）に引っ掛かるとは……〉」

フーリンの眉間に深い皺が寄る。それとはおそらく違う意味で、探偵もまた表情を強張らせた。

「〈カヴァリエーレから聞いたのか？〉」

「〈ああ。かつて修道女だった貴様の母親は、カヴァリエーレの横槍で聖女候補から外されたらしいな。奴にイカサマを見抜かれ……〉」

「〈イカサマではない。『奇蹟』だ。イカサマをしたのはむしろカヴァリエーレのほうだ〉」

「〈それよな。貴様がいまだ乳離れをしておらぬ何よりの証拠は。そんな当たり前の現実を認められぬ貴様は、未練がましく母親を再度列聖させるために、カヴァリエーレと一つ下らぬ賭けをしているという……貴様が奇蹟の存在を証明できるかどうか、という賭けをな〉」

――確かにそれが、この探偵が奇蹟の証明に固執する主な動機である。

カヴァリエーレはカトリック教会の本山であるバチカンの法王庁で、奇蹟認定を行う「列聖省」の審査委員を務めている。

ずっと昔、まだ探偵が幼い頃、数々の「奇蹟」を起こして生きながら聖女候補となった彼の母親は、このカヴァリエーレの一存で認定を取り消された。そのため「奇蹟の聖女」は一夜にして「稀代のペテン師」に貶められ、世間の誹謗中傷に晒された彼の母親は表舞台から姿を消す――そんな母親の名誉回復のため、探偵はカヴァリエーレとの賭け、つまりは「奇蹟の証明」に躍起になっているのだ。

探偵はじっとシェンを見る。

「〈そこまで分かっているなら話が早い。いかにも、シェン。僕は奇蹟を探している。そしてその探求も今日終わりを告げた。いいか、シェン――エリオにも言ったが、この事件は『奇蹟』だ。神の御業の原因を人に求めても不毛なだけだろう。犬の死は神の御意思と諦め、速やかにここの人質たちを解放してもらいたい〉」

「〈不毛なのは貴様の妄言だ。こんな毒殺事件のどこが『奇蹟』だ〉」

「〈この事件の背景には『カズミ様』の加護が見られる。『カズミ様』はこの地で古くから女性の守り神として崇敬される守護聖人だ。キリスト教的に解釈すれば、『カズミ様』はいわば日本の『有髭聖女(ゆうし)』ヴィルジェフォルティス——望まぬ結婚に抗い、その純潔の意志に殉じた聖人だ。その彼女の加護(パトロネージ)が今回顕現したのだ〉」

「〈ヴィルジ……何だと？　まあいい、そもそもなぜ日本の昔話にキリスト教が関係する。まさか『カズミ様』がキリスト教徒だったわけでもあるまい〉」

「〈キリスト教未到の地では、神の奇蹟がキリスト教の言葉で語られているとは限らない。神の御業が、その土地の宗教、その土地の言葉を借りて表現されている場合もままある。土着の文化をキリスト教的に再解釈できる例は他にいくらでもある〉」

フーリンはまた眉間に皺を寄せつつ煙管を吸う。宗教的な解釈には興味はない。問題は、探偵がこれを本気で言っているのかどうかだ。

考え方は、二つ。

もし探偵が本気でこの自分の犯行だと気付かずこれを「奇蹟」だと言っているなら、議論の最中でフーリンという真犯人がいることに気付くか、あるいはその真相につながるヒントをシェンらの前で口にしてしまう可能性がある。つまりこの男は早めに潰しておかねばならない「敵」。

もし実際は自分の犯行と気付いていて、あくまで自分を庇うためにはったりとして「奇蹟」だと嘘をついているのなら、この男は使える「味方」。

その敵味方を見極めるためには、何よりまず「探偵が自分の犯行に気付いたかどうか」を知らねばならない。フーリンは煙管を吹かしつつ、さりげなく探偵を観察した。何か合図のようなものは——ない。男の飄々とした態度からは、その内面はまったく窺い知れない。先ほど渡されたメモも再確認してみたが、特にメッセージのようなものは見つけられなかった。

——やはり気付いていない？　しかしシェンを警戒し、下手な動きを取れないということもあるか——。

「〈そう言えばフーリン。一つ気になったんだが——〉」

するとそこで、探偵が急にこちらを振り向いた。

「〈君はもしかして、あの俵屋と事前に面識があったんじゃないか？〉」

一瞬、心臓が止まりかけた。

「〈……いきなり何を、言い出すね〉」

「〈いや、聯の報告書の中に、俵屋の不動産会社の取引相手のリストがあってな。そこに君のダミー会社の名前を見つけたんだ。聯はあれが君の会社だと知らないから、スルーしたんだと思うが……〉」

「〈どういうことだ、小ヤオ？〉」

シェンが鋭く聞く。——静まれ。フーリンは跳ね上がる心臓の拍動を意志の力で抑えた。

「〈……私も初耳でした。実務は前社長に任せきりでしたし、その俵屋とやらが不動産屋だったと今知ったくらいなので……〉」

「〈そうか。知らないなら一つ忠告しておくが、もしやつの会社が絡んだ投資案件があれば、早々に撤退したほうがいいぞ。どれも詐欺すれすれだ。特に最近の水源地開発の投資話は危ない〉」

探偵はそれだけ言うと、またシェンに向き直る。フーリンは煙管を口から外して腕の震えを隠した。――何だ、今の質問は？　今この状況で、あの男がこんな質問をする意図は――？

普通に考えれば、もしこの探偵が自分を庇う気なら、ここで自分の事件の関与を匂わすような発言をわざわざするわけがない。

一つ考えられるのは、探偵が自分の犯行に気付いていると暗にこちらに伝えるために、こんな際どい発言をした――ということだが、いやしかし、シェンに気付かれるリスクのほうが高くないか？　今だって一つ返答を誤れば危なかった。こんな危ない橋を渡らずとも、たとえばさきほどのメモを使うなど、ほかに伝達の方法はあるはず。

とすれば、やはり――。

フーリンはふっと微笑む。この男は何も気付いていない。だがそれは十分あり得る答えだ。この男は奇蹟が絡むと視野狭窄になり、灯台下暗しといった調子で単純な可能性をつい見落としてしまう。

それによくよく考えれば、自分を庇えば今度は必然的に八ツ星側が窮地に追い込まれるのだ。この男にとり、債権者である自分と可愛い元愛弟子の命、天秤にかければどちらに傾くかは瞭然であろう。

つまりこの探偵は――「敵」だ。

*

フーリンは若干失望を感じている自分自身にやや驚きながらも、すぐさま気持ちを入れ替える。

となれば早速、打つべき手は――。

フーリンは煙管を咥え直し、舞台際へ向かった。手慰みに双葉少女の髪で三つ編みを作っているリーシーに向かい、舞台下から顎をしゃくる。

「〈リーシー。ちょっと顔貸すね〉」

砒素食い女はこちらをじっと怨みがましい目で睨むと、ぷいと横を向いた。

「〈私への折檻なら、どうぞこの舞台上でおやりくださいませ。それともこのいたいけな少女の前では、老仏爺の本性は現せぬと？〉」

「〈手洗いに行きたいだけね。案内するね〉」

「〈下女のような扱いはお止(よ)しください。私はもはや老仏爺の部下でも何でも——〉」

フーリンはひらりと舞台に上がると、つかつかと女に歩み寄ってガッとその髪を摑んだ。

「〈いいから案内するね〉」

前髪を摑んで後ろに反(そ)らすように引っ張ったため、リーシーはこちらを仰(あお)ぎ見る形になった。しばらくはその体勢のまま、女はこちらの顔をまじまじと見つめる。やがてじりりと黒目だけ横に動かし、「〈……お放しくださいませ〉」と弱声で訴えてきた。

放してやると、リーシーはすぐさまくるりと背を向けた。立ったまま頭(こうべ)を垂れ、しばらく黙々と髪の乱れを手で直す。

そしてまた首を上げた。「〈こちらへ〉」短く言い、振り返りもせずに歩き出す。フーリンは腰に手を当ててその背中を眺めつつ、ふうと脱力のため息を吐いた。それからシェンに一礼し、女のあとを追う。

＊

豪華な大理石張りのサロン風トイレに入るなり、フーリンは洗面台にリーシーを突き飛ばした。

リーシーの細い体がカウンターに乗り上げ、肩が化粧鏡にぶつかる。さらに近づこうとするフーリンに対し、リーシーが腰を捩(ね)じって足蹴(あしげ)で応酬してきた。すかさずフーリンはその蹴りを左足で受け、同時に右腕を伸ばして女の喉を掴む。そのまま喉輪(のどわ)を決めて鏡に押し付け、相手の呼吸と動きを奪った。

「〈さっきからいろいろ鬱陶(うっとう)しいね、お前。いつから私に指図できるようになったね〉」

そう口では言いつつ、隠れて右手の親指で、リーシーの喉を携帯の文字入力のように指圧する。

――ハ・ナ・シ・ヲ・キ・ケ。

押話、である。

盲文(マンウエン)——中国の点字を使い、押した位置と点字を対応させて意思疎通する。かつてリーシーと組んでいたときに必要に迫られ編み出した、二人だけの秘密の通話法だ。

リーシーは一瞬驚いた顔を見せたが、すぐに表情を消した。そして手を伸ばし、こちらの脇腹(わきばら)に触れてくる。

「〈かように贅肉(ぜいにく)のついた老仏爺に、現場の陣頭指揮は任せられませぬ。ここは大人しく私の指南をお受けくださいませ〉」

脇腹を撫でさすりつつ、指で押す。

——イ・カ・ガ・シ・マ・シ・タ？

「〈だからダイエット中ね。昔の勘を早く取り戻したいから、余計な口出しはするなと言っているね〉」

——ジケン。ハンニン。ワタシダ。

リーシーの目が丸くなる。女は少し睫毛(まつげ)を伏せた後、再び指に力を込めてきた。

――ナルホド。オサッシシマシタ。

この女の察しの良さだけは手放しで褒められる。今の数語でだいたいの事情を悟ったのだろう、険のあった表情が和らぎ、脇腹を触る手つきも心無し優しくなった。

――アノムスメニ、ジンモン、フツゴウガ？

――ソウダ。

――アノムスメガ、キョウハンデ？

――チガウ。

この告白自体は賭けだった。どうやらこの女はまだ自分に執着があるようなので、九分九厘味方につくという勝算はあったが、何しろ為替の値動きのように先行きの読めない女である。予想に反しシェン側につく可能性も皆無ではない。

それでも思い切ったのは、このままこの女を野放しにすれば危険と判断したため。なぜなら今の推理勝負で、すでにトリックのヒントがいくつか出てきてしまっているからだ。

毒入りの酒。高価な着物。どちらも自分のトリックの構成要素である。

あの探偵を前にこの女にこの調子でべらべら喋（しゃべ）られたら、思わぬところで足を掬（すく）われかねない。ならばここは味方に引き入れるが得策というもの。

ただシェンの手前、リーシーに大っぴらに協力を求めることはできない。このトイレも盗聴を警戒したほうがよいだろう。それでわざわざ押話を使い、秘密裏に打ち明けたというわけである。

まあともかくも、これでひとまず臨戦態勢は整った。あとはあの探偵の出方次第――と、フーリンが気持ちも新たにリーシーから離れようとすると、がしりと何かに腰を挟まれた。

視線を落とすと、リーシーが両脚でしっかり自分の腰を蟹ばさみしている。

砒素食い女が上気した顔で、こちらの脇腹をくすぐり始めた。

――アマリハヤクモドルト、ギャクニフシンガラレマセンカ？

フーリンはちっと舌打ちする。この女……実に面倒極まりない。

＊

劇場に戻ると、場の空気がどこか張り詰めていた。

異様な緊張感である。見ると、舞台上でエリオと探偵が少し距離を置いて対峙している。エリオが右手、探偵が左手である。

探偵の背後の舞台袖では、八ツ星が双葉少女にペットボトルの水を与えて介抱していた。椅子ごとそこに移動させたらしい。観客席側の椅子の一つでは、シェンが傍らに置いたワゴンに酒と肴を並べ、膝に載せた中国琵琶を退屈そうにぱらんぱらんと鳴らしている。

フーリンがリーシーを従えてシェンの傍まで行くと、女頭領は酔った目を上げた。そして背後のリーシーを一瞥し、下衆張った笑みを浮かべる。

「〈……終わったか？〉」

何がだ。目礼でやり過ごすと、シェンは笑って二つのグラスに酒を注いだ。

促されて手に取る。シェンの音頭で乾杯したのち、フーリンはおもむろに訊ねた。

「〈今、どういう状況で？〉」

「〈ん？　今か？　先ほどエリオが新たな仮説を披露したところだ。次は青髪の手番なのだが、何やら長考が続いていてな――〉」

……長考？

すると息詰まる静寂の中、八ツ星の困惑声が割って入る。

「師匠……どうしてです。どうして何も言わないんです」

何も言わない？　フーリンの眉間に皺が寄った。あの探偵が反論しないというのか？　相手の仮説を聞いたのに？　なぜ？

まさか――。

「〈……その仮説は、想定外だったのでしょうか？〉」

リーシーが、自分の思いを代弁して呟く。するとシェンがこちらを向き、かぶりを振った。

「〈いや。エリオの話の後、あの青髪は確かに言った。『その可能性はすでに考えた』と。しかしそのあとに『だが――』と続け、それっきり梨のつぶてだ〉」

その可能性は考えた――。

だ、だが――？

フーリンはさらに混乱する。どういうことだ。つまり可能性は考えたが、その反証はまだ準備していないということか？　しかしその状態なら、この男は決して事件を「奇蹟」などと断定できないはず。いったいこれはどういう――。

「師匠……師匠！　なぜ否定しないんです！　もうこの仮説は考慮済みなんでしょう！　だったら何で――！」

八ツ星の悲痛な叫びが、船内の天井に木霊する。しかし師は弟子の呼びかけに答えない。顎に手をやり、絵画でも鑑賞するかのようにじっと宙の一点を見据えたまま、ただ一人沈黙を守ってその場に佇み続ける。

＊

フーリンはさほど勝負に関心のないふうを装いながら、ゆっくり酒を口に含んだ。

――どういうことだ？

しかし心中は疑問の渦と嵐である。この探偵が「奇蹟」と宣言したからには、想定した可能性はすべて否定済みなはず。ならばあとはその否定を示すだけでよく、長考が必要な理由は何もない。

　よもやエリオが真相を言い当てたというのか？　だがそれならシェンがここで自分を糾弾しないわけがない。探偵が自分の証明の穴に気付き、その修正のため現在長考中――という状況も考えられるが、それにしてはあまり探偵に焦りの様子が見られないし、例の「憂思黙考（ブラウンスタディ）」――探偵が深く思考を巡らすときのお約束のポーズ――も発動していない。

　クソッ、何なんだいったい。あの男の考えが読めない――。

「〈それで沈老大。あの御方も返答に窮するその仮説とは、いったいどのようなもので？〉」

　リーシーがグラスと小首を傾けつつ、シェンにそう問いかける。シェンはサラミとチーズを重ねて口に放り込むと、それらを酒で流し込んでから答えた。

「〈人彘（じんてい）、だ〉」

　――人彘？

「〈人彘……かの呂后（りょこう）が戚（せき）夫人に科したという、あの忌（い）まわしき刑罰のことでございますね〉」

　リーシーもつまみのカナッペに手を出す。

「〈漢の高祖・劉邦（りゅうほう）の皇后である呂后と、その側室の戚夫人。しかし自分より高祖の深い寵愛を受けた戚夫人を妬んだ呂后は、高祖の死後、報復に戚夫人を捕らえ残忍な手口で処刑したと聞きます。

その処刑法とは『史記』によれば、まず戚夫人はその両手両足を切り落とされ、目玉を刳り抜かれ、さらには耳と声を毒で潰され、はては豚を飼う厠にその身を突き落とされ、最後はまさに人彘――『人豚』として放置された、という……。ですが、かの屋敷の厠は確か水洗では？〉」

「〈厠は関係ない。エリオの仮説を我なりの比喩で譬えただけだ。面倒だ、エリオ――説明しろ〉」

舞台のエリオが呼ばれてこちらを向く。精悍だが覇気のない顔が、やや光量少なめの舞台照明の中に浮かんだ。

「〈沈老大の命に従い、臆見を再度上奏させて頂く〉」

乾いた声で話し出す。

「〈この奇妙な飛び石殺人、犯人はいかにして犯行をなしえたか。ひとまずその被害者の毒の摂取経路に着目すれば、その方法は分けて三つ。すなわち酒に混入されたか、器に塗られたか、その他の手段か――〉」

フーリンの体に緊張が走る。ここで「酒に混入する」を選ぶようなら、こいつは真相に肉迫している可能性があるが――。

「〈この仮説では、『その他の手段』だと考える〉」

よし。フーリンは内心ぐっと拳を握る。これでとりあえず、この仮説が真相に届くことはなくなった。しばらくは安心して聞き役に徹せられる。

しかし、「その他の手段」――？

「〈次に毒を仕掛けたタイミングだが、これも分けて三つ。回し飲みの前か、最中か、後か――そしてこの仮説では、その『最中』だと考える〉」

二度目の安堵。タイミングも外れ。つまりこの男の仮説がまるで見当違いなのはわかった。ただ問題は、なぜ探偵はその仮説を否定しないか、である。

それにしても、「最中」？　あの状況で酒も器も介さず、いったいどうやって――？

エリオは頭上の舞台の梁を見上げる。

「〈具体的な方法は至極単純である。古い木造建築の日本家屋は極力釘を使わず、天井板はただ置くか木片などで押さえ込む形で取り付けられている。つまりずらすことが可能ということだ。しかもあの大座敷の天井は黒塗り。天井板の間に多少隙間が生じていても、傍目には気付かれにくい――〉」

フーリンはぽかんと口を開けた。

天井……だと？

おい。まさか……。

「〈くわえて天井自体も低い。座布団を敷く位置を調節すれば、ちょうど被害者が天井の隙間の下に来るよう誘導することも可能だろう。しかもおあつらえ向きに、被害者三名は男らしく豪快に飲むことを意識し、大口を開けて上を向いた。つまり天井に対し無防備に口を開けていたということだ。

とすれば、こんな手が使えないだろうか。まず犯人は、回し飲みの最中に天井裏にこっそり忍び込んだ。そして事前に用意しておいた天井の隙間から、被害者の口めがけて砒素を落とした――〉」

思わず、眩暈がした。

無論酔いが回ったわけではない。気分の悪さからいえば二日酔いより深刻だ。さすがにそれは荒唐無稽すぎるというか、いろいろ無理があり過ぎる。そもそも物理的に実現不可能だろう。日本の諺でいうなら「二階から目薬」だ。

いくら天井が低いとはいえ、そんな方法が成功する確率は、万に一つも――。

そこでフーリンは、ぴたりと首を振る動きを止める。

しかし――待て。

その仮説だと、犯人は――。

「〈さて。となると問題は、誰がこの犯行を実行可能か、という点だが――当然回し飲みの最中なので、その参加者には行えない。また屋敷の天井裏に忍び込み板まで外しておけるのは、そこに以前から滞在し構造を熟知している人物――つまり屋敷の住人に限られるだろう。

以前から屋敷に住んでいて、なおかつ回し飲みの場にいる必要がなかった人物。そんな条件にあてはまる人物とはただ一人――〉」

エリオが死んだ目で、抑揚のない口調でその名を告げる。

「〈家政婦の――珠代だ〉」

――引きずり出された。

＊

フーリンは無言で、グラスをテーブルの上に置いた。

代わりに煙管を再び手に取る。するとリーシーが、横からかいがいしく火皿に煙草を詰めて火をつけた。フーリンは礼代わりに女の肩を軽く叩くと、立ったまま腕を組んで静かに煙を五臓に行き渡らせる。

……いかにも、珠代が共犯である。

方法はまるで違う。いや、まるで違うからこそ、不意打ちで言い当てられたことへの衝撃は大きい。

俵屋の身辺を探っているとき、この女の存在を知り懐柔した。同類相求むというか、悪名高い一家で家政婦をするような女もまたそれなりのようで、多少金を積むことで労せず転ばすことができた。女自身も借金で尻に火が付き、俵屋家の金品に手を付ける寸前だったらしい。

ちなみに山崎の存在が目に留まったのもその調査のときである。まあそういった経緯はさておき、とんでもない流れ弾を喰らってしまった。こんな荒唐無稽な与太話、ここが警察の捜査会議であれば寝言を言うなと一笑に付すこともできようが、何しろここはシエンという妖魔が牛耳る伏魔殿。世俗の常識など屁の役にも立たない。

だが——取り乱すな。

まだ何も露見したわけではない。

エリオがシエンに向かい、拱手で深く頭を下げた。

「〈改めて陳謝します、沈老大。このエリオ、つい先刻までこの可能性をまったく失念しておりました。そのため容疑者の取り零しを……〉」
「〈よい。女はまた追加で捕らえる。まずは真相を詳らかにせよ〉」
するとリーシーが、後ろからすっと体を押し付けてきた。

——イカガシマスカ？

自分の腰に手を回し、例の「押話」で問いかけてくる。フーリンは一時考え、それからリーシーの手を握った。

——ツブセ。

確かに指摘された犯人には虚を突かれたが、あの男の仮説は全体としてまだ粗い。反駁の余地は十分ある。それに探偵が黙っている理由が何だろうと、あの家政婦が捕まればこちらは終わりなのだ。この仮説は何としてでも潰さなくてはならない。
リーシーは嘻嘻と笑って離れると、ばっと白扇で顔を覆って舞台に向かい歩き出した。

「〈哎呀〈――〉」

茶化すような声を発し、階段から舞台に上ってエリオの正面に立つ。

「〈いやいやいや。さすがにその御説、あまりに無理がございましょう。一介の家政婦が？　天井裏に忍び込み？　天井板の隙間から狙って口に砒素を落とす？　いやはや、何と申しますか――〉」

片手を腰に当て、扇を持つ手首を曲げてつんと顎を上げる。

「〈人を愚弄するのもほどほどに〉」

お前が言うか――とフーリンの頬がつい引き攣る。

「〈そんな亀毛兎角な絵空事、いったい誰が信じましょうや。天井から口まで、いったいどれだけの落差があるとお思いで？　茶碗に卵を割り落とすのとはわけが違うのですよ。

しかもそもそもその御説、まったく仮説としての要件を満たしておりません。家政婦はいつ、どのようにして花嫁の砒素を盗みましたか？　罪を着せる相手は？　第一動機は――〉」

リーシーの矢継ぎ早の口撃を受けながら、エリオがちらりとシェンを見た。このままリーシーの相手をしていいか確認を取ったのだろう。確かにリーシーはシェン側の人間だが、しかしこの女は組織でもかなりの気ままな性格で知られている。ここでエリオと敵対する態度を取っても、「対抗心を燃やした」程度に思われるのが関の山なのでそこはあまり心配はない。

案の定シェンは頷き、エリオは改めてリーシーに向き直った。

「〈――砒素の落とし方は工夫次第だ。それについては後述する。先に砒素の入手方法について説明すれば、家政婦は盗んだのではない。あとからすり替えたのだ〉」

「〈すり替えた？〉」

「〈そうだ。事件には他から入手した砒素を使い、事件後にそれを花嫁の砒素の小瓶の中身と入れ替えた。家政婦は病院に付き添わず一人屋敷に残ったから、そのすり替えの時間は優にあった。

罪を着せる相手は当然花嫁。想定していたのは花嫁と御酌役の共犯説だ。動機はそれこそ直接本人に問い質(ただ)すしかないが、たとえば家政婦が俵屋家の金品や表に出せない裏金に手を出し、その発覚を恐れてこの機に殺害した、などの金銭絡みが考えられる〉」

リーシーもふふんと余裕の態度を崩さない。

「〈まあそのあたりの理由は、後付けでどうとでも。ですが肝心なのはやはり、物理的な実行可能性。その砒素を落とす工夫こそが問題なのです。

まさか貴兄は、どんなものでも落とせば真面目(まじめ)に真下に落ちてくれるものとお考えを？　いやはや、ずいぶん童子めいた頭でございますね。真空ならいざ知らず、地上には空気抵抗というものがございます。丸薬だろうと毒滴だろうと、落ちる過程で空気に弄され右に左にと揺れ動いて、精々鼻の頭にでも落ちるのが関の山〉」

実に嘲弄の表現が豊かな女である。ちなみにこの女は人体破壊の趣味が高じるあまり、多少の物理知識まで備えている。

「〈空気抵抗が気になるなら、形状を変えればいい。粉末を糊で固めて針状にするとか、矢のように尾翼を作るとか――さらにその尾翼で回転が加わるようにすれば、軌道の直進性はさらに強化される〉」

む、とリーシーが少し扇を持ち上げた。フーリンは感心するというよりやや呆れる。まさか物理面から正面切って対抗してくるとは。

「〈ですがそれでも、横風に煽られれば一発ですね？〉」

「〈当時強く風が吹いていたという証言はない。風鈴など、風の存在をテレビの映像や音から確認できるものもあの座敷にはない〉」

「〈風の存在が確認できない？　あらあら。これは一度、腕利きの眼医者に眼球検査でも受けることをお勧めいたしますね――〉」

うん？　とフーリンは一瞬首を捻った。が、すぐに「ああ」と思い至る。そうか。特に風が吹くことを期待せずとも、夏場なら――。

「〈お忘れですか。エアコンです。あの古風な座敷に場違いな一物が目に入らぬとは、さては白内障で失明寸前かあるいは脳の御病気か何かでございましょう。しかもあれは花粉除去機能付き、花粉除去機能付きのエアコンは大抵室内に気流を作るものでございます。さればそこに風の流れが生じるのは理の当然〉」

フーリンは思わず笑った。何という……駄目押し。ただでさえ真下に狙い通りに落とせる見込みは薄いというのに、さらに横風まで持ち出すか。

するとべべんと、隣から中国琵琶を手遊びに鳴らす音が聞こえた。

「〈なんだ……リーシーも意外に芸がない。小僧と同じ攻め口とは〉」

フーリンは目をやや見開いてシェンを見る。

小僧と——同じ攻め口？

するとエリオが、どこかに向かい歩き出した。

舞台の奥側へ行き、光沢のある白幕を背にして立つ。よく見ると、なぜか片手に空のワイングラスを持っていた。何かの説明用か。

「〈その反論はすでに八ツ星から受けている。というより、ただの俺の説明不足でもあるのだが——〉」

リーシーの煽りでエリオも地が出てきたのだろう。口調が若干崩れる。

「〈上から落とすという表現は正確ではない。正しくは、目につきにくい透明な細長い管を天井の隙間から下ろし、標的の近くまで近づけたのだ。そして先端に詰めた砒素の玉を、吹き矢の要領で吹いて落とした――これなら風の影響も受けない〉」

「〈――は？　天井から管を下ろす？〉」

リーシーが背を反らして全身で嘲笑を表す。

「〈またお戯れを。いくら透明と言えど、そのグラスのように目を凝らせば姿かたちくらいは見えます。そんな管が目立たぬはずが――〉」

「〈貴女にこれが見えるか？〉」

そう言ってエリオは、さっと頭上にグラスを掲げた。

同時に複数のスポットライトがカッと点く。フーリンはわずかに目を細めた。強烈な照射光と白幕の反射光の中で、グラスの輪郭が光に溶け込むように消える。

「〈グレア現象――〉」

自分も強い光を浴びながら、エリオはそのまま淡々と説明を続けた。

「〈人が眩しい光を見たとき、視覚障害を起こす現象のことだ。自動車で夜間走行中、対向車のヘッドライトで歩行者の姿が見えなくなる『蒸発現象』などがこの顕著な例となる。ようは眩しくて見えづらいということ。管はこの生理反応によって隠された〉」

「〈……グレア現象？　しかしあの場にそんな光は――〉」

そこでリーシーはふと口をつぐむ。

「〈なるほど。撮影ですか〉」

「〈そうだ。あの座敷はテレビ中継された。屋内の撮影に照明は付き物。しかも花婿の父親や姉妹は光を強く当てろと撮影スタッフに要求している。つまりあの場の照明は十分眩しかった〉」

「〈……ですが、カメラスタッフがいたのは大座敷の下間。そこから照明を当てれば、その光を直接見るのは上間から下間を向くものたち――つまり西側にいる花婿花嫁のみになります。それでは他の者の目は――〉」

「〈光源には直接光源と間接光源がある。花婿花嫁の背後に光を反射するものがあれば、それもまた光源だ。そして日本式の婚礼で付き物といえば――〉」

「〈……金屏風〉」

リーシーが自ら答えを引き取る。

「〈なるほど。その金屏風が撮影照明をさらに鏡のごとく反射し、下間にいる者たちの目をくらました、と。しかしその反射光がそこまで眩しくなるものでしょうか？〉」

「〈それはテレビの映像からも確認できる。金屏風の部分は露出オーバーで一部が白トビするほどだった。ちなみに白トビした部分は画像情報が欠落するので、いくらデジタル処理しようと映像から復元することはできない〉」

「〈では、座敷の南北はどうです？　花婿花嫁から見て左右に向き合って座る親族たちは、照明側も金屏風側も向いてませんが〉」

「〈開け放たれた南の縁側からは、強い夏の陽射しが差し込んでいた。塀の屋根の照り返しの光だ。それにより、北側に座る花婿親族の目はまず潰される。そして花婿親族の背後にあるのは、これまた贅を凝らした金張りの襖。これがその陽射しを反射し、今度は南側の花嫁親族の視力を奪う。

東には照明、西には金屏風。南に日光、北に金襖——東西南北いずれを向こうと、その先には必ず光源がある〉」

「〈なら天井は？　盃を飲むときに口が上向くなら、目も——〉」

「〈天井には普通に照明がある。天井のボロさを隠すように照度を上げた、眩しめのＬＥＤシーリングライトが〉」

ぐっとリーシーが言葉に詰まった。

「〈……百歩譲り、そのグラスのように離れた位置なら、光で透明な物体が見えなくなることはあるやもしれません〉」

慎重に言葉を選ぶように、少し口調の速さを落とす。

「〈ですが、近い位置ではどうでしょう？　いくらなんでも頭上にそんな管が近づけば、当人や左右の者たちが気付くと思いますが〉」

「〈『選択的注意』という心理学用語がある。人は自分が注意していない事柄には意外なほど気付かない。ある有名な実験では、被験者にバスケの動画を見せてパスの回数を数えるよう指示すると、途中ゴリラが横切ったことに大半が気付かなかった。ここでは婚礼の進行がバスケのパス、ゴリラが透明な管だ〉」

リーシーが顔の険を深めた。屁理屈を捏ねるならこの女の得意とするところだが、屁理屈を論破するというこの逆の立ち位置からでは、なかなか本領を発揮しにくいようである。

だが、それがリーシーの力量不足とも一概にはいえない。いくら光が眩しいとはいえ、さすがに頭上間近まで下りてくれば気付くと考えるのが普通だ。相手の理屈は通常ならとてもまかり通らぬ言い分なのだ。

だがここでの本旨は疑いを確かめることではなく、疑いを晴らすことにある。その程度の反論ではおそらくシェンは潔白を認めまい。「普通は気付く」ということは、裏を返せば「気付かない場合もある」ということなのだから。これは犯罪の「事実」ではなく、「疑い」の立証――その仮説が成り立つ「可能性」を説得力のある根拠を以って示せれば、それで十分なのだ。

この論証と否定の構図は、まさに「奇蹟の証明」。

リーシーはしばらく沈思の表情を見せると、やがてぱんと扇を折り畳んだ。

「〈ですがやはり、普通は気付くと考えるでしょう……〉」

「〈どうした西王母（シーワンムー）。手詰まりか？　そんな反論では俺の仮説の可能性は潰せないぞ〉」

「〈主語を取り違えなく。私が今申したのは、犯人の心理についてです。今の仮説では自然光と人工光が混ざってますが、両者には決定的な違いがございます。それは自然光はコントロールできないという事実です。

　庭からの反射光は、雲などの加減により隠れる。ならば当然、座敷の南北に座る者たちが気付くかどうかは運任せになりましょう。一方で犯人は事前に砒素を準備し、天井板まで外しております。そんな用意周到に犯行に及んだ犯人が、そんな運否天賦（うんぷてんぷ）の勝負に身を任せるでしょうか？〉」

　リーシーは折り畳んだ扇子を振り上げ、それを短刀のごとくぴたりとエリオの喉元に突き付ける。

「〈否。この仮説、我ら聞く者だけでなく、犯人自身にとっても非常に実現性が疑わしい犯行方法なのです。こんな粗雑な方法では、当然犯人でさえも被害者たちが管に気付くと考える。それでも破れかぶれに犯行に及んだなど、猫が鶏（にわとり）の卵を産んだと聞くより笑止千万〉」

――なるほど、とフーリンは心中膝を打った。

誰が聞いても疑わしい犯行方法を逆手に取り、犯人の心理的な不可能性に話を持っていったか。確かに砒素まで準備し、天井裏に計画的に忍び込んで撮影の照明や金屏風の反射まで計算に入れていた犯人が、自然光の不確かさを当てにしていたとは思えない。これならシェンも納得するだろうし、こういった逆説的な反論はむしろシェン好みである。

だがエリオは、それを聞いてふっと笑った。

「〈八ツ星と同じく、しぶといな。貴女も〉」

――八ツ星と同じく？

エリオが手を振った。スポットライトが消え、舞台に薄暗さが戻る。イタリア男はしばらく右手で胸のペンダントをいじっていたが、やがて呟くように言った。

「〈毒を毒殺目的だけで使うのは、まだまだ素人――〉」

うむ？　とフーリンは目を細める。これは確か、つい先ほどもこの男が口にした……。

「〈真に毒に精通した者は、その性質を用途に応じて使い分ける。たとえばアトロピンだ。点眼剤、胃腸薬、麻酔前投与薬。事実、アトロピンの散瞳作用——つまり瞳を開かせる薬効を利用して、犯罪隠蔽を企てた事例もある——〉」

うむむ？　とフーリンはさらに眉根を寄せる。

何だ？　記憶違いか？　先ほどもほぼ同じ口上を聞いたような——。

そこではっと目を見開く。リーシーも同様に気付いたらしく、「あっ……」と壇上から小さく声があがった。

散瞳作用——。

「〈……瞳とは元来、目に入る光量を調節するためのもの。明るければ縮み、暗ければ広がる。だが薬物の散瞳作用によって瞳が開きっ放しになると、その調節機能が失われ、人は通常の光でも強い眩しさを感じて視界が利かなくなる。

車の免許を持つ者なら、眼科でこの手の注意を受けたこともあるだろう。この散瞳薬は疲れ目などで眼科で処方されるので、一般人でも普通に手に入る。そして俵屋家は全員花粉症で、当日は家政婦が持っていた同じ目薬を揃って利用していた。なら家政婦が偽って彼らにそれを使用させることは可能だし、また事後の処分も容易。

それを使っても無理そうな天候なら、犯行はひとまず諦めればよい。つまり家政婦は、十分確信を持って犯行に臨めたということだ〉」

リーシーが顔を凶猛に歪めた。

「〈ですが、その目薬を使ったのは俵屋家だけ――〉」

「〈花嫁の父と伯母はともに白内障を患っていた。病気の話をしたがるのは年寄りの通弊だから、そういったことを花嫁父から聞き出すのは容易だろう。また花嫁は挙式では綿帽子を被っていたため、視野は狭く顔もほぼ上げられなかったはずだ〉」

「〈――家政婦の通院歴を調べれば、散瞳薬を入手したかどうかなどすぐに――〉」

「〈一般人でも手に入るのだから、それが転売されたものを裏ルートから入手することも可能だろう。処方薬の転売はよく聞く話だ〉」

「〈――ならば、透明な管の入手と処分はどうやって？　それに天井裏に忍び込めば、必ずその痕跡が――〉」

「〈細いアクリル管ならホームセンターで買えるし、裁断して処分もできる。天井裏には直前の大座敷の照明工事ですでに業者が上っているから、その痕跡と区別つかない〉」

「〈――では犬……ビンニー様はなぜお亡くなりに？　家政婦にビンニー様まで殺す理由はございませぬ。また花嫁に罪を着せるなら、当然想定したのは『**奇数番殺害説**』。ならば花婿上妹のアミカも殺さねば――〉」

「〈その二つは表裏一体だ。家政婦はもちろんアミカも殺そうとして砒素を落としたが、それを上手く飲ませることが出来なかったのだ。男性陣と違いアミカはあまり顔を上げず盃を啜るように飲んだので、落とすタイミングや位置が計りづらかったというのもあるだろう。それで失敗して滝口部分に残った砒素を、あとからビンニー様が舐めてしまった。しかしビンニー様と御酌役が乱入した時点で、家政婦は『**犬故意乱入説**』で花嫁と御酌役に罪を着せることも可能だと気付いたので、犯行自体はそのまま続行された〉」

　そこでリーシーの追撃の手が止まった。持ち弾が尽きたようだ。女はちっと舌打ちすると、白扇で顔の下半分を覆い、さも憎らしげに相手の男を睨みつける。

　エリオはその視線を先ほどのライトと同じく、真正面から無表情に受け止めた。そして淡然と続ける。

「〈――まとめよう。我が臆見によれば、この事件は大胆かつ繊細な計算の上に成り立った、巧妙な毒殺事件である。

　事件の全貌(ぜんぼう)は以下の通り。まず犯人は家政婦。おそらく金銭絡みの動機で、挙式に乗じて被害者およびアミカの四名を殺害することを思い立つ。

家政婦は事前にどこからか砒素と散瞳薬、そして透明な長いアクリル管を調達する。そして挙式の前日、リハーサル後に天井裏に忍び込み、天井板の隙間を空けてアクリル管もそこに準備。翌日の犯行に備える。

そして挙式当日。家政婦はまず挙式が始まる前に、俵屋家の面々に『花粉症用』と称した散瞳薬入りの目薬を点させる。そして大座敷で挙式が始まると、こっそり場を離れて天井裏に侵入。機を見て隙間から管を下ろし、持っていた砒素で被害者三名およびビンニー様を殺害する。その後人々が混乱している間に天井板を戻し、管はひとまずその場に残して大座敷に復帰、事の次第を見守る。

そして事件後、家政婦は屋敷に一人残ったところで天井裏の管を回収、さらに花嫁の部屋に赴き、鞄を総当たりで解錠して小瓶の中身を自分の砒素と交換する。あとは翌朝の朝食買い出し時にそれらの証拠品——管、砒素、散瞳薬——を持って屋敷を出て、外のいずこかに一時保管、後日機を見て回収、処分する。以上が想定される犯行の具体的経緯である〉」

エリオが一歩前に進み出る。

「〈白昼堂々、テレビカメラや多数の目撃者の前で、直接標的の口中に毒を放り込み毒殺する——こんな大胆不敵な毒殺方法があろうか。しかしその犯行を実現するための布石は、実に細心かつ合理的。暗殺者は屋根裏に息を潜めて音を消し、光と薬を以って人々の目を晦まし、また無味無臭の砒素で標的の舌と鼻も封じる——婚礼の場ということで人々の身動きも限定されていただろう。

目、耳、鼻、舌、そして四肢の動き。その四感と四肢の自由を毒と作為を以って奪い去る様は、まさに——〉」

そこで横からシェンが口を挟む。

「〈人彘、だろう？〉」

エリオが少し気勢をそがれたように言い淀み、それから苦笑してシェンを見た。

「〈シェークスピアからいくつか引用するつもりでしたが、沈老大がそちらの比喩を好まれるなら、そちらで〉」

「〈人を暴戾の君主のように言うな。ビンニーを失い痛惜に堪えぬこの心が、我にこの世を恨ませ毒悪な雑言を吐かせるだけだ。

だが確かに、弔歌に書くならもう少し情緒があってもよい。ではエリオ、お前がこの仮説に麗しい題をつけよ〉」

シェンの命令を受け、エリオが一礼してしばし青い目を閉ざす。

「〈金屛風と訊いてここで思い出すのは、我が故郷であるヴェネチアのサン・マルコ大聖堂にある、《黄金の衝立》——〉」

やがて薄く瞼を開け、穏やかに微笑んだ。

「〈黄金の天井、黄金の壁。目も眩むような黄金色の奔流で至高の神の国を表象させたこの大聖堂には、その祭壇の背後に数多の宝石を埋め込んだ金色の《衝立》が聳え立っている。

規模と格式こそ違えど、眩い黄金の輝きに目を奪われるのはこの仮説も同じ。だから名付けるなら、これは――〉」

また顔と声から感情を消し、こちらに虚ろな目を向けて言う。

「《黄金の衝立の婚礼。あるいはその光の陰より忍び寄る、屋根裏の暗殺者――》」

*

無表情に煙管を吸うフーリンの胃に、ゆっくりと冷たいものが下りる。

この流れは――まずい。

このままでは、確実に家政婦が捕らえられる。そして尋問に掛けられ、真相を吐かされ――すべてが明るみに出るのはもう時間の問題である。

フーリンはちらりと探偵を見る。しかし青髪の男はじっと舞台の片側に佇んだまま、依然沈黙を続けている。――くそ！　なぜあの探偵は動かない――!?

「〈……ウエオロ〉」

すると同じく業を煮やしたのか、エリオが探偵に問いかけた。

「〈なぜ、黙っている？　この可能性は想定済みなんだろう。まさか否定を用意してないのか？　それともあるいは――〉」

エリオが空のグラスで探偵を指し示す。

「〈誰かを……庇っているのか？〉」

そこでフーリンははっとする。

そうか――そういうことか。

あくまで憶測だが、今のエリオの一言で探偵の沈黙の謎（なぞ）が解けた気がした。やはりさきほどの「探偵が真相に気付いていない」という自分の解釈は間違いで――おそらくこの探偵は、犯人が自分だと気付いている。そしてまたもちろん、このエリオの仮説への否定も用意してある。

だがその否定の証明をしてしまうと、この自分――フーリンが犯人だとばれてしまうので、その証明を口にすることを躊躇しているのではないか。

そして前の俵屋に関する質問は、やはり「真相に気付いている」ということの仄（ほの）めかし。これならすべて辻褄が合う。

反証のやり方次第では、この自分が犯人だとばれてしまうことは十分あり得る。そもそもこれまでの一連の仮説自体、自分が犯人だと明かせるなら反証は楽勝なのだ。「犯人はフーリン、なので他は犯人ではない」——それで反証終了。この自分の存在こそが、確固たる反証の物証。

だがもし探偵が自分を庇う気なら、当然そういった手は使えない。だから探偵は反証を躊躇している——あるいは、自分が犯人とばれない別の反証方法を考えている。そうであればこの長考も納得が行く。

つまり探偵の「奇蹟」宣言は、自分を庇うための「嘘」で——。

この探偵は、「味方」——。

「〈……どうしたウエオロ。図星か〉」

エリオがさらに焚きつける。

「〈違うなら違うと言ってみろ。もしかしてお前は本当は真相に気付いていて、それで犯人を庇っているんじゃないか。だとしたら女々しいな探偵。まるでロミオを庇うジュリエットだ。しかしいいのか。このままだと家政婦が死ぬぞ。お前は家政婦とその誰かの魂を天秤にかけるのか〉」

男は突如人が変わったように探偵を煽る。あるいはそれが地なのか。だがその甲斐あってか、ようやく探偵が反応を示した。顎から手を離し、左右色違いの目で夢から覚めたように相手を見る。

「〈……何の話だかよくわからないが……〉」

言いつつ、エリオのほうへゆっくり歩み寄る。

「〈言ったはずだ。この事件は『奇蹟』だと。そこに犯人などいない。今はただ、いくつかの証明の再検証をしていただけだ。このあとカヴァリエーレとの直接対決が控えているのでな〉」

探偵は舞台中央で足を止め、照明に胸のロザリオを光らせながら言う。

「〈では改めて言おう、エリオ。その可能性はすでに考えた。そしてそれは容易に否定できる〉」

*

い、い、い、い、い、
容易に否定できる——。
やはり、か。
この男、やはり仮説は想定済みで、その否定にも辿り着いていた。
しかしならばなぜ、それを口にしなかったのか——。
反証の内容もさることながら、一番の問題は、そこだ。
「——花嫁は」

と、探偵は日本語で切り出した。

「事件後病院で、自分の左の足袋が濡れていることに気付いた。その濡れは甲まで達し、そこからほんのり酒香もした。また濡れた部分はうっすらピンク色に染まり、薄くピンク色に染まった花びらが付着していた――」

ぴたりとシェンを見据えて言う。

「反証は、以上だ」

訪れる沈黙。フーリンは額に手をやり、しばし頭痛を堪えた。

「〈……端折り過ぎね。第一老大に日本語で話しかけてどうするね〉」

「〈ん？　シェンは日本語通じなかったか？　まあ確かに少々結論を急ぎすぎたか。すまない、順を追って説明しよう〉」

探偵は平然と中国語に切り替えて答える。

「〈まず花嫁の足袋が濡れていた理由だが、これは花嫁が救急車に乗る直前に履いた、ゴムサンダルが濡れていたからだと考えられる〉」

「〈――ゴムサンダル？〉」

とエリオが鸚鵡返しに訊き返す。

「〈そうだ。単に液体を軽く踏んだだけなら足の甲までは濡れないし、上から少し掛かった程度なら足の裏まで濡れない。また深い液溜まりを踏んだり派手に足に液体がかかったとすれば、さすがに当人が気付くだろう。

それに当日屋敷は綺麗に掃除されていたし、花嫁衣装の花嫁なら着物を汚さないよう十分注意して歩く。また花嫁道中では炎天下の中長時間牛に乗っていたから、道中で足が汚れることはないしそれ以前に濡れたのならもう乾いている。事件後は救急車で病院まで直行だし、病院のスリッパも濡れていない——以上を鑑みれば、濡れる機会は唯一、花嫁がゴムサンダルを履いたときしかない〉」

探偵は立て板に水で答える。

「〈ではなぜゴムサンダルは濡れていたか？　天気のいい夏場なら洗濯物も三時間あれば乾くから、濡れたとすれば花嫁が履く時間から逆算して午後二時以降。つまりそれ以降にサンダルを濡らした人物がいる。それは誰か？　アミカが酒器の準備で大座敷を出たのは花嫁道中開始直後の午後一時頃なので除外。花嫁到着時には俵屋家の女性三名が台所に迎えに出たが、そのときはテレビカメラも入っていたので強いて物は汚さないし汚れ物を放置もしない。挙式開始前はそれ以外に大座敷を出た者はおらず、また事件後に花嫁より先に台所に行ったのはアミカと双葉だけで、二人はそのとき酒器を仕舞う以外の行動はとっていない。

また屋敷の私物を遠慮なく使えるのはやはり俵屋家側の人間だろう。とすれば残るのは、屋敷の住人で、かつ挙式中に大座敷を気兼ねなく離れられる人物——家政婦だ〉」

エリオがふっと笑う。探偵が自分と似た台詞で返したことに、遊び心でも感じとったのだろう。

「〈では家政婦はいつどこで、サンダルを濡らしたのか？　まず酒香がすることから、当然酒に濡れたと考えられる。またもし汚れなどで洗ったならもっと日当たりのいい場所に干すだろうし、勝手口に花嫁が履ける形で放置されていたことから、家政婦は直前までそれを履きそこで脱いだと推測される。

そしてもし履いたサンダルが酒に濡れるとすれば、上から酒が掛かるか、酒の溜まりにでも足を踏み入れるかのどちらか。だが単に上から掛かったとすれば、甲の内側までは濡れない。サンダルは花嫁の足の甲まで濡れが移るほど内側まで濡れていたので、必然家政婦はどこかの酒の溜まりに足を踏み入れた、ということになる。

しかし季節は夏。そんな溜まりがあればすぐ乾くし、アルコールは小虫を引き寄せるので街路にそこまで放置されない。ゆえに家政婦が街中でサンダルを濡らしたとは考えにくいが、一方で、人里離れた場所であれば候補となる場所が一ヵ所だけある
――そう、『カズミ様』の祠だ〉」

探偵がぴんと、生乾きで額に張り付く前髪を指で払う。

「〈『カズミ様』の祠には、手前の岩床を刳り抜いただけの簡素な水鉢がある。そこに

はカズミ様の好物の酒がよく注がれるという。通常の墓地では衛生上あまりこのような真似はできず、また家政婦が土足で踏み入れるとも思えないので、候補はやはりここだ〉」

「〈しかし――〉」

と、エリオがすかさず異論を挟む。

「〈色についてはどう説明する。花嫁の足袋に付着していた花びらの色だ。『カズミ様』の祠周辺の夾竹桃は確か鮮明な赤色、花嫁の足にあったのは薄いピンクだ。色が合わないが〉」

「〈別に不思議はない。酒で脱色されたとすれば〉」

探偵が動じず切り返す。

「〈アルコールで花を脱色するのはよく使う手だ。そしてその色は酒に移り、花嫁の足袋をピンクに染め上げた。逆に屋敷周りの純白の夾竹桃ではこうはいかない。それにこの町で赤い夾竹桃が咲くのは、この『カズミ様』の祠周辺だけ。つまり足袋と花びらがピンク色だった事実もまた、家政婦が『カズミ様』の水鉢の酒を踏んだことを補強する証拠となり得る。

……いいかエリオ？　では続けるぞ。場所はこれで特定できた。では時間はどうか？　アミカの証言では、家政婦は祠まで最速でも往復三十分かかる。また前述の通り、挙式開始前に大座敷を出た者はアミカたち以外いないので、家政婦が外出したとすれば挙式開始後。挙式開始時間は花嫁が大座敷に来た一六時〇八分だが、ただし家政婦は双葉が回し飲みの準備をする直前、つまり一六時三〇分直前にもテレビの映像に映っている。これでは開始直後に屋敷を出ても往復で帰ってこられないので、家政婦はこの一六時三〇分の時点ではまだ屋敷を出ていなかったことになる。

　また一方で、救急車の到着は一七時〇一分。花嫁が救急車に乗るためにサンダルを履いたのはこの頃なので、家政婦はすでにこの時点で祠に行き屋敷に戻っていなければならない。一六時三〇分から一七時〇一分までの間に、往復三十分かけて外出する——となると、もはや家政婦の行動は一つに定まる。つまり家政婦は一六時三〇分前後に屋敷を外出し、カズミ様の祠の水鉢を踏んで、一七時〇一分前後に戻ってきたのだ。

　とすれば、エリオ。回し飲みの時間帯、家政婦は屋敷に不在だったことになる。つまり家政婦にこの天井に忍び込む犯行は不可能。よってエリオ、君の仮説は成り立たない〉」

　そこで唐突に言葉が止む。まるで爆音のあとに一切耳が聞こえなくなったような、キーンとした静けさがフーリンの鼓膜をしばらく襲った。

　やがてくしゃん、と、双葉少女のものらしきくしゃみが、どこか日本のししおどしのように余韻をもって響く。

エリオが力の籠もらぬ声で、それでも意地を張るように反論した。

「〈ならなぜ家政婦は、わざわざそんな外出をした……〉」

「〈理由はいろいろ考えられるが……たとえば正造氏か広翔氏に頼まれていた買い物を、彼女が忘れていたとしたらどうだ。それで叱責を恐れ、挙式が終わる前に買って戻ってこようとした。山向こうの町に買い出しに行くなら祠の山道を通るだろう。ただその途中、携帯端末のワンセグか何かで事件が起きたことを知り、慌てて駆け戻ってきたのだ〉」

「〈それは証明できるのか？〉」

「〈外出の動機はともかく、外出した事実はすでに証明した。君の反論を否定するにはそれで十分だ〉」

「〈だがその事実の証明にも、まだ不合理な点がある。なぜ家政婦がわざわざ祠の水鉢を踏む？　確か祠は、道から少し奥まった路肩の上に立っていたはず。あえて自分から踏もうとしない限り、そんなものは踏まないと思うが〉」

「〈なぜなら、家政婦は急いでいたからだ〉」

「〈急いでいた？　だったらなおのことそんな寄り道は――〉」

「〈寄り道ではない〉」

すると探偵が、急に舞台袖に向かった。

おそらくシェンが弔歌を書くために用意していたのだろう、太筆と墨壺(すみつぼ)、それと自分の身(み)の丈(たけ)ほどもある大判の画仙紙を、その奥から持ち出してくる。

それを床に敷き、身体を大きく動かして何かの線を引いた。そしてその紙を片手で持ち、高く掲げる。

【S字カーブと祠】

「〈最短距離だ。祠はS字カーブの内側に建っていた。ならばカーブの最短距離を取って内径ギリギリを走ろうとすれば、自然と水鉢は進路上に来る。踏んでも何ら不自然ではない〉」

また静寂。エリオが瞠目(どうもく)したまま言葉を失っているのは、はたして探偵の解答の切れに感服したためか、あるいはたったそれしきのことを言うために、わざわざ筆と墨まで持ち出してきた相手の酔狂さに呆れたのか。

ばさっ、ばさっと、探偵が紙を何度か旗のように振るう。それから無造作に床に放り投げた。するとと背後から八ツ星がそそくさと駆け寄り、紙をささっと回収する。

探偵は筆と墨壺も八ツ星に手渡し、それからまたエリオを向いた。

「〈以上……何か反論は？〉」

エリオは答えない。片手で胸のペンダントを握ったたましばらく直立し、そして無言で顔を逸らした。

黙止。すなわち、投了――。

勝負、あり。

思わずふうと、フーリンの全身から力が抜けた。

退屈を持て余すふりをして手足を軽くさすり、緊張で固まった筋肉をほぐす。これでまた命拾いした。何とも心臓に悪い創作推理品評会である。が、現役引退後久しく感じてなかったこの緊張感に、若干の懐かしさを覚えなくもない。

だが――。

わからない。

これなら普通の反証ではないか。この反証の中には、自分の関与を示唆するようなヒントは一切ない。強いていえば家政婦が実行犯という点がヒントだが、それはエリオ側の仮説で出て来たもの。花嫁の濡れた足袋だのサンダルだのはまったく自分には関係ない。そこから自分に辿り着くのは不可能だ。

なぜだ。なぜこれだけの反証に、この男はあんな躊躇を――？

すると。

「〈小ヤオよ〉」

シェンがグラスを傾けながら言った。

「〈お前いったい……酒器に何の細工をした？〉」

第十三章

心臓が凍った。

何……を？

不意打ち。闇夜の凶刃にも等しき。シェンの言う「酒器」が、今あの女が摑み持つワインのデキャンタではないことは明らかだ。ここでの酒器とは無論、婚礼に用いたあの銚子のこと。そして確かに自分はそれにある仕掛けをした。だが——。

なぜ、バレた？

「〈……いったい何を、仰せでしょうか？〉」

表面上、フーリンは顔色一つ変えずに答えた。だが持っていた酒の表面にさざなみが立つのを見て、さりげなくグラスを煙管に持ち替える。——くそ、落ち着け！　まだ鎌をかけているだけだ！

シェンは膝に置いた中国琵琶を立てて持ちながら、ふうと長い息を吐く。

「〈いい加減疲れるな、この手の腹の探り合いは。だがお前とは長年のよしみだ。付き合おう。

　まず最初に疑念が生じたのは、お前があの小僧に向かって不用意に発した一言だった〉」

　フーリンは必死に記憶を遡る。不用意に発した……一言？

「〈お前は言った。リーシーの仮説に追い込まれた小僧を見て、日本語で『もうお前も覚悟を決めて――』と。この日本語の『も』は中国語で『也』、並列を意味する語だ。つまり小僧以外にも誰か『覚悟を決めた』者がいたわけだ。

　初めは他の拉致した日本人どものことを指すのかと思ったが、よくよく考えるとあの者らは中国語を解さず、自分らが拉致された理由もまだよくわかっておらん。覚悟を決める余地もないわけだ。それには小ヤオ、お前も気付いていたはず。ならばこの文脈で、小僧以外に誰が覚悟を決めるのか――〉」

　フーリンは口を半開きにした。

「〈老大は確か……日本語が、わからぬと〉」

　シェンがさもおかしそうに笑った。

「〈ああ。リーシーに通訳を頼んだときのことか。我は下郎の言葉はわからぬといっただけで、別に日本語を解さぬとは言ってないぞ。あのときは単に会話が聞き取りにくかっただけだ。お前の声は聞きやすいし、無論お前を『下郎』などとも思っておらん〉」

やら――れた。

あれは偽装か。そんなものはただの老人性難聴ではないか――！

「〈まあそう気を損ねるな、小ヤオ。隠していたのは悪かったが、言葉がわからぬふりをすると皆面白いように本音を吐くものでな。護身の知恵だ……ただ安心しろ。さすがにお前たちの『押話』までは我にも読めん。あれは上手いこと考えたな〉」

沈――雯絹。

巷で「呂娥姁」と揶揄される、稀代の悪女。

呂娥姁とは先の「人豚」の話でも出た、漢の劉邦の正妻、呂后のこと。呂后は劉邦の死後、自分の息子の帝位を脅かす者を次々と抹殺する。それが邪魔者を謀略でなりふり構わず排斥し、今の地位まで成り上がったこの女の所業に通じるため、陰でそう呼ばれるようになったのだ。

こと腹の探り合いや騙し合いにおいて、この女に敵うはずもない――。

「〈ではお前はいったい何の覚悟を決めたのか。前後の挙動を見れば、それが少女への拷責であることは明白。ただ当初はそれも、お前が単に仏心を起こしただけかと思った。お前は性根は情深い女、組織を抜けた今そのような蛮行を避けたがる気持ちはわからぬでもない。

しかしそれでも腑に落ちぬのは、今のエリオの仮説を聞いたあとのお前の態度よ。小ヤオ、お前……なぜリーシーの反論を、止めなかった？〉」

そこでシェンが椅子を動かしてこちらを向いた。膝に置いた例の中国琵琶の弦を、べん、と付け爪で軽く弾く。

「〈少女と同様、家政婦までも庇う気だったか？　ずいぶんと博愛主義に目覚めたものだな小ヤオ。だが否。お前はそこまで情を安売りする女でもない。

なぜならお前は最初に少女の拷問を断るとき、『代わりに別の人間を』と申し出ているからだ。つまりお前にとって、少女以外の人間が拷責にかかるならむしろ都合が良かったことになる。リーシーが依然お前の虜なのは厠に行くときのやり取りを見れば一目瞭然だから、お前が止める気ならいくらでも止められただろう。しかしお前はリーシーの行動に口を出さず、ただ看過した。なぜか――？〉」

べべん、と琵琶による合いの手。

「〈リーシーが反論に出たこと自体は特に不自然ではない。気まぐれで直情的なあの娘なら、エリオへの対抗心からつい反対に回ってしまうことは有り得る。だがこの場合、お前がそれを止めないことが不自然。ではこの不自然さはどう解釈すべきか？単なる慈悲心で庇ったのではないとすれば、この二人に何か庇う理由となる共通項があるはず。真っ先に思いつくのはともに女であることだが、それを言うなら俵屋家の生き残りも全員女。では少女と家政婦、性別以外に共通することは何か――〉」

シェンが弦に爪をひっかける。

「〈そこで気付いた。この二人――共に酒器を触っていると〉」

べーん……と琵琶が間延びした音を響かせる。

「〈少女と中年女。一見何の関係もなさそうな二人だが、しかしだからこそ、その唯一の共通項が際立つ。よもや酒器に何か秘密が？　そしてそう一遍疑いを持つと、これも性分か、これまで気にも留めなかった些細な事柄まで疑わしくなってくるのだ。そういえば小ヤオがあの婚礼の場に居合わせたのは、ただの偶然か？　あの少女とはどういう縁で知り合った？　この出不精(でぶしょう)な女があんな片田舎(かたいなか)まで行って、かつ大して面白みもない他人の婚礼を炎天下にわざわざ見物した本当の理由は――？〉」

シェンが言葉を切る。しばらく琵琶の音の余韻に浸(ひた)るように目を閉じたあと、薄目を開けて言った。

「〈ぬかったな小ヤオ。お前はあのとき、形だけでもリーシーを止めるべきだった〉」

フーリンの耳奥で、シェンの言葉と琵琶の残響が耳鳴りのごとく続いた。

「〈お……〉」

フーリンは生唾(なまつば)を飲み込み、喉から声を絞り出す。

「〈恐れながら沈老大。いくらなんでもその御説、あまりに無体な言い掛かりかと

「〈かもな。まあよい。すべてはその少女と家政婦を詰問すれば判明する。まずはその娘を拷じて吐かせる。リーシー……始めよ〉」

リーシーが困惑の目をこちらに向けた。馬鹿、見るな――フーリンは視線を逸らして心中毒づき、同時に己の不手際を悔やむ。

――確かにぬかった。まさか反証の内容ではなく、反証という行為そのものから自分の関与を見抜かれようとは。

しかもまんまとシェンの擬態に騙され、不用意な失言までしてしまった。典型的な自滅の手口ではないか。せめて容疑者たちに中国語がわかれば――いや、せめて自分がリーシーを少しでも止める素振りを見せていれば、まだ言い逃れのしようもあったものを。

もしかするとこれか。これが探偵が反論を待った理由か。まずあの探偵は、この自分の失言やシェンの態度から疑惑がこの自分に向けられていると気付き――そしてわざと俵屋の話を持ち出すことで、シェンの疑いがこの自分に向いている可能性を暗に匂わせ――そして反論を待つことで、その疑惑を払拭（ふっしょく）するチャンスをこの自分に与え――しかしエリオに「誰かを庇っている」と指摘され、それ以上待てないと判断し反証に踏み切った――。

「〈待て。シェン〉」

するとそこで、探偵が制止の声を上げた。

フーリンは力なく顔を上げる。まさか——否定するのか。ここからまだ否定できるのか。

だが残念ながら私の犯行は事実だ。もしかしたらお前は私と俵屋の関係を知らないふりをすることで私を庇おうとしたのかもしれないが、それは取りも直さず、お前が、真相に気付いていたという証拠。つまりお前の奇蹟宣言は「嘘」。その上でそれを否定するなら、つまり事実を否定するというなら、お前はこれから——。

嘘の——証明を。

探偵が舞台の張り出し部分まで、歩み出た。

そこから色違いの瞳で自分を見つめる。フーリンの体に未経験の震えが走った。やめろ。そこまでお前に借りを作りたくない。その行為が何を意味するかわかっているのか。お前が嘘の証明をするということは、それができるということは、他でもないお前自身が、その証明には何の真実もないと自ら認めるということだ。嘘でも事実でも証明可能なら、そんな証明に何の価値も無い。それはお前がこれまで必死に積み上げた「奇蹟の証明」のすべてをドブに捨てることを意味する。そんなもので救われたら私は——この私は——。

探偵がおもむろに、その口を開く。

「〈フーリン〉」

やめろ——。

「〈今の話は……本当か？〉」

——甚麼（シェンマ）（何）？

＊

……何だって？

シェンではないが、一瞬自分の難聴を疑った。聞き違い……いや、幻聴か？　この男……今何と？

「〈本当に君がやったのか？　あの事件を？　にわかには信じがたいが、そうか……。やはり君は、あの俵屋と面識があったんだな……〉」

違う。幻聴でもない。普通に意味を為す台詞が鼓膜に届いている。いや――しかし、本当に意味が通じているのか？　自分の解釈が間違ってないか？　けれどもし自分の理解が正しく、なおかつ探偵の発言に裏は無く文字通りのことを述べているのだとしたら――。

まさか――。

まさかこの男――。

本当に私が、犯人だと気付いていなかった？

いいいいいい、

「〈老仏爺！　お逃げを！〉」

リーシーが叫び、舞台からこちらに向かって跳躍してきた。

自分の足元に着地すると同時に、太腿のホルダーから拳銃を抜き出す。だがそれを構えた瞬間、何かの物体がリーシーの手から得物を弾き飛ばした。中国琵琶。シェンが投げたのだ。

直後にシェンの手下たちに取り囲まれ、数十の銃口が突き付けられる。リーシーがぱっと白扇を広げるが、フーリンはその手首を横から摑んだ。

「〈老仏爺……〉」

リーシーが非難とも哀願ともつかない目を向ける。

人垣を割り、シェンがこちらへやってきた。

「〈リーシー。我はお前の功績を高く評価している。今我に銃口を向けたことは不問にしてやるから、選べ。我を謀って罪逃れしようとしたこの女を、お前が嬲るか。あるいはこの女とともに、お前も嬲られるか〉」

ここまで――か。

捕縛に来た手下に乱暴に床に組み伏せられながら、フーリンはつい笑いをこぼす。なるほど――これが結末か。よもや犬の葬儀の出し物としてこの身を終えようとは。さんざん人の死を玩弄してきた自分だが、そんな極悪人が迎える死に様としては、なんとも絶妙な落ちがついたではないか。

目に布が、口に縄が迫る。縄は自殺防止用の轡だ。最後にふと、喋れるうちにあの青髪の男に怨み言の一つでも言ってやろうかと顔を上げたが、すぐに思い直した。いや――いい。あの男に何も怨みはない。もとよりこちらが期待をかけるのが筋違いというもの。

そもそもあの男とは、単に金の貸し借りだけの関係にすぎない。柄にもなく先走った思考をしてしまった自分のほうこそ、どこか間が抜けていたのだ。むしろ怨み言を言われるとすればこちらだろう。何を証明の邪魔をしてくれるのかと。

すまんな、ウエオロ。今回は私がお前の奇蹟を否定した。代わりに貴様の借金を帳消しにしてやるから、それで勘弁しろ――。

「〈……何をやっている、沈老大？〉」

するとそこで、舞台上から探偵が口を挟んだ。

「〈ずいぶん騒々しいな。香港映画の殺陣の練習か？　だったら僕も二丁拳銃で参加させろ――だがその前に、今とっかかり中の証明を先に片付けさせてもらいたい。では話を戻すぞ沈老大。今そちらが言った、当の仮説についてだが――〉」

探偵が上からシェンを見下ろす。胸に下げた銀のロザリオが、きらりと輝光を放つ。

「〈その可能性は、すでに考えた〉」

＊

――――――？？？

もはや混乱のあまり、呼吸さえままならない。

どういう――ことだ？

今この男は明らかに、この自分が犯人であるという「可能性」は考えていなかったはず。ついさっき事件がこの自分の犯行と知って、驚きを見せたばかりではないか。

なのに考えた？　なぜ？　どういう――。

するとけらけらと、陽気な笑い声が聞こえた。

「〈どうしたフーリン。ずいぶん可愛い驚き方をしているな。初めて鏡を見たコーギー犬のようだぞ。その驚き顔を見るだけでも、五百万かけて海を渡ってきた甲斐があった――〉」

探偵が指でカメラの枠を作り、また笑う。

「〈だが安心しろ。言っただろう、これは『奇蹟』だと。そこに人為が介在する余地はない。ではまず、君が行ったというトリックの説明から――〉」

＊

探偵は舞台の中央まで歩を進めると、そこで客席を振り返って一挙に喋り出した。

「〈フーリン。ズバリ言おう。君が用いたトリックの肝は、男女の盃の飲み方の違いだ。

この事件、死亡者と生存者で明確な線引きがある。それは死亡者が全員男性だったという点だ。

そこであの場の男女の挙措の差に注目すれば、自ずと気付く。その飲み方に違いがあったことに。男は男っぷりをアピールするため豪快に盃を傾け、女は女らしく上品に、かつ高価な着物を汚さないよう、あまり盃を傾けず上から啜るように飲んだ――これは正造氏が挙式を企画する当初より指示していたことであり、君はこの差を利用することを思いついたのだ。

では、どうやって利用したのか？

答えは、酒を上下二層に分けて。

一般にアルコールは水より比重が軽い。辛口の日本酒も水より軽く、また水に何かを溶かせばその溶液の比重はさらに重くなる。だから砒素を溶かした水をまず注ぎ、上から静かに酒を注げば、上は酒、下は毒水の二層の盃ができ上がる。これはカクテルなどでもよく使う手法だ。

このように盃を二層に分けておけば、上から啜る女性陣はまず毒を飲まない。男性陣も必ず致死量を飲むとは限らないが、多少の仕損じは許容していたとすれば問題ないだろう。また回し飲みの最中は盃は慎重に扱われるので、二層もそう簡単には混ざらない。

問題は、どうやってこの二層を盃に作るか、だが――酒は御酌役の少女が皆の目の前で銚子から盃に注ぐので、盃に事前の仕込みはできない。ただし酒は盃の傾斜を伝ってゆっくり注がれる。だから最初に毒水、後から酒が出るような仕掛けをあらかじめ銚子のほうに組み込んでおけば、ただその銚子から静かに注ぐだけで、この二層は自然とでき上がることになる。

ではそのような仕掛けを作ることは、はたして可能か？　答えは――可能だ〉」

そこで探偵は八ツ星に目で合図を送り、また筆と紙を持ってこさせた。そして手早く何かの図を書きつける。

「〈たとえばこのような三層構造だ。酒器の内部を三つに分け、注ぎ口側から一番目の層に毒水、三番目の層に酒を入れる。二番目の層は空(から)だ。

この状態で酒を注ぐとする。するとまず注ぎ口からは一番外側の毒水が流れ、三番目の酒は二番目の空の層に移る。そして一番目の毒水が尽きる頃、今度は二番目の層が満杯になり、今度はそこから注ぎ口に酒が流れる。

実際は傾斜などで調整が必要だが、原理はそういうことだ。ただこのとき一つ問題は、毒から酒に切り替わるとき、流れが不自然に途切れる可能性があること。だがその場合も、少女が緊張して注ぎ方がぎこちなくなった、という見方を周囲の人間はするだろう〉」

探偵がまたばさっと紙を振って墨を乾かし、今度はそれを宙に放り投げた。画仙紙は白鷺(しらさぎ)のように優雅に空中を舞い、ふわりとシェンの頭上目がけて下降する。シェン

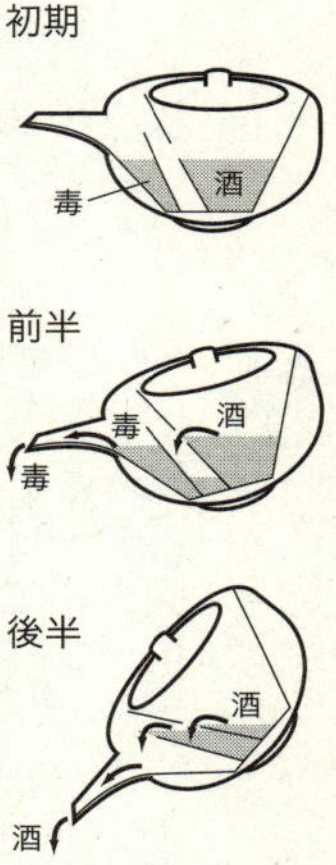

【酒器の仕掛け（イメージ）】

は直前でそれを乱暴に掴み取り、無言で墨絵を睨んだ。

「〈――だが、そんな複雑な仕掛けをどうやってあの銚子に仕込む？〉」

「〈方法自体はシンプルだ。まず、この三層の容器自体を別に先に作る。この国宝級の酒器はホームページに細かい寸法のデータがあるし、今は３Ｄプリンタでも使えば複雑な形状も作れる。その容器の内側を銚子と同じ色にして蓋の口から嵌め込める形や素材にすれば、簡単に着脱式のものが作れるだろう。

そしてそれを銚子に仕込む。仕込むタイミングは前日のリハーサル後、家政婦が銚子を片付けたときだ。なおこのとき、一番外側には砒素入りの毒水をすでに入れておく。ちなみにこの砒素は後にすり替えるので、この段階で花嫁の砒素を盗んでおく必要はない。

その銚子は翌日上の妹が取り出すことになるが、上の妹は前日酒器は運んでいないので重さの違いはわからないし、国宝級の品なら盆に載せて慎重に運ぶだろうから、中の仕掛けにもまず気付かれない。

あとは回し飲みが終わってから中の仕掛けを回収し、花嫁の砒素の小瓶の中身を事件で使用したものとすり替えればいい。

以上がフーリン、君が家政婦に行わせたトリックだ〉」

最後は視線をこちらに合わせて言う。フーリンはぐっと声を詰まらせた。すべては

——その通り。まるでこちらの計画を盗み聞きしたかのような見事な言い当てぶりである。

事の始まりは、例のダミー投資会社だった。

俵屋が前社長をそそのかし、会社の金に手を付けさせた上、詐欺めいた投資話で自分の会社に大損を出させたのだ。

つまり探偵の忠告通りである。しかも今回の被害者三名——俵屋正造と息子の広翔、および正造の詐欺仲間の和田一平(いっぺい)——は会社のマネーロンダリングのことまで知っており、三人の処分は不可避だった。なおシェンに俵屋のことまで伝えなかったのは、あまり詳細を話して恥の上塗りをしたくなかったため。話すにしても自分の手で始末をつけてからにしたかった。

最初はもっと地味に殺すつもりだったが、懐柔した家政婦から花嫁の結婚と砒素の話を聞き、急に遊び心が湧いた。ちなみにこのトリックの着想を得たのは、あの「鉱滓(こうさい)ダム」から。ダムの構造から「銚子のダム式三層構造」を、汚い油膜の浮く水面から「盃の二層構造」をそれぞれ思いついたのだ。

多少殺し損ねてもまた別の機会を狙えばいいので、あまり確実性に拘(こだわ)らなかったのは探偵の指摘通り。また花嫁の砒素を使ったように見せたのは、一旦花嫁の仕業と見せかけ、警察がそちらに気を取られている隙に家政婦を高飛びさせる予定だったたから。最終的には「金品を持ち逃げして失踪した家政婦の自宅から、今回の犯行計画のメモと酒器の細工の小道具が見つかる」という形で、事件の幕を下ろすつもりだった。

犬の乱入だけは予定外だったが、その後に花嫁の父が酒を全部飲んでくれたのは助かった。あれがなければ犬の舌でかき混ぜられた酒を飲んで花嫁伯母も死に、このトリックももっと露見しやすくなっていただろう。なおおそらく犬の死因は、そのとき下の層まで舐めたせい。

自分がこんなトリックを思いついたこと自体にまず驚きだが、これもあの青髪の隣でさんざんこの手の話を聞かされ続けた影響かもしれない。

ふと気付くと、探偵がじっと自分を見ていた。

「——何ね？」

「いや……」

探偵がふっと微笑み目を伏せる。

「しかし君も少しずつ変わっているな、フーリン。昔の君ならこんな面倒な手は使わず、単純に酒に毒を入れてあの場の者たちを全員無差別に殺していただろう。僕がこれを君の仕業と思わなかったのもそのせいだ。いや、正確には俵屋と君の会社の関係を知ったとき一瞬考えたんだが、こんなやり方は君らしくないと思い、つい思考から除外してしまった……」

な、とフーリンの顔が少し紅潮する。何をこの男は、自分を知った風な口を――。

するとそこでリーシーが、扇を口に当てつつ、すすっと探偵の正面に回り込んだ。

さらりと髪を肩から滑らせ、くいっと小首を傾げる。

「〈ですが先生。それではまさに、老仏爺の犯行が可能だったと示されてしまいますが……〉」

探偵は笑ってかぶりを振った。

「〈いや、リーシー。案ずるには及ばない。なぜならそのトリックは、失敗したのだから〉」

＊

「〈では次にそれを示そう〉」

何度目かの目を瞠るフーリンの前で、探偵は粛々と証明を続ける。

「〈まず論拠だが、家政婦は挙式の最中に『カズミ様』の祠まで出かけている。これは前回の否定で証明した通りだ。ではなぜ彼女は外出したのか――？〉」

リーシーが目をぱちくりとさせる。

「〈確か、買い物という話では？〉」

「〈それはあくまで彼女が実行犯でない場合だ。もし彼女が実行犯なら話は変わる。なぜならこの仮説では、彼女は回し飲み終了後、速やかに銚子の仕掛けを回収する必要があるからだ。

もし事件後に不信を抱いた誰かが銚子を調べれば、仕掛けは一発でばれる。だからこの犯行を成功させるには、家政婦は確実に仕掛けを回収しなければならない。事件後のどさくさに紛れればこの回収は難しくないかもしれないが、リスクは少なからず伴う。なぜなら回収より先に誰かが酒器を片付けてしまうかもしれないからだ。

では翻って、今回の事件ではどうか。はたして家政婦は、仕掛けを回収できたのか〉」

そこで探偵が、近くで床の墨の汚れを丁寧にふき取っていた八ツ星を捕まえ、その背中の鞄からノートを一冊抜き取った。

「借りるぞ。聯」

そしてパラパラとノートをめくり、とあるページに筆でさらさらと何やら書き込む。そして舞台上からそれをこちらに向けてかざした。当然字が小さくて読めない。

するとリーシーが気を利かせて探偵の手からノートを受け取り、こちらに運んできた。**【表・家政婦の出入り参照】**

【家政婦の出入り】

婚礼の儀の詳細	
16：05	瀬那が台所に入る（アミカ、キヌア〈花婿下妹〉、紀紗子〈花婿母〉が揃って出迎え）
16：08	瀬那が大座敷に入る（その前に「月の間」で一平と時子〈花嫁伯母〉と合流）
〜	仲人や両家の挨拶、婚礼品の交換等
16：30	双葉（御酌役）が酒器を小間から出し、皆の前で銚子から盃に酒を注ぐ
	↑ 家政婦が屋敷を出る
16：33	広翔が盃を飲み終える
16：35	正造が盃を飲み終える
16：38	犬乱入
16：39	一平が盃を飲み干す
16：41	双葉が酒器を小間に一旦下げる
16：42	謡と踊りが始まる
16：45	正造、広翔、一平が順に倒れる（最初に広翔が飲んでから12分経過）
〜	救急車が呼ばれ、部外者が屋敷から出される（被害者は翠生が一人で介抱）
16：50	アミカが双葉とともに酒器を納戸に仕舞う
17：01	救急車到着（通報から15分。橋が壊れていたため遅れる）
	↑ 家政婦が屋敷に戻る

「あっ、」

リーシーとともにちょこちょこついてきた八ツ星が、フーリンの脇からノートを覗き込み奇声を上げる。

「〈間に合って――ない！〉」

「〈そうだ聯。家政婦が屋敷に戻ったのは一七時〇一分頃。しかしその前の一六時五〇分には、すでにアミカが酒器を納戸に仕舞ってしまっている。つまり家政婦は仕掛けの回収に成功していない。にもかかわらず、アミカたちが酒器を洗ったときは特に妙な仕掛けは発見されなかった。なぜか――？〉」

フーリンの間近で、八ツ星のごくりと唾を飲む音がする。

「〈つまり……もとから仕掛けに、

成功していない……？〉」

「〈その通り。逆に言えば、家政婦は仕掛けに失敗したからこそ、この時間帯に外出していたのだ。

　なのでこの外出の理由は、家政婦が犯人でない場合と同じく、単純に買い物か何かだった……とみることもできる。しかしこの場合、家政婦がS字カーブの最短距離を全力疾走するほど急いだ理由として、もう少し適切な説明ができないだろうか？

　そこでだ。ここから先はただの憶測の話だが、仮にこれが家政婦の主体的な犯行ではなく、従属的な犯行――つまり家政婦は誰かから指示を受ける立場だった、と仮定してみる。そしてさらに犯行に失敗した場合、ペナルティを科せられるような状況だったとも仮定しよう。とすると、たとえば次のような解釈は得られないか？　つまり犯行に失敗した家政婦は、指示者からのペナルティを恐れ、まずは高跳びしようと屋敷を逃げ出す。しかし途中で事件と被害者三名の死を知り、これはごまかせるのではないかと思い直し、慌てて引き返す――どうだフーリン。この僕の読みは？〉」

　探偵が問う目を向ける。フーリンは否定しないことで肯定を示した。確かに失敗した際のペナルティは提示した――それは懲罰的な意味合いもあるし、口封じ的な意味合いもある。下手に甘いところを見せて警察に駆け込まれたら困るのはこちらだ。

　探偵は続ける。

「〈以上の推測をまとめると、当日の家政婦の行動の経緯はこうなる。

まず黒幕をXとする。このXは俵屋家の内情を調べて家政婦を懐柔し、彼女に今回の犯行を依頼する。

家政婦は指示に従い準備を進めるが、前日の段階で、予定していた仕掛けの仕込みに失敗してしまう。たとえば正造氏のちょっかいなどでその目を盗めなかったことも十分あり得る。家政婦は翌日のチャンスにかけるが、しかしやはり仕込む隙は見つけられず、そのまま回し飲みの時間まで来てしまう。こうなるともう完全に犯行は失敗なので、家政婦は黒幕のペナルティを恐れ、いっそ高跳びしようと半ば破れかぶれで屋敷を飛び出す。

家政婦は自分の不在がばれていないか確認するため、携帯のワンセグで挙式の進捗を確認しつつ、山道を走って山向こうの駅に向かう。わざわざ山道から遠くの駅を目指したのは、もちろん人目を避けて逃走経路の足がつかないようにするためだ。

その途中、『カズミ様』の水鉢を踏む。携帯を見ながら走ったなら、さもありなん。そしてその後に事件が起こり、彼女は被害者三名の訃報を知る。彼女は混乱しながらも、とにかくこれでごまかせるのではと考え、慌てて来た道を引き返し屋敷に戻る。

なお本来の計画ではこの後、家政婦は自分が用意した砒素と花嫁の砒素をすり替える手筈になっていた。が、実際事件に自分の用意した砒素が使われていない以上、すり替えることに意味はない。おそらくそう気付いた彼女は、すり替えは止め用意した砒素は後でこっそり処分することにしただろう。

今言った家政婦の行動については、あくまで憶測を重ねたうえでの一ストーリーだ。だが『家政婦が仕掛けの仕込みに失敗した』というところまでは、事実から積み上げた論拠。つまり背景はどうあれ、このトリックは成立しては――〉」

「〈待て、ウエオロ！〉」

そこでフーリンは、声を高く張り上げた。

椅子を蹴立てて立ち上がる。つかつかと舞台に詰め寄った。舞台下から壇上の探偵を見上げ、挑戦的に睨んだ。

「〈本気か？　本気でお前は、この私が犯人でないと言うのか!?〉」

探偵が色違いの目でじっと見下ろす。

「〈ああ、本気だ。君はおそらく共犯者から嘘の成功報告を受けた。君はこの殺人未遂事件の首謀者ではあるが、殺人の真犯人ではない。真の殺人犯は『カズミ様』だ〉」

「〈馬鹿な！　信じられるか……！　そんな世迷い言……！〉」

「〈シェン〉」

そこで探偵は、ぼんやりと思惟に耽る顔つきの女頭領のほうを向く。

「〈家政婦の足取りは、つかめたか？〉」

　シェンが目を上げる。手下を一人呼び寄せて何事か囁いた。手下はイヤホンマイクでどこかに確認し、シェンに言葉を返す。女頭領はしばらく押し黙った。

「〈……失踪したそうだ〉」

　フーリンは身を翻すと、靴音を立て早足で自分のハンドバッグを置いた場所へ向かう。

　バッグの中身をテーブルにぶちまけ、中から衛星携帯電話を掴み出した。ある番号を探して発信すると、数秒の間を置き「その番号は現在使われておりません」との音声ガイダンスが流れた。

「……哈哈」


　思わず、笑いが漏れた。

　黒幕をXとする……だと？

　背景はどうあれ……だと？

この探偵――。

私を犯人と特定せずに、私の犯行可能性を否定した――。

込み上げる笑いに腸（はらわた）がよじれる。なんだそれは。そんな自分を見守る探偵の視線を肌に感じたが、狂騒の笑いは止められなかった。探偵はしばらくこちらを見つめた後、やがてシェンのほうを向き、超然と続ける。

「〈反証は以上だ。では沈老大。そろそろ憂（う）さ晴らしは止めにして、ここにいる者たちの解放をお願いしたい〉」

シェンが険のある声で返した。

「〈ならぬ。この者らの容疑はまだ晴れていない〉」

「〈なぜだ？　すでに事件の真相は明らかにしたはずだ〉」

「〈では誰が犯人だ〉」

「〈犯人などいない。これは『奇蹟』だ。強いて言うなら『カズミ様』こそが犯人〉」

「〈戯（たわ）けが。誰がそんな世迷い事を信じる〉」

「〈確かに『カズミ様』の奇蹟は、キリスト教的な救いの文脈からはやや逸脱する。彼女の加護は、花嫁の砒素を被害者の体内に転移させるという、禍々（まがまが）しい力としてこの世に顕現した。しかし洗礼も受けられず罪深き魂として現世を去った『カズミ様』には、己の死に様を再現するような形でしか花嫁の願いに応えることができなかったのだろう。この地に祀られる『カズミ様』は、守り神であると同時に祟り神――しかしその加護が、超自然な力であることに変わりはない〉」

「〈貴様の妄想など聞いてはおらぬ〉」

「〈その妄想以外の、数多の仮説がこれまで否定されてきた。すでに人為による可能性は出尽くしており、花嫁の鞄にあった砒素が、偶発的、自然現象的に被害者の体内に混入することもまた人知では考えられない。

ゆえに残る可能性は『奇蹟』しかない。証明された事実は信じてもらわねば困る〉」

「〈証明？　いったいお前が何を証明したというのだ。単にエリオやリーシーの仮説の穴を、重箱の隅をつつくような揚げ足取りで否定しただけではないか。その程度ですべての可能性などと――〉」

「〈そうか。やはりすべてを見せる必要があるか〉」

探偵が壇上でくるりと踵を返す。

「〈普段なら報告書を作成するところだが、さすがに今回はその時間がなかった。だが――〉」

探偵が舞台袖を指差し、八ツ星に何かを指示する。

「〈その要約版でいいなら、今ここで書ける〉」

ハ……とフーリンの笑い声が止まった。

急に静まり返った劇場の中、八ツ星が舞台袖から紙と筆を持ってくる。探偵はその二つをじっと見比べた後、「刷毛（はけ）は無いか？」と元弟子に訊き返した。子供は再び舞台袖に走り、一本の刷毛を手に戻ってくる。

探偵はそれを受け取ると、さらにはパイプ椅子と墨汁壺も小脇に抱え、舞台奥の白幕へ向かった。幕の前に椅子を置き、刷毛を墨汁に浸す。それから椅子に上り、八ツ星に幕をぴんと張って押さえるよう指示すると、その刷毛を勢いよく白幕に叩きつけた。

「〈――『望まぬ結婚に命を犠牲にしても抗う』というのは、実はキリスト教の聖女伝説にはよくあるモチーフだ〉」

探偵は刷毛を豪快に動かしつつ、雑談でもするかのような調子で喋り出す。

「〈たとえば聖アグネス。古代ローマの殉教者で、当時のローマ長官の息子の求婚を拒み拷問に掛けられ処刑された。聖アガタや聖マルガリータも、同様にローマ人権力者の求婚を拒んで殺された聖女たちだ。また聖なる泉で有名な聖ウィニフレッドも、異教徒の権力者の求婚を断り首を斬(き)られた――ただし彼女の場合、叔父の聖ブウノがその首を即座につなげて治してしまうのでやや例外だが。

しかしここで引き合いに出すなら、やはり『有髭(ゆうし)聖女ヴィルジェフォルティス』だろう。英国ではアンカンバー、ドイツではキュムメルニス。オランダでオントコンマー、イタリアでリベラータなど、欧州各地で多彩な名で呼ばれる。彼女はポルトガルの王女で熱心なキリスト教徒とされるが、父王に他国の王との縁談を迫られた際、その純潔の誓いを守るために神に救いを求めた。すると彼女には髭が生(は)え、縁談は流れた。それに怒った父王はのちのち彼女を磔(はりつけ)にしてしまうのだが、この逸話により、彼女は不幸な結婚をした男女を救う守護聖人として、広く民衆から崇拝されるようになる――〉」

白幕に刷毛が躍り、墨が跳ねる。

「〈だから『カズミ様』は、いわば『日本版聖ヴィルジェフォルティス』だ。日本にも似たような民話に山口の姫山伝説があるが、こちらは救うどころか、『自分みたいな美人に生まれるな』と地元女性に呪いをかけてしまっている。もっとも『カズミ様』のように、結婚相手まで殺してしまうという例は世界的にも稀(まれ)かもしれない。だからこそ今回、『殺人』という過激な形で奇蹟が発現したのかもしれないが――〉」

独(ひと)り言(ごと)のような考察や蘊蓄(うんちく)話が、止めどなく続く。フーリンはただ呆然とそれを聞き流した。探偵はべらべら一人で調子よく喋り続け、やがて手を止める。そして椅子を下り、広大な白幕を埋め尽くす中国語の文章を背景に、シェンに向かって一礼した。

「〈――では御査収を。沈老大。長いので適宜読み飛ばしてもらって構わない〉」

＊

〈■奇蹟の証明（要旨）

証明は次の通りである。

（一）犯人が厳重管理の花嫁の砒素をわざわざ盗んで使用した（あるいはそのように見せかけた）こと、物証の小瓶を処分しなかったことなどから、犯人が花嫁の砒素を使った意図は、「誰かに濡れ衣を着せて」自身の犯行を隠蔽することにある。

（二）発症時間から、被害者は回し飲みの最中、あるいは以後に砒素を摂取したと考えられる。最中なら経路は盃、酒、直接の三つ、以後なら翠生を介した経路である。

（三）摂取経路が盃の場合

盃は黒地、砒素は白色のため、砒素は盃の銀彩部分に盛られたと考えられる。

ただし当日はアミカが盃を洗浄しているため、それ以前に盛ることは不可能。また酒器を置いた小間には大座敷の者は誰も入っていない。よって盃に砒素を盛れたのは、事前に触れたアミカ、盃運搬中に触れた瀬那とキヌア、事前と犬の乱入時に触れた双葉の四名に限られる。

しかしアミカが存命なこと、および席位置から、瀬那は正造、キヌアは一平しか殺害できない。また双葉は事前に盛る方法では、広翔と正造までしか殺害できない。

以上を考慮すると、このとき各被害者の殺害パターンは次表の通り。【表・実行犯の組み合わせ参照】

なお「瀬那やキヌアのよろめき」「双葉の犬の乱入」および後述の「翠生の介抱」は、当事者か共犯でない限り予測できない。

また事件翌日の討論で他の犯行方法も挙げられていないことから、このとき犯人に選択可能な冤罪のシナリオは「アミカか双葉が事前に銀彩部分に砒素を盛り、奇数番

【実行犯の組み合わせ】

パターン（各殺害の実行犯の組み合わせ）	広翔	正造	一平	方法
A	アミカ	アミカ	アミカ	奇数番殺害説（アミカ単独実行犯説）
B	アミカ	アミカ	キヌア	※アミカが二人分、キヌアが一人分の毒を盛る
C	アミカ	アミカ	双葉	犬故意乱入説（アミカ・双葉複数実行説）※アミカが二人分、双葉が一人分の毒を盛る
D	アミカ	瀬那	キヌア	一人前犯行説（アミカ・瀬那・キヌア複数実行犯説）
E	アミカ	瀬那	双葉	犬故意乱入説（アミカ・瀬那・双葉複数実行犯説）
F	双葉	瀬那	キヌア	一人前犯行説（双葉・瀬那・キヌア複数実行犯説）
G	双葉	瀬那	双葉	犬故意乱入説（瀬那・双葉共犯説）
H	双葉	双葉	キヌア	※双葉が二人分、キヌアが一人分の毒を盛る
I	双葉	双葉	双葉	犬故意乱入説（双葉単独実行犯説）

の被害者を殺した」というものである。B～Hでは後の犯人は前の犯人の犯行を知らないとこの冤罪のシナリオを使えないため、B～Hは共犯である。

その前提の下、各パターンについて検証する。

（三―一）パターンA、B、C、D、E――アミカを実行犯に含む場合

CとEは双葉も共犯なので、濡れ衣を着せる相手がいない。またそれ以外でも双葉を実行犯にするにはアミカは酒を「飲まなかった」と主張せねばならず、これは「音を立てて飲んだ」という事実

と反する。**ゆえに矛盾。**

（三―二）パターンF、H――キヌアを実行犯に含む場合（すでに否定したパターンを除く）

キヌアは一平に盃を渡す直前、犬に酒を飲ませている。もしこの犬が無事で一平が死んだ場合、キヌアが砒素を盛ったとただちに判明してしまうため、この行為は犯行隠蔽の意図に反する。**ゆえに矛盾。**

（三―三）パターンG――瀬那を実行犯に含む場合（すでに否定したパターンを除く）

瀬那が自身の犯行を誰かのせいにするには、自分の砒素を誰かが事件前に盗むか、事件後にすり替えることのできる「隙」を作らねばならない。[※1]

しかし瀬那は事件前は鞄に誰も寄せ付けず、事件後は誰が屋敷に残るかわからないので、確実に隙を作れるとは限らない。これらは犯行隠蔽の意図に反する。**ゆえに矛盾。**

※1　事件前日、もし瀬那がアミカの昼食のピザに毒を盛ったとすれば、意図的に

アミカを早帰りさせることも可能。しかし同じピザを食べたと推測される犬は無事だったため、その説も否定される。

（三―四）パターンI――双葉を実行犯に含む場合（すでに否定したパターンを除く）

双葉には砒素の入手もすり替えもできないため、誰か共犯が必要。当時の状況から、砒素の事前入手が可能なのは瀬那、アミカ、キヌア、紀紗子、砒素の事後すり替えが可能なのは珠代なので、共犯はそのいずれか。

ただしアミカ、瀬那、キヌアの犯人性はそれぞれ三―一、三―二、三―三と同様な議論で否定されるので、残るは紀紗子か珠代のいずれか。

（三―四―一）紀紗子が双葉の共犯の場合

このとき罪を着せる相手はアミカになるが、しかし紀紗子がアミカに罪を着せる場合、より入手が容易で濡れ衣を着せやすい土蔵の砒素を使うと考えられる。なのでこれは事件に花嫁の砒素が使われた事実に反する。**ゆえに矛盾。**

（三―四―二）珠代が双葉の共犯の場合

事件翌日、双葉が犬の首輪を受け取りに行ったとき、「こちらの家政婦さんが、なかなか私が飼い主の双葉だって信じてくれなくて」という双葉自身の供述がある。珠代と双葉は同じ挙式に参加しているため、この時点で珠代と双葉がお互い知らないふりをする必要はない。そのため珠代は本当に双葉当人を認識しておらず、二人の共犯関係は考えられない。**ゆえに矛盾。**

(四) 摂取経路が酒の場合
銚子の細工の有無で以下に分けられる。

(四―一) 銚子に細工をしない場合
砒素は酒に直接混入するしかないが、その場合は時子を除く他の生存者全員が共犯として飲んだふりをする必要がある。[※2] しかしこの時点で「翠生の介抱」は予測できないため、罪を着せる相手がいなくなる。**ゆえに矛盾。**

※2　なお番外として、仮にもしアミカたちに砒素耐性がありそれで酒に砒素を混入したとして、嘔吐で汚れる可能性のある時子にアミカたちが高価な着物を着せたことから、濡れ衣を着せる意図は否定される（砒素耐性については検査で判明する事実

なので、詳細は省略）。

（四―二）銚子に細工をする場合

事前に銚子に細工をし盃が酒と毒の二層になって注がれるようにすれば、盃を大きく傾ける被害者三名のみを、選別的に殺害することが可能である（ただし三名をさらに選り分けることはできない）。

双葉が運ぶときはすでに銚子に酒が入っているので、双葉に細工は不可能。よって細工が可能なのは、前日準備した珠代か、当日準備したアミカのみ。

（四―二―一）珠代が細工した場合

酒器に施した仕掛けは回収が必要だが、しかし瀬那の足袋の濡れから、珠代は回し飲み直前から救急車到着直前まで屋敷を離れていたと推測される。この間にアミカと双葉が酒器を洗ってアミカが納戸に仕舞ったが、その銚子から仕掛けは発見されておらず、これは銚子に細工がされたという仮定に反する。**ゆえに矛盾。**

（四―二―二）アミカが細工した場合

アミカの犯人性は三―一と同様に否定される。**ゆえに矛盾。**

（五）摂取経路が直接の場合

被害者が盃を飲むとき、天井方向からなら直接投じることは可能。しかし当時珠代を除く挙式出席者は全員大座敷におり、また四―二―一より珠代は外出していたと推測されるので、その方向に犯行可能な人物はいない。**ゆえに矛盾**。

（六）摂取経路が翠生の場合（翠生が実行犯の場合）

三―四の双葉の場合と同様、翠生には砒素を入手する共犯が必要である。またアミカ、瀬那、キヌアの犯人性が否定されるのも同じなので、共犯候補はやはり紀紗子、珠代のいずれか。

（六―一）紀紗子が共犯の場合

この場合、二人が罪を着せる相手は双葉かアミカのいずれか。

（六―一―一）アミカに罪を着せる場合

三―四―一と同じく、土蔵の砒素を使わなかったことが意図に反する。**ゆえに矛盾**。

（六―一―二）双葉に罪を着せる場合

紀紗子が「アミカが音を立てて啜った」と、アミカが飲んだことを強調し双葉の犯行性を否定するような証言をしたことが、意図に反する。**ゆえに矛盾。**

（六―二）珠代が共犯の場合

事件翌日、「（珠代は）翠生さんを部外者だと思って離れに入れなかった」というアミカの供述がある。珠代と翠生は同じ挙式に参加しているため、この時点で二人がお互い知らないふりをする必要はない。そのため珠代は本当に翠生当人を認識しておらず、二人の共犯関係は考えられない。**ゆえに矛盾。**

（七）三、四、五、六から、盃、酒、直接、翠生の四つのうちどのような摂取経路を仮定しても、そこに矛盾が生じる。

（八）また人為以外の自然的・偶発的な理由で、花嫁の鞄の小瓶内の砒素が被害者の体内に混入することはない。

（九）以上の考察により、人為あるいは人為以外の、人知の及ぶあらゆる可能性は否定された。

（十）よってこの現象は奇蹟である。■〉

＊

――ダン！　とシェンが観客席のテーブルに拳を振り下ろした。

「〈有り得ぬ！　断じてそれ、、、だけは有り得ぬ！　ではなぜ我がビンニーは死んだ！　あの娘が何ゆえに『カズミ様』とやらの不興を買う！〉」

探偵は顔色一つ変えずに答える。

「〈カズミ様は守り神であると同時に祟り神だ。たとえば『カズミ様』が世の男性全般を憎んでおり、さらにその性別を、子宮、、、の有無で判断していたとしたらどうだ。そしてビンニー嬢が、避妊、、手術で子宮を摘出されていたとすれば――〉」

「〈馬鹿が！　そんな非道な処置はビンニーに施しておらんわ！〉」

「〈では潔癖な性格の『カズミ様』は、ふしだらな行為に耽る存在が許せなかったのだ。たとえば人と獣の境を越えて交わるような――〉」

「〈下衆(げす)な勘繰りをするな！　我とビンニーは断じてそのような関係に無いわ！〉」

――え？　とフーリンは思った。探偵も少し意表を突かれたように口を閉ざす。

シェンは両手で顔を覆うと、驚くほどか細い声で言った。

「〈我はただ、ビンニーをこの腕に抱き眠っていただけだ……。あれを抱くとよく眠れるのだ……。あれは嘘も吐かねば二心も抱かぬ……。そのくせ勘が鋭く、眠りの途中で曲者(くせもの)が近づけば気付いて吠える……〉」

妙な空気がその場を覆った。

フーリンは少し困惑する。なんだ……これは？　シェンの発言も意外だが、ここにきて急に探偵の推理が当たらなくなった。これはどういう――。

「〈……もういい、ウエオロ。これ以上俺を庇うな〉」

するとそこで、なぜかエリオが割り込んだ。

い、い、俺を庇うな――？　フーリンはイタリア男を凝視する。エリオはタンと舞台から飛び降りると、ワインクーラーの載ったワゴンに向かい、そこのワイン瓶を取った。そして持っていたグラスに中身を注ぐ。

「〈あの犬との晩酌を控えていて助かったな、沈老大〉」

そうシェンを見据えて切り出した。

「〈あの犬の首輪の鈴には細工がしてある。微細な穴をあけ、それを薄い飴で塞いであるのだ。この飴はさらに表面を油脂——水には溶けにくいがアルコールには溶けやすい膜——でコーティングしてあるので、あの犬が酒に鈴を漬けて何度か飲むうちに、やがて油脂と飴が溶け、中の砒素が漏れ出る仕組みだ。なお酒は熱燗であるほど望ましい〉」

ワインで満たしたグラスを持つと、胸の例の銀のペンダントを外し、それをグラスの中に落とし込む。

「〈ちなみに毒の種類は違うが、このペンダントにもほぼそれと同じ細工がしてある。その罠が思わぬところで作動してしまったのは痛恨の極みだが、これも俺の命運というほかない。

ただ花嫁父からは花嫁の砒素が検出されているから、そこまで俺の責任ではないだろう。日本の警察が犬の砒素の同定まではしなかったので、あるいは逃げ切れるかと思ったが——まさかウエオロ、お前が出てくるとはな。勝負の途中で気を遣わせたのは悪かったが……どこまで腐れ縁だ、お前とは〉」

ふっと笑い、ぐるぐるとワインを円く揺すって中の酒を攪き回す。

「〈おわかりか沈老大。カヴァリエーレの真の狙いが何だったか。ちなみにカヴァリエーレは、あなたがペットと同じ盃で晩酌を愉しむ癖があると聞き、今回の策を思いついた。やはり人と獣のけじめはつけるべきだなシェン。いつか必ずそれが貴女の命取りになると、俺は老婆心から忠告しておこう。

つまるところ、カヴァリエーレの貴女への貢物（みつぎもの）は、慰みの愛玩（あいがん）動物でも使える仕事道具でもなく――ただの『毒』だった、ということだ〉」

青い目に清々（すがすが）しい笑みをたたえ、グラスを高々と掲げる。

「〈ではごきげんよう、沈老大。ウエオロ、臨終の秘跡は要らない〉」

「〈やめろ、エリオ！〉」

探偵の制止の声が響くと同時に、エリオはくっとワインを飲み干した。

とん、と静かにグラスをワゴンに置く。数秒後、うっと胸を押さえた。ふらついた体を支えるようにワゴンに手を掛け、そのまま派手な音とともに倒れる。

すかさず探偵が舞台から飛び降りた。エリオのもとへ風のように走り寄り、その身を助け起こす。そこで何かを叫ぼうとしたが、すぐに口を閉じ、代わりに指を首筋に押し当ててじっと脈を測った。

やがて指を離す。そしてゆっくりと、その手でエリオの両目を覆った。

「〈……以上、証明終了だ〉」

◉第三部

悼（ダオ）

第十四章

タクシーを降りると、むわっと熱い夏の空気が顔を襲った。足元には水溜まりと、赤い夾竹桃の散り花が点在している。昨日の雨の残しものだろう。視線を上げると、山の緑と太陽光の中に、不自然に目立つ青色があった。青髪の探偵。緩いS字カーブの山道の路肩に立ち、粗末な石の祠をじっと見下ろしている。

運転手にそのまま待機するように伝え、そちらに行く。隣に立つと男はちらりと目をこちらに向けた。「……タクシー代はつけといてくれ。フーリン」早速不愉快なことを述べてくる。

それから男はしゃがみこみ、持参した線香にライターで火をつけた。それを祠に供え、手を合わせる。フーリンはその様子を腰に手を当て見守った。茂みの影の合間に白い線香の煙がたなびき、赤い花たちがゆらゆらと青頭をからかうように風に揺れる。

＊

――今晩この男は、イタリアに発(た)つという。

長年の因縁(いんねん)に終止符を打ちに、である。この男はとある事情により、先に出たカヴァリエーレというイタリア人枢機卿と「奇蹟が存在するか否か」の賭けをしている。今回その証明の目途(めど)が立ったため、直接対決に赴くのだ。

この「カズミ様」への参拝は、その心の準備といったところだろう。あるいは彼女の「奇蹟」を、勝手な私事に用いることへの謝罪か――まあ理由などどうでもよい。

ここへは単に案内を頼まれたから、有料で連れてきただけである。

フーリンは木陰(こかげ)に移動して夏の陽射しを避けながら、徐(おもむろ)に訊ねる。

「……ところでウエオロ」

「なんだ？」

「シェンから連絡があったが、あのイタリア男の遺体が港で消えたそうだ。何か心当たりはないか？」

探偵は拝み姿勢のまま肩をすくめた。

「単なる輸送トラブルじゃないのか？　船荷の紛失事故などよくあることだ」

フーリンは寄ってくる藪蚊を手で追い払いつつ、ふっと笑みを浮かべる。

——そうか。それがお前たちの描いた絵図か。

あの騒動における最後の疑問が、これで氷解した。あのときこの探偵が庇おうとしていたのは、自分ではない。エリオだ。この男は旧友のあのイタリア男を救おうとして、あんな小芝居を打ったのだ。

つまりこういうことだ。この探偵は奇蹟の証明自体はすでに終えていたが、一方で犬の死がエリオの仕業だったことにも気付いた。そして無駄な犠牲者を出したくなかった探偵は、それをどうシェンにごまかすか悩んだため、あのとき長考したのだ。

しかしその探偵の悩みに、今度はエリオが気付く。そこでエリオは「ジュリエットのように女々しい」などと探偵を煽るふりして、今回の計画を符牒で知らせた。「ロミオとジュリエット」でジュリエットが飲んだ毒と言えば、仮死になる薬——それを使ってこの急場をしのぐと、暗に匂わせたわけだ。

それで探偵はようやく安心し、反証に踏み切った——経緯はそんなところだろう。

ちなみに被害者三名の体からは花嫁の砒素が検出されているので、「カズミ様」の奇蹟が起きたことには間違いない。エリオの毒が殺したのは犬だけだ。

また探偵はこの自分を犯人と思ってないので、普通にシェンの前でこの自分と俵屋の関係も口にする。わかってみればなんてことはない、すべては自分の一人相撲。この男の一挙一動にさんざん振り回されたと考えると腹立たしいが、この男にしてみればあらゆる犯行可能性はすでに否定しているわけだし、もし仮に自分が黒幕だと知っていたとしても、何も気兼ねする必要はなかったわけだ。

それに――この男の言い分では、この犯行は自分にしては「らしくない」という。

私はそんなに、変わったか……？

風が吹いた。頭上でざわっと夾竹桃の枝葉が揺れ、赤い散り花が二つ三つ旋風（つむじかぜ）に巻かれて落ちてくる。「カズミ様」の血涙（けつるい）――あるいは、祝福の贈り花。はたして今回のこの騒動、この祠に眠る古（いにしえ）の誇り高き女は、いったいどんな思いで眺めていたのか。

そこでフーリンはつと顔を上げ、梢（こずえ）の間に見える白い入道雲を瞳に捉える。

しかし……この男。

本当に、「奇蹟」を証明したというのか――。

がさり、と物音がした。

野犬でも出たかと思って振り向いたが、人だった。丈の伸びた夏草が入り口を塞ぐけもの道から、一人の初老の女性が姿を現す。鼠色（ねずみいろ）のシャツに伸縮性のベージュのパンツを穿（は）いた、地黒の地味な女。

確か……花嫁の伯母。名は時子といったか。女はこちらに気付くと、野生の狸が人に驚くように一瞬足を止めた。それから慌てて頭を下げる。

探偵も立ち上がって挨拶を返した。

「これはどうも……時子さん、ですね？　そんなところからいかがなさいました？」

時子はもごもごと答えたが、声がくぐもって聞き取りにくい。

「……？　散歩……ですか？　そういえばあれから体調はどうです？　強い薬を打たれたと聞きましたが――」

「……その節は」

女は深々と頭を下げた。

「どうも、お世話に……。姪の瀬那から聞きました。なんでも私ら、命を救って頂いたそうで……。なのにそちら様には、ろくに挨拶もせず……」

硬い表情でしきりに低頭する。探偵はいやいやと手を振った。フーリンは黙って一人木陰に退く。命を奪う側だった自分としては、何とも顔を合わせづらい。

「なので、その……せめてお礼の一言を、と思ったんですが……。あいにく連絡先を知りませんで……。そしたらあの、姪の付き添い役の、双葉さん――でしたか？　あのお嬢さんが、八ツ星という男の子となら連絡が取れる、というじゃないですか。それで早速電話をしまして。そしたら今日、ちょうどそちら様がここに来られるとのことだったので、それで今、こうしてお待ちを……」

フーリンは少し女の話の理解に手間取る。シェンではないが、やや癖のある喋り方の日本語は自分にも聞き取りづらい。

探偵が明るく返す。

「ああ、それはどうもご丁寧に……ですが、どうかお気になさらず。こう正直にぶちまけてしまうのも何ですが、貴女がたを助けたのはただのついででしたので」

「ええ、ええ……それも伺いました。その、そちら様の事情というのを、電話で……。それで、その……このことは生涯、内緒にして、私が一人で墓まで持っていく、つもりだったんですが……。ですがその、こう、そちら様の事情を聞いてしまうと、はたしてそれで、いいものやらと……」

フーリンの眉がぴくりと上がる。——このこと？

「あの……」

時子はどこか辛そうに顔を上げた。

「真実を、知りたいですか？」

その瞬間。

探偵の表情が凍りついた。

次いで右手が、顔の前にゆっくりと持ち上がる。夏だというのに嵌めていた金糸入りの白手袋が、作り物めいた翡翠(ひすい)の右眼(みぎめ)を覆う。

これは――。

――憂思黙考(ブラウンスタディ)――。

右眼を塞ぐのは、見えないものを見通すため。左眼(ひだりめ)を開けたままなのは、見えざるものを捉えるため。理解不能、難透難解(なんとうなんげ)な出来事に遭遇したとき、探偵はまずこうして瞑想(めいそう)の姿態をとり内観を始める。

だが。

だが今これが、出るということは。

「ああ」

探偵がその格好のまま、数歩、前に歩み出た。

そしてその場に、くずおれる。

「ああ……」

悲痛な呻き声とともに、道に両膝をつく。ばしゃりと水たまりが跳ねた。そのさざなみを受けて水面の散り花が揺れ動き、地面に這いつくばる探偵を棺の献花のように円に取り囲む。

探偵は屍のように動かなくなった。ただ金属めいた青髪だけが、主とは別の意志を持つように夏の陽光にぎらぎらと輝く。

＊

「あ、あの、どうされました……？」

時子が慌てて声を掛けるが、探偵は微動だにしない。フーリンが無言で腕を組んで見守っていると、やがて低く唸るような声が聞こえてきた。

「……『Y』だ」

――Y？

「『Y』が、いた」

言いながら、探偵は足を引きずるようにして片膝を立てた。その膝頭を摑んで立ち上がろうとするが、すぐによろめき、数歩下がって路肩の叢にどしんと尻もちをつく。そのまましばらく、脱力したように宙を見つめた。

「……犯人は花嫁の父親。つまりあなたの弟だ。そうですね、時子さん？」

何、とフーリンは片眉を上げた。花嫁の伯母も目を丸くし、少し遅れてから頷く。

「はあ……あの、なんでそれを……？」

「あなたの登場がすべてを物語った。そうか……また僕は届かなかったか。またしても僕は、こんな初歩的な見落としを……」

そして再び黙り込む。いつまで待っても口を開かないので、フーリンは痺れを切らして木陰から出た。時子の問いかけるような視線を無視し、フーリンは探偵の背後に立って訊ねる。

「どういうことね？」

返事までまたしばらく間があった。

「……花嫁の父親にも、犯行は可能だったということだ」

重苦しく口を開く。

「方法は単純。例の『毒盃説』だ。花嫁の父親は盃の銀彩部分に二人分の砒素を盛り、そして自分は二人が倒れた騒動に紛れて後から自ら砒素を飲んだ。あるいは砒素は一人分のつもりが二人目まで残留してしまったのかもしれないが——毒の仕込み方にそれ以上の工夫は無い」

フーリンは怪訝な顔をする。

「花嫁父が盃に砒素を盛る？　いったいいつ？　どうやって？」

「タイミングは花嫁道中のとき、屋敷の皆が待ち部屋で待機している間だ。そのとき花嫁父は、人目を忍んで酒器のある小部屋に入って仕込んだ」

「花嫁道中の間？　しかし花嫁父は道中に参列――」

「自宅から花嫁道中に参列した男は、別人だ」

探偵が吐き捨てるように言う。

「それが『Y』だ。花嫁父は身代わりの『Y』を道中に参列させ、自分は前日から屋敷内に潜んでいたのだ」

一瞬、相手の言葉を飲み込むのに時間がかかった。意味が頭に届くと、フーリンはますます眉間に皺を寄せる。

「前日から屋敷に潜む？　いったいどうやって――いや、それよりも、そもそもその『Y』とは誰ね？　あの父親の身代わりが務まるほど、瓜二つの人間がどこかにいたか？　まさか双子という落ちでもあるまいし、もしそんなに似た人間がいたなら、ほかに目撃証言なども――」

「別に瓜二つである必要はない。多少背丈が近ければ十分だ」

「背丈が近ければ十分？　馬鹿を言うなウエオロ。花嫁道中のときには花嫁も父親と一緒にいたね。それで身内を騙すなどできるはずないね」

「それができるのだ、フーリン。この里に伝わる、二つの婚礼の風習を利用すればな」

二つの婚礼の……風習？

フーリンは視線を宙に漂わせる。少し考え、そしてはっと気付いた。反射的に探偵の顔を見る。

「そうだ、フーリン――『追い出し土下座』と『嫁親詰り』だ」

探偵は頷き返すと、しばらくその自分の言葉を噛み締めるように目を閉じた。

「では、砒素の入手から仕掛けた方法まで、時系列で説明しよう。このトリックはまず前日、花嫁父がリハーサルのために屋敷を訪れるところから始まる。リハーサル終了後、花嫁父は屋敷から出ず、庭木の夾竹桃の陰に隠れるなどしてそのまま敷地内に留(とど)まる」

「……花嫁父が屋敷から出ていない？　しかし確か、門の防犯カメラには伯母と二人で出ていく姿が――」

「あれは花嫁伯母による、日傘と車椅子を使った一人二役の偽装だ。門から出るときは後ろ姿しか映らない。伯母が花嫁父の服を着て車椅子を押し、さらに上半身や車椅子の一部を日傘で隠せば、後ろからは花嫁父が伯母の車椅子を押しているように見える」

「だが、伯母は足を捻挫してなかったか？」

「その捻挫はフェイクだ」

探偵がちらりと時子を見やる。伯母は小さく肩を縮こませると、「はあ。どうも……」とどこか的の外れた返事をした。

探偵は時子から目を外すと、また虚ろな表情で前を向く。

「そして前日午後。花嫁が外出して人が誰もいなくなった時間帯に、花嫁父は花嫁の居室に忍び込み、ダイヤル錠を総試しで開けて砒素を盗む。その後は『月の間』の押し入れに隠れるなどして一晩やり過ごし、挙式の当日、花嫁道中が始まり、かつ上の妹が大座敷の小間に酒器を運んだ頃を見計らって、中庭の窓から小間に忍び込んで盃に砒素を仕込む。

そして再度『月の間』の押し入れに隠れ、そこで自分の代わりに花嫁道中に参加中の男――『Y』の到着を待つ。そしてYが屋敷に到着し部屋に来たところで交代、あとは本人として挙式に参列するだけだ。なおYは事件後の混乱に乗じて脱出した」

「だがそんな身代わりに、実の娘の花嫁が気付かないわけが――」

「その身代わりがばれない理由を説明しよう。まず最初、花嫁道中を始める前に父親が実家で娘を迎える場面では、父親は『追い出し土下座』で平伏しているため、その顔を娘は確認することはできない。また花嫁道中では、父親は『嫁親詰り』の罵倒や物投げから身を守るふりをして、自然に紋付の袖で顔を隠すことができる。

くわえて父親は普段と違う正装姿だし、道中では一人離れて先頭を歩く。花嫁道中の開始前までは傷心の父親のふりでもして自宅に籠もっていれば、他人の目はいくらでもやり過ごせよう。伯母のフォローもある」

フーリンはつい反射的に、時子のほうを見た。

伯母はこちらの視線に気付くと、つと目を逸らす。この女が、花嫁の父親と組んで……？　伯母はフーリンの視線に気まずさを感じたのか、こちらを避けるように歩き出すと、「カズミ様」の祠の前で膝を折った。

「……何だか」

と、静かに口を開く。

「私らの何から何まで、全部見られていたような話で……。何でわかるんですかねえ。私なんて、弟から何べん説明されても、ちっとも頭に入らんかったのに……」

時子は手を伸ばすと、祠の屋根石にかかった散り花を手で払った。

「私には細かいところまでは、よくわかりません。ただ弟も、だいたい同じことを言っていたように思います。結婚式の三日前くらいでしたかね。あの子から急に夜中、電話がかかってきまして。てっきり式の話か何かだと思ったら、向こうから子供みたいな泣き声で、『姉ちゃん、すまん』と。『俺もう、我慢できんくなった』と……」

「我慢？」

女が少し顔の険を深める。

「あの俵屋のことですよ。あの馬鹿弟、あれに金を借りてからというもの、もう犬みたいに言いなりで……。私も最初は何度も、早く縁切れって言ってやったんですがね。今回の結婚のことでようやく、あの子も堪忍袋の緒が切れた、ってとこなんでしょうが……どでかい袋でしたよ、本当に」

伯母は皮肉っぽく笑い、手提げ袋に腕を突っこむ。中からビールの缶を取り出し、中身を水鉢に注いだ。そして「カズミ様には、やっぱり日本酒のほうがよかったですかねえ……」と、益体（やくたい）もないことを呟く。

「だがそれでは、花嫁の父親はわざわざ自分の娘に、罪を着せようとしたことになるね……」

フーリンはつい呟く。骨肉の争いは世の常だが、この親子は冷えた関係ではあるもののそこまで強く憎しみ合っているようにも思えない。

伯母は祠の前でしばらく押し黙った。

「私もそこだけが不思議で。弟はあくまでこの事件を、俵屋の上の娘のせいに見せかけると言っておりました。弟が犯人だと知れると、姪が殺人犯の娘になってしまいますもんで。砒素も蔵の物を盗んで使うはずでしたが、それがどうして姪のを使ったのか……。

弟は挙式前にあの『月の間』で姪に謝っておりますし、まさかあの最後の『すまん』が、『お前を犯人にしてすまん』という意味なわけでもないでしょうしねえ。姪が弟を恨んで罪を着せるんならともかく、弟が姪に罪を着せるなど……まず、あってはならんことなのです」

どうやら花嫁父は最後の最後で娘に謝罪したらしい。謝るくらいなら嫁に出すなと言ってやりたいところだが、それはともかく問題は今の伯母の証言。これでは「誰かに罪を着せるためのトリック」という例の切り口からは、完全に矛盾が生じることになるが——。

すると探偵は静かに言った。

「毒が毒に——制されたのだ」

しばらく水を打ったような静寂。さやさやと、夾竹桃の枝葉が風に音を立てる。

「……どういう、意味ね？」

「確かに父親の一平氏は、最初は蔵の砒素を盗むつもりだった。しかし予想外にアミカたちが早く帰ってきてしまったので、やむなく代わりに娘の砒素を使うことにしたのだ。

しかしもちろん、単に盗んで使うだけでは娘が一番の容疑者として疑われてしまう。なので一平氏は、そのとき何か娘の疑いを晴らす物証も鞄に一緒に残した——おそらく、アミカが落とした茶髪の毛を」

　フーリンは首を傾げる。

「茶髪の毛？　そんなものが入っていたか？」

「花嫁が鞄を開けたときには確かに入っていなかった。だがそれも不思議はない。花嫁父が仕込んだ偽の物証を、家政婦が取り除いたと考えれば。

　フーリン。君のトリックでは、家政婦が最後に花嫁の小瓶の中身を入れ替えるはずだった。そしておそらく家政婦も一度は鞄を開けたのだ。だが仕掛けに成功していない以上すり替えても無意味とそこで気付き、取りやめた——それでそのとき、落ちていた髪を発見したのだ。

　花嫁は黒髪だが、上の妹は茶髪。だから茶髪を鞄に入れれば、例の『アミカ単独犯説』でアミカに罪を着せられると父親は踏んだのだろう。しかし家政婦も茶髪だったのが彼の誤算。家政婦はそれを見て自分が落としたものと勘違いし、慌てて拾って処分してしまったのだ。

　つまりこの事件では、二つの毒が屋敷に混在していた。一平氏の仕掛けた毒と、フーリン、君が仕掛けた毒と。その二つの毒が巡り巡って互いにぶつかり合い、一方では存在しないはずの毒の効果を生み出し、一方では存在したはずの物証を抹消した

——それが今回の事件の裏で起こっていた化学反応だったのだ。

無論これらは全部、状況証拠から導かれる僕の憶測でしかない。しかしほかに考えられる犯行可能性をすべて挙げていき、それらを逐一しらみつぶしに排除していけば——その終点に、否定しきれない可能性がここに残る」

しばらく、時子は探偵をじっと見つめた。

そしてやおら立ち上がり、探偵にまた深々と頭を下げる。今度は最初の挨拶よりも、幾分か長い時間だった。

「……そういえば弟が申しておりました。婚礼の数日前、屋敷の廊下をそれこそ髪の毛一本残さずにと、上の妹に掃除させられていた情けない姿を娘に見られた、と——」

「一平氏はそうして辱めに耐えながら、偽の物証の準備をしていたのでしょう。もちろん最初は蔵のほうの砒素を盗む際に使うつもりだったと思いますが。一平氏は自分に横暴な仕打ちをしたアミカにも、一矢報いるつもりだったのです」

「かもしれませんねえ……。しかしおかげさまで、最後の胸のつかえが下りました。このあと姪に同じ話をするとき、弟が姪の砒素を使ったことをどう説明するか、悩んでいましたもんで。ですがこれで、堂々と説明できます」

探偵は鬱（うつ）とした眼差しを女に向ける。

「いえ……礼を言うのはこちらです。けれどよかったのですか？　僕たちに話して。この話が警察に知れたら、共犯のあなたも……」

「ええ、まあ……」

女はぎこちない笑顔を作ると、再び祠の前にしゃがみ込む。

「それはまあ、そうなんですが……。ですがやっぱり、罪は罪、ですからねえ……」

女はそこで少し言葉を切ると、祠に同意を求めるように微笑みかける。

「それにそちら様には、助けて頂いた恩がありますし。なのでもしそちらが、これから警察にお話しになるというのであれば、まあそれはそれで。

でも、姉弟そろって駄目ですかねえ。こんな重要なことも、結局は他人任せなんて……」

じぃじぃと降る蟬しぐれの中で、女はしばし無言で祠を見つめる。

「本当に、ねえ……。私ら姉弟にも、『カズミ様』くらいの気丈さがありゃよかったんですが。ですが今回、弟にしては頑張ったほうだと思うんですよ。俵屋に取り込まれてからというもの、あの子はすっかり自信も誇りも失くして、あの男のただの操り人形に成り下がってしまいましてね。自分が駄目になるだけならともかく、俵屋にそそのかされて詐欺まがいのことまで始めて、それで人様に迷惑をかけたとあっちゃ、もう……。

だから私はもう、あの子はとっくに駄目な男になったと、見限っていたんですが……。ですが最後の最後で、弟は弟なりの意地を見せた。つまりはそういうことなんじゃないですかね。

だからね。こんなこと、とても人様には言えやしませんが……。本当はこんなこと、言っちゃいけないんでしょうが……」

姉は石祠に手を合わせ、目を閉じる。

「ついね。口から出てしまうんですよ。よくやったなあ、お前、と……」

*

田舎駅のホームに、陽気な笑い声がきゃらきゃらと響く。

真夏の陽射しの下、薄地の制服姿ではしゃぐ地元の女子高生たち。それをフーリンはどこか末恐ろしい思いで眺めながら、日陰(ひかげ)のベンチで気だるげに手を振り、気持ちばかりの風をせっせと顔に送る。それにしても暑い——ただひたすらに、暑い。

しかし夏の暑さ以上に鬱陶しいのは、隣で悶々(もんもん)と気を塞ぐ青髪の男であろう。そこだけ冬が来たように体感温度が数度低い。ある意味夏向きだが、帰路延々とこの陰気さに付き合わされるかと思うとなかなか胃に来るものがある。

「……まあ、良かったではないか。奇蹟はなくとも、親子愛があって慰謝のつもりで言うと、探偵は珍しくやさぐれた笑いを見せた。

「どこが親子愛だ。今回あったのはただの私怨による復讐と、見て見ぬふりの事勿れ主義だ。もし彼が真に娘のためを思うなら、彼は生きて自分を変える道を選ぶべきだったし、姉も弟を見捨てずその道を応援すべきだった。彼は単に自分の自殺の口実に、娘の結婚を利用したに過ぎない」

「死人に八つ当たりか。お前もなかなか可愛いところを見せるね」

「誰が八つ当たりなど……今回一番可愛いところを見せたのはフーリン、君じゃないか。あのときの驚き顔といったらなかったぞ」

煙管を逆手に構えて威嚇すると、探偵は即座に狸寝入りをした。狸鍋にして喰ってやろうか。

ふうと首を振り、さきほど買った烏龍茶の缶を開ける。ふと気付くと、ホームの女子高生たちがこちらを見て何やら囁き合っていた。賞賛——あるいは奇異の眼差し。まあただでさえ目立つ青髪の男と、中国人大女である。日本のどこに行こうと注目は浴びる。

ベンチの背もたれに寄り掛かり、足を組む。すると隣で目を閉じていた狸寝入り男が、唐突に言った。

「帰りに温泉でも寄るか、フーリン」

少し烏龍茶を吹く。

「……なぜ私が、お前の慰安旅行に付き合わなきゃならないね」

「理由は明白だろう。僕には金がない」

「なら貸すね。一億の貸し付けがある相手に、今さら数万円の追加融資は渋らないね」

「わかってないなフーリン。今借りると、その分余計に金利が発生するだろう。しかし今日の宿泊代は明日チェックアウトのとき借りたことにすれば、一日分利子が浮く。庶民の知恵だ」

庶民は無計画に一億も借りない。しかしもはや断る口実を探すのも億劫になってきたので、「……好きにするね」とフーリンは投げ遣りに言って再び烏龍茶を啜った。

しかしこの探偵といいあの小僧といい……自分を便利な自動契約機とでも勘違いしていないか。

しかしまあ──今回この男に命を救われたのは、事実である。

またもし探偵が今回真相に到達していたなら、真犯人の身内である花嫁と伯母も、一族皆殺しであのシェンに誅殺(ちゅうさつ)されていた可能性が高い。つまり今回ばかりは、この男の馬鹿げた行為がそれこそ奇蹟的にうまくかみ合い、四方丸く収まったわけだ。まあ金づるは生かさず殺さず、たまには慰労の意味で晩酌ぐらいは付き合ってやらないこともない。

ぐびりと缶茶をまた一口飲み、上を向く。駅屋根の庇（ひさし）が途切れた向こうに、真っ青な空と白雲が見えた。清々しいまでの夏空である。

そうして気が緩むと、ついお決まりの疑問が口に出た。

「……いつまでこんなこと、続ける気ね？」

探偵もいつもと同じように聞き返す。

「こんなこととは？」

「言うまでもないね。お前のその不毛な挑戦のことね」

「無論、奇蹟を証明するまでだ」

「そんなものできるわけがないね」

「なぜそう言い切れる？　不可能性が証明されたわけではない」

「お前は今回も失敗したね」

「ああ……それは認める。だがそれは単に僕が未熟だっただけだ」

探偵はぱしんと拳を打ち鳴らす。

「今回は君の横槍で早々に花嫁父を容疑者から除外してしまったが、僕が『X』を思いついたところで満足し、その先の『Y』に行き着く手前で思考停止してしまったのは事実。それが今回の僕の敗因だ。次こそはこの反省を活かす」

「――で、お次は『Z』か。ローマ字のアルファベットが尽きたらギリシア文字もキリル文字もあるね。そんなものは無数に続くね」

探偵は下を向いたまま苦笑する。

「問題は記号の数じゃない。もし変数が無数に増えるようなら、それは場合分けのやり方のほうに問題がある。そもそも地球の人口がすでに決まっているのだ。つまり容疑者の数は、どれだけ多くとも現時点で高々七十億強――有限だ」

フーリンは無言で空の雲を見つめる。

容疑者は高々……七十億強。

何と馬鹿げた台詞であることか。確かにそれは真理だが、むしろ冗談として口にされる部類のものだろう。当然地球上に存在するすべての人間を調べ上げることができるのなら、「X」などという記号を用いずとも、具体的な個のレベルで「すべての可能性」は列挙できる。つまり少なくとも「人為的」な可能性については、探偵はそれこそ遺漏なく検証し尽くせることになる。

それがこの探偵に最低限保証された、奇蹟の証明までの道程。

少なくとも理論上は到達可能な、奇蹟の証明の構成方法。

だがそれを。

それを人は、不可能と呼ぶのではないか――。

＊

「次こそは、必ず……。次こそは、必ず……。次こそは……」

隣から、呪詛のような呟きが聞こえてきた。フーリンはやや顔を顰め、気を紛らすようにホームに目をやる。

駅には決して「X」などという記号では表しきれない雑多な存在たちが、視界のあちこちに溢れていた。陽光の中で鞄を囲み、笑いさざめく女子高生たち。その近くで汗をしきりに拭く、背広姿の男性。その背後を老女が手押し車を押して通り。さらにそれを騒がしく追い抜く男子学生の集団――。

やがてホームに、電車の到着のアナウンスが流れた。すると探偵が顔を上げて何か言う。しかしその呟きはホームの喧騒に紛れ、フーリンの耳には届かない。

《断想》

——夾竹桃の花が、散ってしまった。

昨晩の雨の影響で、それはもう見る影も無く。といってもここから見える庭には月明かりに浮かぶ影しかないが、縁側から垂らした足の先につと目を向ければ、後ろの部屋の明かりが照らす地面に、白い散り花が点々と足跡のように落ちているのが見える。

明日私は、この屋敷を出て行く。

結婚が御破算になったのだから当然だ。ただし婚姻届は先に提出していたから、離婚歴は付いてしまうらしい。けれどそんなのは今の私には些細な傷だ。むしろその程度で済んでよかった。崖から落ちたのに捻挫で助かったような気分だ。

事件の真相は、伯母から聞いた。

あの父親がそんな大胆なことをしたと聞いて、ただただ驚きだ。けれど思い起こせば、だからこそあの婚礼の日あの「月の間」で、あの二度目の土下座があったのだろう。あのとき私が聞いた「すまん」という声こそが、正真正銘本物の父が残した謝罪の言葉だったのだ。――しかし私に迷惑を掛けないつもりで結局一番の容疑者にしてしまっているところが、いかにもあの世渡り下手な父親らしい。

ただそれを、父の優しさとみるか独りよがりとみるかは、まだ私の中で決着がつかない。警察に話すかどうかは私にまかせると伯母に言われたが、そんな重い責任を急に背負わされてもひたすら困惑するばかり。たぶん今の私は、ようやく一人歩きを始めた子供のようなもの――いずれその決断は下さねばならない日が来るのだろうけど、今はもう少しだけ、この月光の庭のように穏やかで静かな心境の中で、新しく生まれた自分の芽を大切に守り育てていきたい。

――それにしても、あの頭の青い人は何だったのだろう。

唐突に思い出す。何だか船の中では、楽しそうに落書きしていたけれど。

どうもあの人のおかげで私たちは助かったらしいが、詳しくはよくわからない。あまり詮索するなと釘を刺されてしまったので。ただ口止め料として、結構な額が私の口座に振り込まれた。私たちを攫った人が支払ったのだという。それと俵屋家からの遺産の取り分、さらには父親の残してくれた保険金もあわせると、それなりにまとまったお金が手元に入った。たぶん私は、当分の間は生活に困らない程度の暮らしを続けていくことができるのだろう。

それもこれも、あの青い髪の人のおかげ――。

なの、だろうか。

でも正直言って私は、今でも私を助けたのは「カズミ様」だと思っている。

もしあの青髪の人が私を助けてくれたというなら、それはきっと「カズミ様」の計らい。あの人は彼女のお使いだ。けれどその救いの手は、決して私への憐（あわ）れみなんかじゃなく――それはきっと、私に安易な逃げを許さないため。

戦わずに負けようとした私を、厳しく叱咤するために。

確かに夾竹桃には人を殺（あや）める毒がある。けれどそれは身を守るための毒だ。夾竹桃は苛酷（かこく）な生存競争に打ち勝つために、必死になってその身に恐ろしい毒を行き渡らせた。その大切な枝葉を、貪欲（どんよく）な動物たちに食い荒らされないために。その大事な幹や根を、無遠慮な虫たちに無残に蝕（むしば）まれないために。

植物には植物の戦いがあるということだ。ならば人にも人の戦いがあって当然だろう。私の父親だった男はその戦いに負け続けたが、最後の最後で強烈な毒を吐いて意地を見せた。その方法が正しかったかどうかはともかく――その心意気だけは、認めよう。娘の私は、認めてあげよう。

明日私は、この屋敷を出ていく。明日から本当に私一人の戦いが始まる。そう意識するせいか、どうも気持ちが昂ぶって今夜はなかなか寝付けそうにない。このままではきっと、あの東の空が白むまで私はこの縁側に座り続けるだろう。

私は下を向き、手の中の小瓶に目をやった。仕方ない。やはりこれの力を借りよう。でももう昔のように飲み過ぎはしない。どんなものでも量次第で毒にも薬にもなるという。なら私は薬を薬として飲もう。私は小瓶を指先で回し、その裏に書かれた用法を初めて丁寧に読んだ。成人——一日一回。服用は一回に二錠まで。わかった。それ以上は飲まない。

解説

小泉真規子
（紀伊國屋書店梅田本店）

本屋で購入に迷った時、あなたはどこを見て判断しますか？　値段？　帯などに書かれた推薦コメント？　私は好きな作家さんが昔どこかで書かれていたのに倣って、文庫本を買う時はまず解説を読んで、そこに書かれた内容で判断しています。なぜなら、解説にはあらすじだけでなく、その作家さんの略歴や、解説を書いた人がなぜこの本を紹介しているのか、どれだけその本が面白くて買うに値するのか、その本への愛が溢れているから。それに共感できるのであればきっと間違いはないはず。私は今まで解説で決めてがっかりだった本はほとんどありません。

きっと私以外にもそんな買い方をする人がいるとわかっていながら、なぜそんな大事な解説をただの書店員である私が書かせてもらっているのか、責任の重圧に押しつぶされそうになりながらも、ただの書店員なりにこの本への愛をつらつらと書き連ねてみますのでしばらくお付き合いくださいませ。

「小泉さん好みのすっごい本が出来たから読んでみて！」

そんなメールが編集のKさんからきたのが三年前。書店員といえば本なら何でも大好きです！　と答えるのが模範解答なのかもしれませんが私はかなりの偏食で、ミステリ、特に本格と言われる分野ばかり好んで読んでいて、自宅の本棚は「死」「殺」とつくタイトルで埋め尽くされています（一人暮らし女子の家の本棚がこんなんでいいのか……というつっこみ多数ありますが、いいんです。だって好きなんだもの）。そのことを知っているKさんからのおすすめならばすぐに読まねば！　と原稿が届いたその日に読んだのが本書のシリーズ前作である『その可能性はすでに考えた』でした。

　前作を読んだ人ならわかってもらえると思いますが、まずミステリにおいてなによりも大事な謎解きの前提が衝撃的。探偵小説において、奇蹟や超常現象としか思えない現象や人の手では起こりえないと思われる不可能状況を、解き明かしてトリックだと白日の下にさらすのが探偵であるはずなのに、この作品の主人公である探偵・上苙（うえおろ）丞（じょう）は奇蹟がこの世に存在することを証明するため、すべてのトリックが不成立であることを証明するという今までの探偵小説ではありえなかった設定なのです。

「人知の及ぶあらゆる可能性を全て否定できれば、それは奇蹟と言える」—略—「だが、そんな証明は不可能だ」—略—「あらゆる可能性とは、すなわち無限のこと。そんなものはたとえ大劫（だいこう）の時を経（へ）ようと列挙しきれん。つまりすでにこの探偵の証明の方法論自体が机上の空論、絵に描いた餅（もち）なのだ」（『その可能性はすでに考えた』より）

　不可能であることを、奇蹟であることを証明するなんて本当に出来るのか？　——その結果は本を読んで確かめてもらうとして、ネタバレをすることなくすごさを伝えるならば、ありとあらゆる可能性を立証し誰もが反証しえない完璧な推理をする、前提こそ今までになかったものであるものの、しっかり本格ミステリ！　奇蹟を追い求める探偵が主人公で本格になるなんて、もはやこの作品が〝奇蹟〟なのです。

　そのことを証明するように、発売当時のミステリランキングを席巻し、「ミステリが読みたい！２０１６年版」、『２０１６本格ミステリ・ベスト10』、『このミステリーがすごい！　２０１６年版』、「週刊文春ミステリーベスト10　２０１５」、「キノベス！２０１６」と名立たるランキングにランクインし、第十六回本格ミステリ大賞候補にも選出。この年、ミステリファンは『その可能性はすでに考えた』に胸を鷲掴（わしづか）みされ魅了されたことでしょう。もちろん私もその一人です。続編を待ち望むのは自然なことでしたが、でもあれほど多くの推理が盛り込まれた作品を何度も生み出すのは可能なのか……そんなファンの期待をいい意味で裏切って翌年の二〇一六年に発表されたのが、本作『聖女の毒杯　その可能性はすでに考えた』です。

聖女伝説が伝わる地方で結婚式中に発生した毒殺事件。それは同じ盃を回し飲みした八人のうち、飛び石に並んだ三人＋犬だけが殺害されるという不可解なもの。それは、望まぬ結婚に命を犠牲にして抗った、その地で祀られる守り神であり祟り神でもある『カズミ様』の奇蹟なのか――。

前作は十数年前に起こった事件の証明だったが今回は、相棒・フーリンがウエオロの元弟子である八ツ星聯と共に事件に巻き込まれたところから始まる。前半では八ツ星の数多の推理とあらゆる可能性の論理的否定の果てに結論が出たかに思えたその刹那、ある人物の真犯人の名乗りに何もかもがひっくり返される。どうなるのかと後半に進むと今度は新たな人物の登場によって息もつかせぬスリリングな展開が繰り広げられ――。

今回も数々のトリックが登場し、推理が繰り返され、そして反証されていく。井上真偽作品に共通して言えることですが、そのトリック・推理の膨大さに驚かされます。これだけあれば他にも何作も書けてしまうのでは？　と思ってしまうのは素人考えでしょうか。でもそう思えてしまうほど、どのトリックも魅惑的で、一冊で何冊分もの謎解きを味わえるのはそうないことだと思うのです。

また、このシリーズ作品の魅力といえば何といっても登場人物のキャラの濃さ！もりだくさん過ぎてお得感溢れるのはキャラにも当てはまります。トリックがすごくてもやっぱりその謎を解く探偵は平凡であってはならないと私は思うのです。古今東西、名探偵と呼ばれる人は誰もが非凡な存在で、それは才能だけでなく探偵にまつわる何もかもが常識外れ。それゆえに誰もが解き得なかった不可能証明をなし得てしまうのは当然だと思えるのでしょう。本作の登場人物ももちろんそれに当てはまります。

青髪で瞳は右は翡翠（ひすい）、左はターコイズブルーのオッドアイ、手には白手袋で赤い上衣を常時着用している探偵・ウエオロに、「ハリウッド女優風の長身中国人美女」と聞いてすぐに思い当たられてしまうくらいの相棒・フーリン、大人顔負けの天才児で巧みに中国語も操ってしまう、ウエオロの元一番弟子の八ツ星。その他にも多々登場する誰もがみなずば抜けた推理力を持ち、そしてなぜそこまで……と思うくらい推理することに妥協せず、それはもう命を賭（と）する勢いなのです。

現実世界では、事件が発生すれば警察や検察、裁判などで真実が明らかになることがほとんどで、探偵が推理を披露し犯人を追いつめる、なんてことは存在しえないのでしょうが、だからこそ物語の中では探偵は探偵らしく、論理だけでそのトリックを証明して欲しいと思うのです。それこそが探偵の存在意義だとさえ思うからなのです。

さて、つたない文章を長々と書き綴(つづ)ってきましたがこの解説を読んで「どうしようかな」と購入を迷ってるそこのあなた！　だまされたと思ってまずは前作『その可能性はすでに考えた』をご購入してみてください。絶対に本作『聖女の毒杯　その可能性はすでに考えた』が読みたくなりますから。そしてまんまとハマったあなたには、講談社タイガの『探偵が早すぎる』もぜひどうぞ。こちらの探偵も規格外の常識外れ。なんせ事件が起こる前に解決してしまう、早すぎる探偵なんです。え？　意味がわからないって？　いえいえ決して書き間違いではありません。文字通り、「早い」んです。これもまた井上真偽の起こした〝奇蹟〟とも言える作品です。

最後に。井上真偽さんとファンの皆様。私の文章力ではこの作品のすごさを全然伝えきれなくて申し訳ありません。でも愛があることだけは伝わりましたでしょうか。伝わっているといいのですが。これからも一書店員として、一読者として、井上真偽作品を全身全霊かけて応援していくことを誓います。皆様もぜひ一緒に応援お願い致します。

この作品は二〇一六年七月講談社ノベルスとして刊行されました。
講談社文庫刊行にあたって加筆修正されています。

|著者|井上真偽　神奈川県出身。東京大学卒業。『恋と禁忌の述語論理』で第51回メフィスト賞を受賞。第2作『その可能性はすでに考えた』は2016年度第16回本格ミステリ大賞候補に選ばれた他、各ミステリ・ランキングを席巻。続編『聖女の毒杯　その可能性はすでに考えた』（本書）でも「2017本格ミステリ・ベスト10」第1位を獲得した他、「ミステリが読みたい！2017年版」『このミステリーがすごい！2017年版』「週刊文春ミステリーベスト10　2016年」にランクイン。さらに2017年度第17回本格ミステリ大賞候補と「読者に勧める黄金の本格ミステリー」に選ばれる。また同年「言の葉の子ら」が第70回日本推理作家協会賞短編部門の候補作に。他の著書に『探偵が早すぎる』がある。

聖女の毒杯　その可能性はすでに考えた

井上真偽

講談社文庫

定価はカバーに
表示してあります

2018年7月13日第1刷発行

発行者——渡瀬昌彦
発行所——株式会社　講談社
東京都文京区音羽2-12-21　〒112-8001
電話　出版（03）5395-3510
　　　販売（03）5395-5817
　　　業務（03）5395-3615
Printed in Japan

デザイン—菊地信義
本文データ制作—講談社デジタル製作
印刷———凸版印刷株式会社
製本———株式会社若林製本工場

ISBN978-4-06-511943-3

講談社文庫刊行の辞

二十一世紀の到来を目睫に望みながら、われわれはいま、人類史上かつて例を見ない巨大な転換期をむかえようとしている。

世界も、日本も、激動の予兆に対する期待とおののきを内に蔵して、未知の時代に歩み入ろうとしている。このときにあたり、創業の人野間清治の「ナショナル・エデュケイター」への志を現代に甦らせようと意図して、われわれはここに古今の文芸作品はいうまでもなく、ひろく人文・社会・自然の諸科学から東西の名著を網羅する、新しい綜合文庫の発刊を決意した。

激動の転換期はまた断絶の時代である。われわれは戦後二十五年間の出版文化のありかたへの深い反省をこめて、この断絶の時代にあえて人間的な持続を求めようとする。いたずらに浮薄な商業主義のあだ花を追い求めることなく、長期にわたって良書に生命をあたえようとつとめるところにしか、今後の出版文化の真の繁栄はあり得ないと信じるからである。

同時にわれわれはこの綜合文庫の刊行を通じて、人文・社会・自然の諸科学が、結局人間の学にほかならないことを立証しようと願っている。かつて知識とは、「汝自身を知る」ことにつきていた。現代社会の瑣末な情報の氾濫のなかから、力強い知識の源泉を掘り起し、技術文明のただなかに、生きた人間の姿を復活させること。それこそわれわれの切なる希求である。

われわれは権威に盲従せず、俗流に媚びることなく、渾然一体となって日本の「草の根」をかたちづくる若く新しい世代の人々に、心をこめてこの新しい綜合文庫をおくり届けたい。それは知識の泉であるとともに感受性のふるさとであり、もっとも有機的に組織され、社会に開かれた万人のための大学をめざしている。大方の支援と協力を衷心より切望してやまない。

一九七一年七月

野間省一

講談社文芸文庫

江藤 淳
海舟余波 わが読史余滴
解説・年譜＝武藤康史
「朝敵」の汚名をこうむった徳川幕府の幕引き役を見事務めた勝海舟。明治になっても国家安寧を支え続けた、維新の陰の立役者の真の姿を描き出した渾身の力作評論。
えB8
978-4-06-512245-7

鏑木清方
紫陽花舎随筆（あぢさゐのやずいひつ）
選＝山田 肇
晩年を鎌倉で過ごし、挿絵画から日本画家として「朝涼」「築地明石町」などの代表作を残した清方。流麗な文体で人々を魅了した多くの随筆は、今なお読者の心をうつ。
かX1
978-4-06-512307-2

日夏耿之介
唐山感情集
解説＝南條竹則
幽玄な詞藻で、他に類を見ない言語世界を構築した日夏耿之介。酒と多情多恨の憂いを述べる漢詩の風韻を、やまとことばの嫋々たる姿に移し替えた稀有な訳業。
ひE3
978-4-06-512244-0

講談社文庫　目録

伊与原 新　ルカの方舟
稲葉圭昭　恥さらし〈北海道警 悪徳刑事の告白〉
稲葉博一　忍者烈伝
稲葉博一　忍者烈伝ノ続
稲葉博一　忍者烈伝ノ乱〈天之巻〉〈地之巻〉
伊岡 瞬　桜の花が散る前に
石川智健　エウレカの確率〈経済学捜査員 伏見真守〉
石川智健　エウレカの確率〈よくわかる殺人経済学入門〉
石川智健　60(ロクジュウ)〈誤判対策室〉
石田 千　きなりの雲
戌井昭人　ぴんぞろ
井上真偽　その可能性はすでに考えた
内田康夫　シーラカンス殺人事件
内田康夫　パソコン探偵の名推理
内田康夫　「横山大観」殺人事件
内田康夫　江田島殺人事件
内田康夫　琵琶湖周航殺人歌
内田康夫　夏泊殺人岬
内田康夫　「信濃の国」殺人事件
内田康夫　鐘
内田康夫　風葬の城
内田康夫　透明な遺書
内田康夫　鞆の浦殺人事件
内田康夫　箱庭
内田康夫　終幕(フィナーレ)のない殺人
内田康夫　御堂筋殺人事件
内田康夫　記憶の中の殺人
内田康夫　北国街道殺人事件
内田康夫　蜃気楼
内田康夫　「紅藍の女」殺人事件
内田康夫　「紫の女」殺人事件
内田康夫　藍色回廊殺人事件
内田康夫　明日香の皇子
内田康夫　伊香保殺人事件
内田康夫　不知火海
内田康夫　華の下にて
内田康夫　博多殺人事件
内田康夫　中央構造帯(上)(下)
内田康夫　黄金の石橋
内田康夫　金沢殺人事件
内田康夫　朝日殺人事件
内田康夫　湯布院殺人事件
内田康夫　釧路湿原殺人事件
内田康夫　貴賓室の怪人〈「飛鳥」編〉
内田康夫　イタリア幻想曲 貴賓室の怪人2
内田康夫　靖国への帰還
内田康夫　若狭殺人事件
内田康夫　化生の海
内田康夫　日光殺人事件
内田康夫　不等辺三角形
内田康夫　ぼくが探偵だった夏
内田康夫　怪談の道
内田康夫　逃げろ光彦〈内田康夫と5人の女たち〉
内田康夫　皇女の霊柩
内田康夫　悪魔の種子
内田康夫　戸隠伝説殺人事件
内田康夫　歌わない笛

講談社文庫　目録

内田康夫　新装版 死者の木霊
内田康夫　新装版 漂泊の楽人
内田康夫　新装版 平城山を越えた女
歌野晶午　死体を買う男
歌野晶午　安達ヶ原の鬼密室
歌野晶午　新装版 長い家の殺人
歌野晶午　新装版 白い家の殺人
歌野晶午　新装版 動く家の殺人
歌野晶午　密室殺人ゲーム王手飛車取り
歌野晶午　新装版 ROMMY 越境者の夢
歌野晶午　増補版 放浪探偵と七つの殺人
歌野晶午　新装版 正月十一日、鏡殺し
歌野晶午　密室殺人ゲーム2.0
歌野晶午　密室殺人ゲーム・マニアックス
内館牧子　養老院より大学院
内館牧子　愛し続けるのは無理である。
内館牧子　食べるのが好き 飲むのも好き 料理は嫌い
内館牧子　終わった人
内田洋子　皿の中に、イタリア

宇江佐真理　泣きの銀次
宇江佐真理　晩鐘〈続・泣きの銀次〉
宇江佐真理　虚ろ舟〈泣きの銀次参之章〉
宇江佐真理　室の梅〈おろく医者覚え帖〉
宇江佐真理　涙堂〈琴女癸酉日記〉
宇江佐真理　あやめ横丁の人々
宇江佐真理　卵のふわふわ 八丁堀喰い物草紙・江戸前でもなし
宇江佐真理　アラミスと呼ばれた女
宇江佐真理　富子すきすき
浦賀和宏　眠りの牢獄
浦賀和宏　時の鳥籠(上)(下)
浦賀和宏　頭蓋骨の中の楽園(上)(下)
上野哲也　ニライカナイの空で
上野哲也　五五五文字の巡礼〈魏志倭人伝トーク 地理篇〉
魚住　昭　渡邉恒雄 メディアと権力
魚住　昭　野中広務 差別と権力
氏家幹人　江戸の怪奇譚
内田春菊　愛だからいいのよ
内田春菊　ほんとに建つのかな

内田春菊　あなたも奔放な女と呼ばれよう
魚住直子　非・バランス
魚住直子　未・フレンズ
魚住直子　ピンクの神様
上田秀人　密封〈奥右筆秘帳〉
上田秀人　国禁〈奥右筆秘帳〉
上田秀人　侵蝕〈奥右筆秘帳〉
上田秀人　継承〈奥右筆秘帳〉
上田秀人　簒奪〈奥右筆秘帳〉
上田秀人　秘闘〈奥右筆秘帳〉
上田秀人　隠密〈奥右筆秘帳〉
上田秀人　刃傷〈奥右筆秘帳〉
上田秀人　召抱〈奥右筆秘帳〉
上田秀人　墨痕〈奥右筆秘帳〉
上田秀人　天下〈奥右筆秘帳〉
上田秀人　決戦〈奥右筆秘帳〉
上田秀人　前夜〈奥右筆外伝〉
上田秀人　軍師の挑戦〈上田秀人初期作品集〉
上田秀人　天主信長〈表〉〈我こそ天下なり〉

2018年6月15日現在

講談社
タイガ

井上真偽

探偵が早すぎる（上）

イラスト
uki

父の死により莫大な遺産を相続した女子高生の一華。その遺産を狙い、一族は彼女を事故に見せかけ殺害しようと試みる。一華が唯一信頼する使用人の橋田は、命を救うためにある人物を雇った。それは事件が起こる前にトリックを看破、犯人(未遂)を特定してしまう究極の探偵！　完全犯罪かと思われた計画はなぜ露見した⁉ 史上最速で事件を解決、探偵が「人を殺させない」ミステリ誕生！

講談社タイガ

井上真偽

探偵が早すぎる（下）

イラスト
uki

「俺はまだ、トリックを仕掛けてすらいないんだぞ!?」完全犯罪を企み、実行する前に、探偵に見抜かれてしまった犯人の悲鳴が響く。父から莫大な遺産を相続した女子高生の一華。四十九日の法要で、彼女を暗殺するチャンスは、寺での読経時、墓での納骨時、ホテルでの会食時の三回！　犯人たちは、今度こそ彼女を亡き者にできるのか!?　百花繚乱の完全犯罪トリックvs.事件を起こさせない探偵！